人民共和國文化與文學叢書

五　編

李　怡　主編

第 **2** 冊

中華人民共和國文學史論
（1949～2015）（第二冊）

丁　帆　著

花木蘭文化事業有限公司

國家圖書館出版品預行編目資料

中華人民共和國文學史論（1949～2015）（第二冊）／丁帆 著 —
初版 — 新北市：花木蘭文化事業有限公司，2017〔民106〕
目 4+174 面；19×26 公分
（人民共和國文化與文學叢書 五編：第2冊）
ISBN 978-986-485-073-0（精裝）
1. 中國文學史 2. 文學評論史 3. 中國
820.8   106013281

ISBN-978-986-485-073-0

9 789864 850730

人民共和國文化與文學叢書
五 編 第 二 冊
ISBN：978-986-485-073-0

中華人民共和國文學史論（1949～2015）（第二冊）

作 者 丁 帆
主 編 李 怡
企 劃 北京師範大學民國歷史文化與文學研究中心
         四川大學現代中國文化與文學研究中心
總 編 輯 杜潔祥
副總編輯 楊嘉樂
編 輯 許郁翎、王 筑 美術編輯 陳逸婷
印 刷 普羅文化出版廣告事業
出 版 花木蘭文化事業有限公司
社 長 高小娟
聯絡地址 235 新北市中和區中安街七二號十三樓
         電話：02-2923-1455／傳眞：02-2923-1452
網 址 http://www.huamulan.tw 信箱 hml810518@gmail.com
初 版 2017 年 9 月
全書字數 918587 字
定 價 五編30冊（精裝）台幣56,000 元   版權所有・請勿翻印

中華人民共和國文學史論（1949～2015）（第二冊）

丁帆　著

目次

第一冊

上 篇

第一章　共和國文學的文化語境⋯⋯⋯⋯⋯3

　第一節　「現代性」與「後現代性」同步滲透中的
　　　　　文學⋯⋯⋯⋯⋯⋯⋯⋯⋯⋯⋯⋯⋯3

　第二節　被中國「後主們」誤植和篡改的賽義德
　　　　　立場⋯⋯⋯⋯⋯⋯⋯⋯⋯⋯⋯⋯19

　第三節　20世紀後半葉中國文學研究的價值立場⋯22

　第四節　社會轉型期知識分子的文化選擇⋯⋯⋯31

第二章　共和國文學主體：人性與良知的砥礪⋯39

　第一節　怎樣確定歷史的和美學的座標⋯⋯⋯⋯39

　第二節　文學藝術的暴力與現代烏托邦的反思⋯⋯43

　第三節　尋覓文學藝術的靈魂和知識分子的良心⋯83

　第四節　「理性萬歲，但願黑暗消滅」⋯⋯⋯⋯102

　第五節　「一切在於人，一切為了人！」⋯⋯⋯115

　第六節　人性與良知的砥礪⋯⋯⋯⋯⋯⋯⋯⋯127

　第七節　因為沒有一個「知識階層」⋯⋯⋯⋯⋯140

第三章　共和國文學史觀⋯⋯⋯⋯⋯⋯⋯⋯⋯147

　第一節　關於百年文學史入史標準的思考⋯⋯⋯147

　第二節　文學史觀、文學史料、文學制度⋯⋯⋯159

　第三節　中國新文學史的治史理念與實踐⋯⋯⋯166

第二冊

第四章　共和國文學的斷代策略⋯⋯⋯⋯⋯⋯179

　第一節　中國現代文學史的斷代問題⋯⋯⋯⋯⋯179

　第二節　論近二十年文學與文學史斷代之關係⋯⋯194

　第三節　一九四九：在「十七年文學」的
　　　　　轉型節點上⋯⋯⋯⋯⋯⋯⋯⋯⋯⋯203

第五章　從「文革」到「新時期」的文學調整⋯217

　第一節　文學在非常時期的非常狀態⋯⋯⋯⋯⋯217

　第二節　建立「文革學」的必要性⋯⋯⋯⋯⋯⋯235

　第三節　省察知青文學⋯⋯⋯⋯⋯⋯⋯⋯⋯⋯239

第四節　80年代：文學思潮中啓蒙與反啓蒙的
　　　　再思考 ……………………………………… 247
第五節　新時期風俗畫小說縱橫談 ……………… 269
第六節　新時期小說的美學走向 ………………… 279
第六章　現實主義的嬗變 …………………………… 287
第一節　現實主義小說創作的命運與前途 ……… 287
第二節　追尋現實主義的新足跡 ………………… 294
第三節　新寫實主義小說對西方美學觀念和方法
　　　　的借鑒 …………………………………… 300
第四節　平民本位文化與反智寫作 ……………… 312
第五節　90年代小說走向再認識 ………………… 321
第六節　現實主義的異化 ………………………… 332

第三冊

中　篇

第一章　性別焦慮與身份認同 ……………………… 355
第一節　知識女性形象的基本心態：流浪 ……… 355
第二節　性別主體的文化選擇 …………………… 364
第三節　性別視閾：誘惑與終結 ………………… 376
第二章　文學生態與寫作危機 ……………………… 389
第一節　新世紀文學中價值立場的退卻與
　　　　亂象的形成 ……………………………… 389
第二節　文化產業與當代文學創作的關係 ……… 406
第三章　返鄉的難題：背景與語境 ………………… 411
第一節　中國鄉土文學的過去、現在與未來 …… 411
第二節　中國鄉土小說文學生存的特殊背景與
　　　　價值的失範 ……………………………… 427
第三節　中國鄉土小說創作審美觀念的蛻變 …… 440
第四節　20世紀中國地域文化小說簡論 ………… 445
第四章　鄉土的困惑與危機 ………………………… 461
第一節　鄉土小說的多元與無序格局 …………… 461
第二節　鄉土小說：多元化之下的危機 ………… 471

第三節　新時期鄉土小說與市井小說：民族文化
　　　　心理結構的解構期 …………………………… 482
第四節　新時期鄉土小說的遞嬗演進 ……………… 490
第五節　當前鄉土小說走向 ………………………… 501
第六節　靜態傳統文化與動態現代文化之衝突 …… 505

第四冊

第五章　鄉土文學的轉型與嬗變 ………………………… 517
第一節　對轉型期的中國鄉土文學的幾點看法 …… 517
第二節　中國鄉土小說：世紀之交的轉型 ………… 521
第三節　中國當代鄉土小說的美學趨勢 …………… 548
第四節　「城市異鄉者」的夢想與現實 …………… 555
第五節　論近期小說中鄉土與都市的精神蛻變 …… 570
第六節　文明衝突下的尋找與逃逸 ………………… 577
第六章　共和國文學中的「風景」 …………………… 593
第一節　西部文學與東部及中原文學的
　　　　差序格局 …………………………………… 593
第二節　現代西部文學的美學價值 ………………… 597
第三節　狼為圖騰，人何以堪：價值觀退化
　　　　以後的文化生態 …………………………… 606
第四節　人性與生態的悖論：鄉土小說轉型中
　　　　的文化倫理蛻變 …………………………… 619
第五節　新世紀中國文學應該如何表現「風景」 … 633
第七章　作家與他們的「風景」 …………………… 651
第一節　黃蓓佳：在泥古與創新之間的風景描寫 … 651
第二節　風景：人文與藝術的戰爭 ………………… 659
第三節　人與自然和諧的藥方 ……………………… 665

第五冊

下　篇

第一章　藝術變奏與重生 ………………………………… 677
第一節　革命文學的審美淘漉 ……………………… 677
第二節　抒情性的崛起 ……………………………… 687
第三節　變奏主題與重生 …………………………… 707

第二章　艱難的美學革新 ……………………………………… 725
　第一節　新舊搏擊中的掙扎 ………………………………… 725
　第二節　城鄉對撞間的良知 ………………………………… 742
第三章　文化探索與敘事轉換 ………………………………… 775
　第一節　傳統和現代的交疊 ………………………………… 775
　第二節　女性的獨語與對白 ………………………………… 797
　第三節　敘述實驗的個體選擇 ……………………………… 820
　附：關於《涸轍》的通信 …………………………………… 835
　第四節　輾轉的文化批判 …………………………………… 839
　附：關於《生命是勞動與仁慈》的通信 ………………… 850
　第五節　沉潛的再造與創新 ………………………………… 857
第四章　文學的多元共生：玄覽與反思 …………………… 869
　第一節　回望之眼 …………………………………………… 869
　第二節　世俗之心 …………………………………………… 878
第五章　共和國文學批評 ……………………………………… 893
　第一節　批評觀念與方法考釋及中國當代文藝
　　　　　批評生態 …………………………………………… 893
　第二節　缺骨少血的中國文學批評 ………………………… 907
　第三節　沙漏型的文學研究 ………………………………… 912
　第四節　文學批評的社會良知與深邃思想 ………………… 913
　第五節　21世紀中國文學批評前瞻 ………………………… 918
　第六節　文化批評的風骨與風格 …………………………… 926
　附：關於共和國文學批評的訪談 ………………………… 938

第四章 共和國文學的斷代策略

第一節 中國現代文學史的斷代問題

一、對於中國現代文學史斷代問題的思考

我在紀念辛亥革命 100 週年的前兩年，就是 2009 年現代文學的年會上，做了一個主題發言，那個主題發言就是這個題目，實際上是想讓我們的治史觀念回到文學史知識的常識中去。中國現代文學研究，如果從 20 世紀 40 年代零散的研究開始，到現在已經將近 80 年了，80 年來對中國現代文學的研究，始終沒有解決的一個問題是什麼？是斷代的問題。我在 2009 年就想：這篇文章一定要趁辛亥革命 100 週年的時機發出來。因為研究民國文學這塊，最早是張福貴他們，新世紀初就提出來了，但是那個時候不合時宜。我 2009 年在學會的年會上做了一個長篇的報告以後，趙學勇評點的時候就說，這個論題肯定在今後的 10 年當中會作為一個熱點問題來研究。果然，現在已經 8 年了，8 年來這方面的研究成果越來越多，乃至於兩岸成立了民國文學研究學會。後來成稿的文章的題目是《新舊文學的分水嶺——尋找被中國現代文學史遺忘和遮蔽了的七年（1912～1919）》，後來《新華文摘》進行了轉載。

首先碰到的一個問題，就是近 30 年來我帶博士生，看到的大量的論文，全部是這樣的描述：當代文學統一標注「新中國成立以來」、「新中國成立以後」。我說你就不是一個客觀的知識者，中國現代文學和當代文學是一體的，在這個時段百年歷史中有兩個「建國」，兩次「解放」，不是一個「建國」，一

個「解放」。1912 年建立的是中華民國，1949 年建立的是中華人民共和國；五四時期人的解放是第一次解放，1949 年的解放是工農的解放。你這裡究竟是指哪一個「解放」？但是教育形成了我們集體的無意識，整個現代文學教育中這種集體無意識一直延續到現在，延續在你們身上，儘管我提出這樣的觀點，可能很少能改變現在文學研究現狀之一二。但我的博士生寫論文，我就規定一定要表述清楚是哪個時間段，這是最起碼的歷史常識。

現代文學，應該是新文學和舊文學的區別，是有新舊文學的區別的，也就是古典文學和現代文學的區別。從什麼地方劃分？我的依據是沿襲整個中國的政治史和社會發展史的規範。因為以往中國文學的斷代都是按朝代更迭下來的，唐宋元明清，到了新文學為什麼不從中華民國成立的時段來劃分？而劃分在 1919 年？這是為什麼？在座的有沒有思考過這個問題。這就是因為毛澤東《新民主主義論》提出了五四新文化運動是無產階級領導下的新文化運動。所以現代文學史一定要從 1919 年開始。我有一篇文章用大量的論據來考證這麼一個演變的過程，那篇文章發在《當代作家評論》上，考察這個過程，發現並不完全是無產階級領導的。最近看到胡繩的集子裏面這個觀點很使人吃驚，他說國民黨的失敗是由於在大陸沒有實行資本主義，明明很多教科書上寫的四大家族是代表大資產階級利益的，但我們共產黨的研究者、社科院院長研究出來的，是沒走資本主義道路而導致失敗的論點是驚人的。我覺得這是有道理的，為什麼？蔣介石到了臺灣以後，首先進行「土改」，到了蔣經國手上開始了資本主義的「補課」。

茅盾在寫《子夜》的時候，很多的構思都是瞿秋白提供的，比如原來的題目叫「夕陽」，夕陽西下，後來改成「子夜」，為什麼改成「子夜」？黎明會來到的，無產階級崛起了，它有這麼一個含義，是瞿秋白幫著改的，資本主義在中國是沒有希望的。原來的《子夜》茅盾是試圖描寫一個失敗了的民族資產階級的悲劇英雄人物，如今這個影子還在作品中留下了痕跡，但是有些人物特徵是被強加進去的，比如說瞿秋白說你這樣不行，一定要寫吳蓀甫這個資產階級的殘暴本質特徵，一方面在趙伯韜買辦資產階級的壓迫下他破產了，另一方面是無產階級工人要造反了，但是改變不了的是他資產階級貪婪的本色，所以最後他設計了一個非常可笑的細節，這個細節我不知道你們看的時候注意沒注意到，就是吳蓀甫在證券市場失敗以後，讓他去強姦傭人吳媽，我說吳蓀甫周圍有那麼多美女，他強姦吳媽幹嘛？他是阿 Q 嗎？你不

是把他寫成阿 Q 了嘛。當時瞿秋白的理論就是，資產階級的貪婪本質就要表現在這些地方。那麼他的邏輯是什麼？沒有走上資本主義道路就是對的。

到今天為止，我統計了一下《中國現代文學史》，拼湊的抄的加起來，有 1000 多部，包括自用教材在其中。這些教材中的切分法，第一種是沿用老的，就是 1919 年到 1949 年屬於現代文學 30 年，包括老錢他們的那部影響很大的《中國現代文學三十年》仍然是默認了這樣一個斷代方法。這樣的斷代它不僅僅是一個切分的問題，其實只要時段一變，它的整個理念就不一樣了。

第二種就是切到 1917 年，1917 年是以「文學革命」為發生點，這個好像比較貼切，但是我覺得這個其中就暗含著對「拉普」的承認，對「拉普」的承認就是受十月革命的影響，就是「十月革命一聲炮響給我們送來了馬克思列寧主義」。這種 32 年的切法，我覺得也是不妥的。

第三種是以《新青年》雜誌的誕生來劃界，它誇大了一個雜誌的作用，當然這個雜誌有一個群體，但是五四思潮是一個多元的、斑斕的、意識形態和觀念是多元開放的思潮，這個思潮有歐洲的思潮，有俄國的思潮，還有日本的思潮。像魯迅、郭沫若這一代人，他們都是吸收的日本文化思潮，日本的文化思潮又是「二次倒手」，是從歐洲「進口」到日本以後，又轉換成日本的文化思潮，尤其是「新感覺派」最為突出。就是說在這個時段切分上，以《新青年》為開端，把它說成 34 年也是不妥當的。一個雜誌，一群同仁，不能拿它作為劃分斷代的歷史依據。

第四種比較少，就是以 1900 年劃界，1900 年是一種比較時髦的切割法，1900 年的切割法主要是襲用勃蘭兌斯按世紀切分的方法，雖然簡明，但由於中國的特殊國情，不適宜那種分類史，用世紀切法是不合適的，按時序的朝代切法是比較客觀的。

第五種就是再往前推，劃至 1898 年，強調戊戌變法的現代性，把改良主義的歷史作用提到一個現代性的高度來認識。當然也有它的道理，它的邏輯依據是沒有晚清何來五四，晚清對政治體制的叩問和改良的實績，雖然進了菜市口，這個改革失敗了，但是值得肯定，然而作為新文學劃分的依據，它沒有文學的內在的學理性。

第六種是以 1892 年《海上花列傳》發表為界，這是范伯群先生《中國通俗文學史》中所闡明的。在 10 年前蘇州大學的 80 週年慶典上，我講過這個問題，蘇州大學有兩個傳統，一個是錢老的古典文學，另外一個是范伯群先

生的通俗文學。現在的新文學史中，五四新文化運動把通俗文學打入了另冊，這是不對的。最典型的，通俗文學的大家張恨水，他的藝術成就，他小說中的現代意識並不比我們所謂的很多嚴肅作家差很多。這種區分是不對的。所以說讓通俗文學回到文學史當中去，成為一個有機的組成部分，應該是文學史不可忽視的一個問題。後來嚴家炎也附和這種分法了。但是，新文學切分在這裡顯然也很勉強。

第七種是以 1840 年的鴉片戰爭作為現代文學的起始。我覺得近代史還有近代文學是一個偽命題，我說古代就是古代，晚清也是清，民國的新政體才代表了現代性的元素。

第八種就是前兩年嚴家炎先生提出的，他是以 1890 年在法國出版的第一部現代意義上的中長篇小說《黃衫客傳奇》為界，那是一部翻譯作品，而且是質量很低劣的作品，我覺得是入不了史的，把這個作為一個切分文學史的標誌，我覺得是否過於牽強，雖然嚴先生是我最尊敬的前輩學者之一。

我認為 1912 年是一個不該被忘卻的歷史結點，要打破文學史對這個結點的偏見也是很艱難的，我們就必須回到當初文學史發生的原點上來，所以我們就寫了《中國新文學史》。這部文學史之所以叫新文學史，就是因為中國新文學史和舊文學史與唐宋元明清的文學史不一樣，它的新文學的內涵包括很多，包括所謂的正統的嚴肅文學和通俗文學。我當時考慮的就是，我不能找很多人來寫，我就找了兩三個我的博士生（當然這個博士生是老博士生）來寫，我們幾個人經過 5 次反覆討論，5 次修改才定稿。因為人多了反而不好，現在我們治文學史全部是大兵團作戰，一下子二三十個人，一人分一章，比如分到我，我又叫博士生去寫，博士生如果不負責的話，其中就會有很多硬傷，所以很多文學史被詬病就是這個原因。其次，文學史大兵團作戰，語言風格和整體的結構以及構思的風格都不會一樣，就是一盤散沙。我們幾個人寫了七八十萬字，被教育部列為精品教材出版，這是中文教指委受教育部委託編寫的包括古典文學、現代文學和文藝學幾門主幹課的新教材。

作為一個精品教材，我們應該寫出自己的特色來，這本教材的特色就是以民國文學、共和國文學為切分線索，民國文學就是民國文學，共和國文學就是共和國文學，沿用了幾十年的現代文學的稱謂是一個模糊的概念，民國文學和現代文學是兩碼事。

我認為新文學從 1912 年開始的依據很簡單，我寫過一篇文章其中提出了

幾點理由，現在我想要強調的是另外幾點。

第一，中國現代文學史斷代的標準，應該與整個文學史斷代分期的邏輯理念相一致。古代文學的斷代也有分歧，但是社科院董乃斌他們也是非常堅定地堅持要按朝代的更迭來斷代，因為中國的文學是離不開政治社會環境的，它不可能作為一個完完全全被把玩的藝術品存在，每一件文學作品背後的歷史背景和當時的人文背景，都是我們考察作家作品的一個重要的依據，脫離了這個，你根本就不能懂得什麼叫作品。

舉個例子，「一夜看盡長安花」，長安夜間還有花？「長安花」是指長安繁華的街道上夜裏到處是妓院，這個「花」和那個「花」，語意就不一樣了。尤其是中國新文學，如果在 20 年代還有周作人寫美文和小品文，純藝術的這種，那麼以後的時間段裏的這類作品就很快會被政治淹沒。一直到 1949 年以後（其實 40 年代從延安文學開始跟政治貼得就更加緊密了）文學想和政治離婚都是絕對不可能的事情，你想剝離政治，讓文學成為一件純粹的藝術品，這個願望是美好的，但是它能夠實現嗎？在文學作品中，你去掉了這些人性的、人文的內涵，你說它的藝術價值就會更高嗎？這是整個文學的悖論。

第二，我認為整個現代文學、新文學從 1912 年開始有了一個法律與制度的保證，環境相對開放，才有了第一個「黃金年代」。這是因為整個新文學是圍繞著所謂三民主義，也就是由「自由、平等、博愛」的核心價值理念而展開的。五四是人的文學，人的文學從哪來？人的文學就是「自由、平等、博愛」發展而來。它籠罩著中國所謂現代文學的 37 年，同時也延伸到、繼承到 1949 年的文學當中，當然它是一個逐漸變異的過程。

第三，我認為最重要一個的元素，就是 1912 年是中華民國的元年，它標誌著一個資產階級民主共和政體的誕生，帝制被推翻了，為文學的發展提供了一個言說的充分空間。雖然魯迅在《風波》裏闡釋了「換湯不換藥」的主題，但是由於體制、政體上改變了，皇帝被廢除了，作品的敘述空間便無限擴張了。《臨時約法》應該說是當時亞洲最先進的一部憲法。這部憲法中最核心的東西就是提倡言論自由、新聞出版自由，所以才有了巨大的言說空間，才有了創作的自由，你才可以隨心所欲地去詬病一切不合理的社會現象，才確立了知識分子的批判精神，否則，你的主題構思從哪裏來，又到哪裏去呢？不在憲法允許的框架下給予保障的話，20 年代的「人的文學」就不可能誕生，又何來中國現代文學的「黃金年代」。

概括它的歷史意義主要有以下幾點：

一是在政治上它不僅是宣判了清王朝封建專制的死刑，而且以根本法的形式廢除了中國延續了 2000 年的封建專制制度，確立了資產階級民主共和國的政治體制，真正開始賦予了文學的現代性，與古代文學進行了本質上的切割。

二是在思想上它改變了人們的是非觀念，使民主共和的觀念深入人心，樹立了「帝制自爲非法，民主共和合法」的觀念。這種觀念在民國的確立，無疑是從「臣民」跨向「國民」的重要一步，至於後來一步步被消解，則是另一個話題。

三是在經濟上確認資本主義生產關係爲合法，在當時的歷史條件下符合中國經濟社會發展的趨勢，客觀上有利於中國民族資產階級經濟的發展和社會生產力水平的提高，這一點的確立，是歷史的進步。胡繩後來講，實際上國民黨的失敗（包括孫中山和蔣介石的政治失誤）就是沒有走上資本主義道路，走上的是專制主義的道路，孫中山提倡「三民主義」，但是還是有那種帝王的意識滲透在所謂的民主當中。

四是在文化上，《臨時約法》頒佈以後，資產階級、小資產階級知識分子利用《臨時約法》的規定，集會、結社，言論出版自由，紛紛組織黨團和創辦報刊，大量介紹西方資本主義國家的政治、經濟、法律、文教情況，爲新文化運動創造了條件。五四新文化運動就是由此而來的，否則何來的五四，沒有這部憲法讓你上街遊行，對不起，請到菜市口去。言論自由了，結社自由了，所以才有這麼多文學社團的出現，才有了《新青年》，否則的話哪來的《新青年》？

五是在外交上有了現代文明的理念，改變了許多奴性思想。《臨時約法》強調，「中國是一個領土完整、主權獨立、統一的多民族國家」，具有啓發人民愛國主義的民族情感，防止帝國侵略的意義。這一條是歷史學家總結的。我覺得研究歷史的人，比如像我們這代學者，多少是受民族主義教育薰陶的，這個根深蒂固的無意識太強烈了。反思五四新文化運動是一個愛國、反帝、反封建的運動嗎？你仔細去考察，這個文化運動是不是還有其他內涵呢？青春的五四，五四的青春，在於它對一切的批判和懷疑的態度，這就是它最大的特點。那麼源頭是什麼？源頭就是剛才我講的，在文化上言論、出版、結社的自由，其中有很多歷史背後隱藏的真相現在是無從考察的。民國史研究

中心在我們南大，但民國史研究中心有很大程度上要服從政治的需要，那麼你可以多提供一些被遮蔽的史料給我們，讓我們認識一個眞實的民國，以利解析作家作品。

總之，在國際上，《臨時約法》在亞洲現代史上佔有重要的地位。在 20世紀初的亞洲各國中，它是一部最民主、最有影響力的民權憲法，這部憲法拿出來，和西方的憲法憲章相比毫不遜色，但是國民黨卻並沒有認眞執行，比如對左翼和左翼文學的打壓。

我講的民國文學是指 1912 年到 1949 年大陸的民國文學，37 年，你們講的現代文學不是民國文學，因爲政治社會和文學現代性的起始時間的標識是不一樣的。1949 年以後叫共和國文學。我還寫過一篇文章《民國文學仍在繼續》，繼續在哪裏？它不是在大陸，而是在臺灣，臺灣儘管蔡英文上臺了，但是它還得繼續用「中華民國」的紀年法。臺灣還有一批學者，尤其是國民黨這派的，他們仍然是讚同民國文學在臺灣的說法的。文學應該是國族的，應該跳出黨派之爭。文學仍然在臺灣延續。你如果不承認的話，那你不是宣揚「臺獨」嗎？這是一個政治悖論，文學不應該受此約束。

文學不是黨化的文學，文學是永遠屬於國族的，屬於國家和民族的，任何一個國家的文學都是這樣的。所以把它納爲黨派，實際上是不對的。

二、新世紀文學的價值立場退卻與亂象

下面我想講「新世紀文學中價值立場的退卻與亂象的形成」，當年我寫這篇文章的時間是 2010 年的 7 月 12 日，在復旦大學和哈佛大學召開的新世紀 10 年的研討會上我做的主題發言。我 11 日看世界盃最後的決賽，看到凌晨 3 點鐘結束，結束以後我就羅列了一個 21 條的發言提綱，後來變成 23 條，最後發表時改成了現在的 22 條。當然作家不高興，評論家不高興，作家協會更不高興，但是我覺得還是要講自己的看法。

先談創作，文學創作的「病症」和價值立場的多元及模糊。

第一條，我講的是主流作家，在一線的許多主流作家，他們不可能成爲世界性的大作家，就是因爲他們對世界和事物的判斷力在下降，這不僅是哲思能力的退化，還有就是審美能力的衰退。作家協會不斷地提倡下生活，你面前的生活難道就不是生活了嗎？一定要下到基層去看？「生活無處不在」變成了「生活在別處」。大量的創作，哪怕我們一線作家剛出爐的新鮮長篇、

中篇，我首先問有多少人給讀者留下了思想的空間？當然也有受眾面的問題，讀者的問題也有，人家要作為「快餐」閱讀，那麼適應「快餐」閱讀的作品的審美力也不行，這一點作家們卻是心領神會的。

第二條，創作中的反智傾向越來越突出，作家自覺從知識分子寫作變成職業化的寫手，我一直講有很多作家不是作家，他是寫手。但是我跟很多作家接觸，一流的作家也都哀歎：「我們和網絡寫手差別太多了，你看現在作家富豪榜上排在前面的全是網絡寫手。」我以為雖然到了讀圖時代，網絡作品有廣大的讀者群，但是能留在文學史上的是微乎其微的。你想要那麼多的錢，你就做網絡寫手，你就不要又要名、又要利，又想進文學史，在這種誘惑下，大量的作家開始不承認自己是知識分子了。這和過去我們所提倡的作家要成為人類靈魂的工程師不一樣了，其實作家們從 90 年代開始就已經精神「侏儒化」了，拒絕做社會良知的代言人，大量出現的是那種嬉皮士的現象。中國的一線作家、二線作家放棄了自己的作品中應該呈現出的對人性、對人、對人道主義的追求，呈現一個故事，但是對於這個故事的評判，對於作品中人物的評判，則失去了自己的價值判斷。

第三條，放棄了重大題材，過份地注重「一地雞毛」式的、瑣碎的日常生活題材的寫作。在這裡我要提到 1988 年鍾山雜誌社邀請北京和上海、江蘇三地的文學評論家在太湖召開的那一個太湖筆會，在那次筆會，我和《鍾山》的主編徐兆淮（他是我在 80 年代、90 年代寫作的合作者）策劃了一個「新寫實小說大聯展」，聯展的卷首語是我們兩個人起草的。我沒有想到我們作為「始作俑者」，後來的「新寫實」會變成一場文學運動，我認為新寫實主義出臺的背景就是當時先鋒派已經失去讀者了，新潮小說失去了讀者以後，我們要求回到現實的土地上來重新構建現實主義。我們主張的現實主義的作品是要有批判精神的現實主義，但與我們的預測恰恰相反。我當時的主張很明確，什麼叫新寫實？就是我們繼承意大利的新現實主義電影的精神，把攝像機扛到大街上去，這個後來被張藝謀借鑒了，拍《菊豆》就是用這種方法。新現實主義電影就是把攝像機扛到大街上，拿路人、拿一般的人作為他的表現對象。我說那種毛茸茸的、有質感的生活，原生態的生活，那才是我們要追求的現實主義，而不是革命的現實主義，那些是偽現實主義。在這種情況下，包括方方、池莉、劉震雲這一批作家成為我們主張的主流作家，尤其是方方的《風景》我們把它作為典範，新寫實主義小說是這麼來的。新寫實主義到後來發

展成「一地雞毛」式的現實主義，日常瑣碎的現實主義，我覺得這不是我們所想要的新寫實主義，因爲它失去了批判的鋒芒。

　　但那時也有表現批判力度的作品。1989 年我看了王安憶的小說《崗上的世紀》，關於這篇小說我有一篇評論文章，當時《文藝報》已經排版了，後來卻開了「天窗」。我認爲這部小說是中國眞正女權主義的宣言書，比她的「三戀」（《荒山之戀》《小城之戀》《錦繡谷之戀》）寫得好得多。作爲批判性的新寫實作品，王安憶寫的是一個叫李小琴的女知識青年爲了上調回城，她只能向生產隊長楊緒國出賣肉體，在出賣肉體的過程中，那個男人的面目已經逐漸模糊了，而凸顯的是主人翁李小琴性意識的覺醒，就是說女性主動，而政治上壓迫她的人，反而在性的過程中成爲一個性的被動工具。《崗上的世紀》最後的高潮部分很有衝擊力，當時我看了很震驚，認爲這是中國第一篇女權主義的代表作。後來我把這篇作品推薦給我的同事董健老師看，他說這種東西寫得很美，我說如果我是電影導演，我把它拍成電影，李小琴在月光底下的片斷寫得很細緻，那些青草，從她的十指的指縫間，從她的大腿縫中穿出來的細膩描寫十分唯美，我說這個鏡頭非常美，要是我拍的話，女人的胴體間的小草鑽出來，用高光鏡頭來表現，我覺得那是一個非常美的畫面。這個作品裏面就表現了強烈的批判意識，儘管王安憶後來講她不是女權主義者，她不承認自己是女權主義者，我不管你是無意識的，還是有意識的，但是你表現出了強烈的文化批判意識。

　　而大量的作品，就是從形而上到形而下，或者只呈現出形而下。我 20 幾年前寫過一篇文章提出，中國最好的小說它一定是作家從形而下到形而上，再到形而下的二度循環過程。如果你沒有一個形而上的過程，就證明你是一個沒有思想的作家。具象的、形象的描寫是最能打動人的，在打動人的過程中，你沒有一個形而上的思考是不行的。中國的作家在表現這樣的理念時的描寫就比較笨拙，從張賢亮的《男人的一半是女人》、《綠化樹》開始，在他的《唯物論者啓示錄》系列中寫到形而上的時候，作家直接跳出來說話，他只是借用了大青馬，用大青馬的語言來表述作者的價值評判。在直接表述中也對黃香久和馬櫻花的評判充滿著輕蔑的男權意識，而中國的所謂女權主義批評家卻沒有一個發聲的，我在一次女性文學討論會上說，你們有資格來談中國的女權主義嗎？你們沒有批判張賢亮的男權思想是你們的失位和失職。他借用主人公章永璘的口說，馬櫻花作爲女人，是永遠不可能理解和戰勝男

人的，他是把黃香久、馬櫻花們作爲一個宣泄的工具而已，他借用大青馬來表達他形而上的觀念，這是一個拙劣的描寫方法。包括賈平凹的《廢都》，我認爲他寫得最好的是《廢都》，是大時代中創作的大作品，反映出了人思想的裂變，尤其是知識分子的異化。但是當作者要去表達自己思想的時候，他卻是借用了「老水牛」來表達，你們看莊之蝶（我始終認爲他是與作者融爲一體的）與「老水牛」的對話，我認爲這個是敗筆，用一個替代物來表達，雖然是間接的「曲筆」，但仍然不免笨拙。在賈平凹的作品中用狗用狼做觀念表達替代物的描寫不少，我不欣賞這一點。你就不能把它融入小說的情節、細節和人物的語言中去嗎？那是你的描寫技術不足的問題。

在重大題材上的表現上，我想舉蘇童的《河岸》爲例子，作者本來是書寫了一個少年阿Q，但是在四分之一的時候戛然而止，突然轉化爲日常的、瑣碎的、「一地雞毛」式的日常生活，最重要的是把小說的發展的期待視野給消解了。我以爲馬克思對文藝作品最爲精彩的評論只有一句話：作品要表現「歷史的必然性」，也就是說，人物和故事可以有充分的偶然性，但是主題一定要有對一個時代「歷史必然性」的揭示。這個話我至今認爲仍然是非常重要的，大作家應該反映大時代，大時代要表現什麼？要表現歷史的必然性，而歷史巨大的必然性是在《廢都》中表現了，雖然表現得比較粗糙，在藝術上還不盡如人意，但是整體來講它表現了一種歷史的必然性，在這一點上很多作家都是輕描淡寫的。余華《活著》寫得很好，但是我認爲這種悲劇本應該寫得更加深刻，但十分遺憾的是，那些關於大饑荒年代、「文革」時期的歷史生活本相卻被淡化了，當然我們是可以諒解作家如此表達的苦衷的。

第四，作家創作時候畫面感的增強。畫面感增強了是一個優點，同時也是一個缺點。爲什麼？他畫面感增強了，可能畫面使你在讀他的小說的時候，一下子就進入了具體的情境中，但是人物的矛盾衝突普遍弱化了，情節、故事性開始弱化了。爲什麼？無謂的畫面感往往會切割故事情節流暢性，作家在寫作的時候考慮到怎麼樣變成電影，怎麼樣變成多少集的電視劇，畫面感、跳躍的過程是他切割內容整體性的過程，這個切割的過程就是他對碼洋的追求過程，一旦考慮影視的分鏡頭，作家的藝術表達必然受到戕害。現在作家都懂電影藝術手段和電視劇藝術手段，但是作爲眞正的一流作家，你追求的首先是作品的美學效應。劉震雲是一個十分好的作家，但是他的小說《手機》是在電影之後重寫的，現在大量的小說創作都是在電視劇之後，然後再改編

成小說，這種本末倒置的現象出現以後，實際上是對小說藝術的一種踐踏和褻瀆，小說藝術不能完全商品化。

再舉一個例子，我批評畢飛宇的《推拿》（我常常是拿好朋友的作品進行解剖，這樣才是作家和批評家真正的友誼情感的體現），他半夜給我打了很長時間的電話。我說寫《推拿》你顯然是考慮到怎麼樣拍成電影，對於人物內心的人性裂變和衝動，有些地方寫得不夠充分，而他最好的小說是什麼？我覺得還是《哺乳期的女人》，還有《玉米》系列三部中篇，還有長篇《平原》，當年《平原》應該是評茅獎的，而不是後來的《推拿》，雖然《推拿》是炒得很火熱。

第五，是打著生態寫作的幌子，用動物中心主義來否定人類中心主義，這種是為法西斯主義張目，我一再批判《狼圖騰》就是因為它挑戰了人性的底線，倡揚狼性表面上提倡的是民族主義的情緒，實際上是階級鬥爭的情緒，弱肉強食的這種反人類、反文明、反文化的理念。根本上是弘揚一種法西斯的精神，把這種理念作為商業炒作，又被企鵝出版社出口到歐美，我不知道歐洲人看了是什麼感覺，我想那些都是商業炒作。我寫了兩篇文章來批判這部作品，且不講它的語言粗糙，小說描寫技術很拙劣，就其整個反文明、反人類的傾向都沒有得到清理，還向全世界傳播，這是小說的悲哀，是文學的悲哀，是文化的悲哀。你看商業團隊、大企業都把《狼圖騰》作為他們的團隊精神，那就是日本法西斯民族性格的彰顯。它變成了民粹主義和民族主義的翻版。提倡狼性，以自我為中心的、以民族主義為中心的狼性，這種現象我不知道是中國文學的恥辱，還是中國文學的光榮，現在將此作為創新的作品輸入到歐美，這是一個典範的、成功的商業模式。

第六，浪漫主義創作方法的消失，批判現實主義傳統方法的變異，取而代之的是平面化的寫作，滿足於快餐式的一次性消費，取消了文學的經典化。很多人嘲笑「二張」（張承志、張煒），我說「二張」是最後的浪漫主義。當然張承志也有問題，他陷入了宗教的迷狂之中不能自拔，我覺得是對他文學的殘害，雖然他其中有理想主義和浪漫主義的元素，但是和早期的《黑駿馬》、《北方的河》那樣的作品相比較，宗教的元素太多了。很多人談起張煒的時候，就是恥笑他堂吉訶德的精神，不管怎麼樣，《你在高原》480 萬字，在這個時代誰能看下來？如果說這個時代是一個 Copy 的時代，詩性的、理想主義的、浪漫主義的文學元素已經離我們的作家，離我們現在的文學創作越來越遠了，這是一個事實。

　　第七，作家構思的時間短了，但是作品的長度在無限延伸，「十年磨一劍」現在變成了「一年磨十劍」。這種現象普遍存在，一部長篇不是精雕細琢，就像搭積木一樣組裝起來，你不要聽有些作家胡說八道，說這個構思我在 20 年前就有了，一直沒有動筆，經過 20 年的思考後，我今年就把它寫出來了，那都是騙人的。所以商品化時代的小說，尤其是長篇小說語言的張力、語言的凝聚的詩性之美消逝了，取而代之的是注水的語句。拉扯，無限地拉長，情節拉長、細節拉長，語言，一句話可以說清楚的，他一定要用五句話、十句話繞著說，作品是有長度了，但是添加劑太多了。這樣的作品大量地存在，但是卻沒有人指出來，因為「皇帝的新衣」，只有像我們這種直率的傻「兒童」才能天真地說出它的真相。

　　第八，作家的創作「奔獎」的意圖越來越明顯了，就是「因獎施寫」的目的十分明確。這幾年評一個茅盾文學獎，簡直是動員了全國各作協多少人力和錢財，實際上地下的運作成本要比地上的運作成本高得多。我參加過一次魯獎，但是因為種種不合時宜的言行而被隱退了。我尤其對近些年來的詩歌魯迅獎多有詬病，從「羊羔體」到「嘯天體」，再到「忠秧體」，詩歌組的評委是有推卸不了的責任的，居然直意或曲意地維護這種非詩的文學現象，這是在大眾面前撒謊，是在褻瀆中國的詩歌，既糟蹋了現代詩，又褻瀆了詩國的古典詩境。

三、中國現當代文學史斷代談片

　　我之所以提倡建構百年文學史的學術框架，並非是為了硬性地用時間來切割文學的空間環境，而是要說明一個被許多文學史家所忽略了的常識性問題——文學史的斷代不能依據當代人的好惡來隨意進行時間的放大和拉伸，克羅齊的那句「一切歷史都是當代史」的名言指的是治史的價值判斷，而非斷代理念。就中國古代文學，乃至世界文學約定俗成的斷代方法而言，朝代更替和社會轉型乃是文學史斷代的重要依據，甚至為唯一依據。如果說這種斷代理念是對世界社會進入現代性以前的文學史斷代可靠的方法的話，在至今尚找不出對古代文學更具有學理性的斷代方法之前，我以為這種以社會基礎決定上層建築的斷代理念仍然是最適宜中國古代文學的斷代方法，也是當前最有學術說服力的斷代方式，因為我們還沒有足夠的理由讓漫長的中國古代文學史去改變它以朝代進行斷代的超穩定格局。

但是，當世界歷史的進程進入了現代社會以後，即便中國比西方遲了一兩百年，那種封建王朝更替的規律性社會週期已經逐漸消失，其社會與文化的分期也就宣告了以王朝解鈕來確立其斷代標誌的時代已經終結，因此，與之同步發展的文學的斷代方式也就發生了根本性的轉變。在西方，這個問題已經早已不是一個問題了，而在中國，這個問題反而變得異常地複雜起來了，那是因為中國的社會經濟基礎結構的變革與之上層建築不是完全吻合的，甚至有時呈現出了悖反的現象。

我們為什麼要把五四新文化運動作為中國古代與現代社會結構發生本質性改變的分水嶺呢？其實，在中國古代和現代社會之間，我們還找到了一個過渡和緩衝的時期——中國近代社會。也就是說，中國古代社會和它一體的古代文學不是一夜之間就進入現代社會和現代文學語境之中的，毫無疑問，它是有一個較長的過渡階段的。但是，無論如何，住五四前後，有兩個標誌性的突變與轉型宣告了它與古代社會和古代文學的剝離與告別：一是推翻帝制；二是廢除文言。

雖然前者看似表層結構的變革，有其所謂的「不徹底性」，遭到了以魯迅為代表的新文化主將們的討伐，但是，這種改變對於幾千年的封建體制意味著什麼呢？無疑，這種宣告在人們的心靈中的震撼是深遠的。一個沒有皇帝的時代對於幾萬萬帝國臣民而言，雖然還談不上什麼「民主」，卻也進入了一個「無主」的時代。儘管至今中國的「皇權意識」尚未徹底消除，但是它畢竟是在思想觀念上承認和接納了現代性社會體制和社會意識。

同時，白話文的使用，尤其是它不僅進入了社會流通的渠道，同時也堂而皇之地進入了官方文牘之中，這無疑就是宣告了一個凝固了的文言文時代的終結，也宣告了長達幾千年的詩的大一統時代的終結。就文學本身而言，因為形式的變革，它從貴族的神聖殿堂走向了大眾和民間，具備了通往現代性的最基本條件和元素。

因此，所謂的中國現代文學發軔期的爭論就顯得無足輕重了：無論是從1912 的民國開始也好，從 1915 年的《新青年》的誕生也好，從 1917 年的給我們送來了馬克思主義也好，抑或是 1919 年的五四運動開始也好，它都是有道理的，並不妨礙我們對這一時段文學裂變的基本價值判斷。總之，這兩個看似形式層面的變革與轉型，是使中國現代文學這個寧馨兒脫離其古代文學之母胎的最有力的助產士。

　　曹文軒雖然認爲中國當代文學有其獨特性，但他又恰恰追溯到它的源頭是三十年代的「左翼文學」，我是完全同意他所下的結論的。殊不知，尚有許許多多的文學作品與文學現象都可以追溯到其在現代文學中的淵源。我並非是想「用巨大的時間概念去統一兩者，將他們放置在同一名稱之下」，而去掩蓋它的「範型」特徵，從而取消它的「合法性」〔註1〕。我至今還沒有意識到中國當代文學區別於中國現代文學的獨特「範型」，要說有的話，亦正如持此論者所言：「當代文學是現代文學合乎邏輯的必然結果。」〔註2〕即：所謂「十七年文學」只不過是「左翼文學」的不斷誇張和放大而已；而「文革文學」則是「革命文學」走向潰敗與滅亡的歸途而已；80年代的「傷痕文學」也不過是在「文革文學」的廢墟上試圖重新回到「五四文學」原點的夢想而已；90年代以後從「身體寫作」開始的消費文化特徵的文學現象，與二三十年代具有現代派特質的「私小說」和「洋場文學」也有著本質的勾連。凡此種種，我以爲，中國當代文學即便是再無限延長下去，也只是在中國現代文學基礎上不斷演變發展的一個逐漸轉型的變化過程，它們之間有著環環相扣的因果鏈關係。要說區別，就是它們和中國古代文學那種超穩定的結構同樣是有著本質上的區別的。

　　如果說進入民國時期的中國文學被指稱爲中國現代文學是沒有學術和學理上的問題的話，那麼，是否到了一個看似沒有皇帝的短命蔣家王朝崩潰終結的時候，我們就要如同古代文學斷代分期那樣，一定要在改變帝制年號下將文學也命名爲同步文學史呢？隨著時間的推移，這將會給這段文學史帶來什麼樣的後果呢？這是我們今天不得不深思的問題。要解決這一難題，首先還得破除中國當代文學對中國現代文學永遠的決絕的態度，當然，中國現代文學拒絕中國當代文學的鼓吹也大有人在，本文將不涉此題，而僅就中國當代文學某些學者的心理做一膚淺的剖析。

　　我以爲人爲地將中國當代文學硬是從中國現代文學中分離出來，無非是有以下幾種考量而已。

　　一是迎合政治文化的需要。這樣的分期很容易與體制保持同步關係，一旦納入體制，一切當下的實際問題就無需從藝術本身來考慮，無需從學術與學理層面來進行文學史的檢視，也無需將一九四九年以後的作家作品、文學

〔註1〕　曹文軒：《一個人與一個學科》，《中華讀書報》2010年2月24日第13版。
〔註2〕　曹文軒：《一個人與一個學科》，《中華讀書報》2010年2月24日第13版。

現象和文學思潮與上溯的所謂中國現代文學史相勾連。說到底，無論作家和文學史家都不需要用自己的腦袋來思考問題了，既省事又省心，還可以得到更多的既得利益。

二是學科擴張的需要。無疑，將當代文學擴張爲一個大的學科的理由越來越充分了，因爲隨著時間的不斷推移，當代文學的年份就會不斷地拉長，這不，六十年的大慶就足以說明問題了，它至今的壽命已然超過了現代文學短暫三十年的一倍，且不說它的成就有多大，有幾多作品能夠傳世，但就其擁有的文學文本的皇皇數量而言，恐怕是任何朝代都無可比擬的。況且，它還在無休止、無止境地不斷延伸著自身的長度，增加著龐大的作品數量。就此而言，它已經足以支撐一個學科的許許多多學者們，反反覆覆去炒作那些知名和不知名的文學作品、文學現象和文學思潮，甚至是許多曇花一現的期刊雜誌，儘管誰心裏都清楚這些作家作品和學術研究絕大多數只是一堆堆垃圾。但是，守住這塊陣地，就能養活中國一大批教授學者和體制內的批評家，也會使一大批在體制內冠以當代作家名義而滋潤生存著的著名和無名寫作者們生活得非常體面。於是，要打破這種格局，恐怕會遭到來自各個方面的抵抗和彈壓。殊不知，不將這六十年和那三十年進行切割，非但得不到政治上的優勢，同時又不能確定其學科地位給予的實惠。於是乎，一片反對之聲就不難理解了。保衛學科、保衛其研究對象，已經成爲共和國文學學者深入基因的學術慣性了。

三是個體學術舒適的需要。包括我本人在內的一大批共和國培養出來的學者，普遍存在著的學術通病是通古（通古也是通一個斷代史）不通今，通今不通古；通中不通外，通外不通中。通今博古的大師時代已經死去！隨著學術分工的越來越細，其學術視野的狹隘有時是令人吃驚的。但是，正是這樣的細化的分工，造就的是一群無需板凳十年冷的舒適型學者，而當代文學學科的設置，恰恰是迎合了一群附著在這上面愜意棲居的學者。於是，若要破壞這種秩序，得遭千夫所指。砸飯碗的事情是有違道德的行爲，誰也不願直面成千上萬端著這個鐵飯碗的學人那一雙雙犀利的目光。

鑒於上述潛在因素，我們不能不慨歎突破此道藩籬的艱難。雖然這只是學術上的一個小小的規整與變化，卻需要大家付出十分沉重的非學術性代價。這就給我們的這種學術斷代的重新結構打上了一個重重的問號。

無論是從文學的內部因素來看，還是從外在的影響來看，中國當代文學

是在朝代的延續中不斷地伸展，它的時間長度會越來越大，它的內涵也相應地越來越重；而中國現代文學卻以它的時間的凝固性而被圈在一個愈來愈看似狹小的學術空間之中，它似乎就是一個懸置在半空中的「金蘋果」，在巨大的時間長度的壓迫之下，它的內涵重量也就會愈來愈輕的，遲早會被化石化的；因爲它在文學史的歷史長河中也就是一瞬間而已，它的最終歸屬一定是與後來的文學融爲一體的，從事中國現代文學研究的研究者們應該有承受這段文學史之輕的思想準備。數量往往是決定質量的前提，我們認可中國現代文學與 80 年代前的中國當代文學相比，在質量上有著絕對優勢，但是，隨著中國當代文學不斷的延伸，它的質量也在不斷提高，超越是必然的。而中國現代文學的空間就這麼大，難怪許多研究者在反反覆覆地炒冷飯，甚至「挖耗子洞」（指發掘末流文學家和炒作末流小報的學術行爲），這種悲愴的學術舉止雖然可敬，但是卻違背了文學史的基本原則和規律。

而我們需要強調的核心問題就在於——作爲中國社會轉型和中國文學轉型變革的重要「紀元」，中國現代文學從這裡與中國古代文學進行了「斷裂性」的切割，而在它之後的朝代更替卻沒有在本質上改變其內在與外在的特徵，正如吉登斯就認爲，現代性標誌著一種歷史的非連續性（discontinuity）。這也就是說，儘管現代社會是從前現代社會發展而來、包含了這些早期形成的諸多的殘餘現象和遺跡，但它們依舊跟『前現代的』（premodern）社會屬於完全不同的類型。我所以一再強調中國現代文學與古代文學的非連續性，其目的是要凸顯它與中國當代文學的連續性。在這樣的前提之下，我們如果能夠站在一個更高遠的文學史的視野上來看問題，我想，一切問題將不再成爲問題。

第二節　論近二十年文學與文學史斷代之關係

一

中國文學在 90 年代「全球一體化」的文化語境的浸淫中，進入了「現代性」和「後現代性」共生在同一時空維度上的時期，由此來比較 80 年代和 90 年代的文學現象，可以明顯地看出文學在 90 年代發生的突變，以及與現代、古代文學的根本斷裂。但是，衡量文學的永恒價值標準——人性和美學的判斷卻仍然是適用的。

如果說北京大學的幾位學者所提出的「20 世紀文學史」的概念在很大程度上解決了文學依傍政治而進行斷代分期的問題；而陳思和、王曉明在 80 年代後期所提出的「重寫文學史」的口號，對於改變人們陳舊的文學史觀提供了新的參照系的話；那麼章培恒先生在 90 年代所提出的打破以朝代更迭為文學史斷代分期標準的觀念，顯然也為我們站在一個新世紀的時空高度來審視已經逝去的文學現象，提供了一個豁然開朗的視界。

90 年代以來，尤其是逼近世紀末的最後幾年裏，中國在整個文化體制沒有發生突變的情況下，能夠如此迅速與世界文化對接，如此深刻地融匯於西方現代文化，乃至於西方的後現代文化，可能是許多人都始料未及的。五四的沉重命題沒有也不可能在漫長等待的改朝換代歷史過程中完成，而高速運轉的經濟物質發展的巨輪卻將中國悄然帶進了一個「全球一體化」的文化軌道。當然，五四精神與啓蒙宗旨的實現，也不可能單純是由「全球一體化」的物質變化歷史過程就簡單完成的，它的最後儀式尙難以預料。在這樣一個複雜而光怪陸離的文化和學術的背景下，我們究竟用什麼樣的標準來判斷文學的歷史構成和臨界呢？

90 年代的中國文學發生了根本的改變，這就是社會機制的運行開始受著「全球一體化」的影響和制約，表面上它首先是經濟上的市場化帶來的種種社會現象的變化，但是，更深層面的文化意識形態的浸淫，包括從生活觀念到思想觀念的迅速蛻變，卻是改變這個世界的原動力。中國大陸，即使是貧困的西部地區也開始走出農業文明的陰影籠罩，逐漸完成向工業文明的過渡。因此，將此作為中國漫長的農業文明一個恰好在世紀末的社會的轉型與終結，其立論不是沒有道理的。其實，一個更有誘惑力和挑戰性的命題，乃是具有世界意義與人類意義的「後現代」文化命題的討論。今天我們所面臨的「後現代」文化討論，是西方文化意識形態與我們的文化意識形態對撞和融合的結果。人類處在高科技文化語境之中的困境的共同命題——資本主義和資本主義的文化矛盾已經先期抵達中國文化意識形態的彼岸，而 20 世紀的「現代性」問題也將不作為一個可以懸置到 21 世紀以後再進行討論和解決的艱難命題了。它在中國的不同地區，同時與後現代文化一起進入了我們的視野。

根據上述闡釋，我們似乎可以得出這樣的一種結論性判斷：就中國的社會文化結構而言，它已經走出了農業文明的羈絆，在現代化的「補課」中，逐漸完成了工業文明的全面覆蓋，而且，隨著後工業文明的提前進入，尤其

是在沿海的大都市裏，社會文化結構的某些部分在某種程度上已經提前與西方社會一同進入了人類新的文化困境命題討論之中。因此，與之相對應的文學藝術在 90 年代以後所發生的質的裂變，也正是其在擺脫農業文明和封建文化體制過程中的症候反應。如果把五四到 90 年代以前僅僅作爲「現代化」與「現代性」的一個漫長過渡，那麼，90 年代在完成了社會結構轉型的最後陣痛後，文學已然脫離了以農業文明爲主導內容的封建文化母體。在這一時間的維度上，和西方社會文化結構相似的是，「現代性」與「後現代性」同時進入了中國的沿海發達的都市文化圈，貝爾所描寫的「資本主義的文化矛盾」以及詹明信、吉登斯們所描寫的「後現代文化的矛盾」也同樣在中國的沿海地區與大都市中並存著。當然亦如鮑曼所言：「作爲劃分知識分子實踐之歷史時期的『現代』與『後現代』，不過是表明了在某一歷史時期中，某一種實踐模式占主導地位，而決不是說另一種實踐模式在這一歷史時期中完全不存在。即使是把『現代』與『後現代』看作是兩個相繼出現的歷史時期，也應認爲它們之間是連續的、不間斷的關係（毫無疑問，『現代』和『後現代』這兩種實踐模式是共存的，它們處在一種有差異的和諧中，共同存在於每一個歷史時期中，只不過在某一個歷史時期中，某一種模式占主導地位，成爲主流），不過，即使是作爲一種『理想範型』，這樣的兩種實踐模式的劃分依然是有益的，有助於揭示當前關於知識分子的爭論的實質，以及知識分子可以採取的策略的限度。」〔註3〕無疑，80 年代和 90 年代的中國同時面臨著「現代」與「後現代」社會和文化的轉型與過渡，以此爲標誌，它預示著一個新的歷史紀元與文學紀元的到來！這樣的斷代與分期並非是與歷史紀元的巧合，而是帶有充分的歷史必然性。

二

「新時期文學」作爲一個沿用社會政治的歷史分期，它反映出 70 年代末到 80 年代末，人們的歷史觀還局限在一個舊有的依附於改朝換代的政治分期情結中的史學觀念狀況。當然，我們不能否認文學與政治的必然關係，尤其是在那個政治情結難消的時代，對重提五四文化啓蒙與「現代性」的經濟文化社會結構是那樣諱莫如深、如履薄冰。但是，文學有其自身運動的規律，

〔註 3〕 齊格蒙・鮑曼：《立法者與闡釋者—論現代性、後現代性與知識分子》，洪濤譯，上海人民出版社，2000 年 11 月第 1 版，第 4 頁。

它有時往往是超越政治的，比如，70 年代末文學首先以「傷痕文學」的批判現實主義姿態重新回到五四新文學傳統的人性與人道主義的邏輯起點上，率先回到「現代性」的命題軌道上，儘管中間經歷了人道主義異化等問題的討論，但是由這一命題最終所引發的中國經濟上的「現代化」的歷史加速過程，無疑又反作用於文化和文學的迅速蛻變。

當文學在 90 年代急劇膨脹，「新時期文學」的內涵和外延被脹破而不再適用時，人們就不得不用不斷翻「新」趨「後」的方式追趕文學發展潮頭，以適應社會文化結構迅速調整的需求。如果將這些文學現象放在文學史發展流變的長河中去考察，我們會陷入一個時間的陷阱，在不斷加「新」的過程中，將文學史切割成一個個細小的時間單元，而不能眞正廓清文學史在通過量的變化而達到的質的飛躍的本質特徵。雖然有一些理論家已經注意到了 90 年代中國社會和文化發展的驟變，但是，他們仍然想依賴於舊有的歷史分期方法，將這一文學時段無限止地延續下去：「進入 90 年代，中國的文化狀況發生了引人注目的轉變。從 70 年代後期開始的『新時期』文化正在走向終結，各個文化領域都出現了轉型的明顯徵兆。有學者將這一文化的新變化定名爲『後新時期』。關於『後新時期』文化的討論目前正在進行。但一般認爲，『後新時期』是對 90 年代以來中國大陸文化新變化的概括，它既是一個分期的概念，又是對文化中出現的眾多新現象的歸納和描述。」〔註4〕既然「新時期」這一概念已經不再適用，那麼，我們就沒有必要再用「後」的方式去概括本質已經發生裂變的文學「眾多新現象」了。從文學史宏觀的時空角度來看「新時期文學」與「後新時期文學」，它們只是文學史斷代與分期的一個短暫的轉型階段，它出現在未來的文學史中，充其量只能是一個概括彼時段的專有名詞而已。而我們只需看到的是──這一轉型期對中國的社會文化結構與文學結構的本質性改變的意義是空前巨大的，是具有劃時代（從農業文明進入工業文明和後工業文明）意義特徵的。

其實，有許多學者都持有談蓓芳教授那樣的觀點：「80 年代文學是向『五四』新文學傳統回歸的時代，從 90 年代起則將成爲逐漸與『五四』新文學傳統產生距離的時代，但這距離決不意味著背棄『五四』新文學已有的成就，而是在這成就的基礎上朝著符合文學本身特徵的方向走上更新的階

〔註4〕　謝晃、張頤武：《大轉型──後新時期文化研究》，黑龍江教育出版社，1995年 12 月第 1 版。

段。」〔註5〕說穿了，也就是「全球一體化」的文化語境逼使中國文學在重回五四母題的歷史過程中，走進了已被「標準化」過了的現代與後現代的文化語境。但是，即使是重回五四，也並非易事。

從「傷痕文學」、「反思文學」、「改革文學」的政治分期的價值判斷中突圍出來以後，在「現代性」的惶惑和眩暈中，「尋根文學」作家們以其反啓蒙反五四的文化姿態，試圖以民族主義的文化話語進入「現代」、乃至「後現代」的文化語境之中，如果說他們在進入世界性的文學描寫技術的表層結構中取得了一些成功經驗的話，那麼，他們的這種文化保守主義是對進入「現代性」文化語境的又一次巨大的質疑，比起20世紀20年代末到30年代中期的那一場對「現代性」的質疑，更有其社會文化的對抗性。因爲，從另一種角度來說，它又和西方「後現代」文化反抗話語相像，「後現代」話語中對「現代性」的「資本主義的文化矛盾」有著尖銳而深刻的哲學文化批判，但是，「尋根文學派」的作家們卻退守到反啓蒙的封建文化的立場上，試圖刪除「現代性」這一歷史的必然進程，而直接進入與世界文學對話的「全球一體化」的「後現代文化」語境之中，這無疑是一次失敗而盲目的文學運動，其要害就是始作俑者們忽略了其當時中國整個文化背景與文化語境的制約，雖然他們在具體的創作中又在無意識層面回歸到五四文化啓蒙的「現代性」母題上，但是其透露出的尋根作家民族認同的虛幻性及其文化民族主義情結的偏執與內在矛盾已經是顯而易見了。可以說，「新時期文學」在以「傷痕文學」爲重回啓蒙話語發端後，試圖在走出文化困境中尋覓一條新路時，「尋根文學」引領我們的文學走進了一片歷史的沼澤，而恰恰是這樣一個有礙於「現代性」進程的保守觀念，卻引起了另外一種文化觀念的反彈。

被當時一些理論家們指責爲「僞現代派」的作家作品，現在看來卻是對文學和文化加速進入「現代性」的過程起著文化與生活觀念蛻變的重要作用。可以將他們看作是對「尋根文學」歷史觀的一次反動。與文化保守主義相反，他們在技術層面並不像「尋根派」文學家們那樣走得更遠，而是注重將一種新的文化和生活觀念輸送給文壇和青年一代。曇花一現的劉索拉和徐星將《你別無選擇》和《無主題變奏》中的新潮生活方式與生存觀念寄植在青年一代的思想深處，作爲現代主義文化生活觀念在20世紀後半葉的第一次「補種」，它的思想史意義是大於文學史意義的。

〔註5〕 談蓓芳：《再論中國現當代文學的分期》，《復旦大學學報》2001年第1期。

如果所謂「偽現代派」給當時的文壇帶來的僅僅是思想與生活觀念的文化蛻變，那麼，更大的反彈則是「前先鋒小說」家們（指80年代中後期以馬原爲代表的那批以激進的敘述姿態進行創作的作家作品，亦稱「實驗小說」或「新潮小說」，我將他們與90年代的「晚生代」的先鋒性相區別，因此，稱後者爲「後先鋒小說』，）直接拋棄了文學的內容過程，在形式的技術革命領域裏作出了很大貢獻。「冷漠敘述」、「敘述魔方」、「敘述迷宮」成爲他們決絕敘述內容與情感的革命大旗，似乎他們也與西方的後現代文學藝術家們一同進入了「後現代」的社會文化語境當中，可以天馬行空地操作「純線型敘述」方式了。殊不知，這才是一次眞正的文化錯位——在沒有「後現代」文化語境「溫床」下的這次文學革命，很快就在失去「聽者」與「觀者」，而在孤芳自賞中偃旗息鼓了。由此可見，「前先鋒小說」對現代化的文化挑戰主要不是源自中國本土文化的發展邏輯，而是對外國後現代小說的提前模仿。當然，它在小說形式探索上的功績是有目共睹的，甚至，它的幽靈一直徘徊在90年代的「後先鋒小說」創作之中。事實證明，任何試圖超越和悖離社會文化語境的錯位性文學藝術的描述，都將是徒勞的，它仍然須得退回到二者同步的邏輯原點上來，於是，這次文化的技術革命就又引起了一次形式與內容的反向性的極端反彈。

視點下沉的「新寫實小說」和「新歷史小說」似乎標舉著一個新的文學歷史時期到來。他們的寫作技法與歷史觀，顯然與以前的作家有了本質的區別，尤其是他們在敘述方式上有別於「遊戲迷宮」式的「前先鋒小說」，而在內容上又區別於人們所厭棄的「宏大敘事」，況且與批判現實主義相去甚遠，而與自然主義相近。所以，人們對它的警惕性不夠。其實，從很大程度上來說，「新寫實小說」與「前先鋒小說」在許多思想和藝術觀念上都是相似的，但是，應該強調與修正的是：「新寫實小說」在面對「現代性」與「後現代性」兩種不同文化語境時，犯下了一個至今人們都習爲不察的錯誤——它們用「存在主義」和「虛無主義」的姿態，一方面否定和解構了20世紀「現代性」的啓蒙文化的價值取向，另一方面又對「全球一體化」的文化語境抱以冷漠與疏離的態度。前者消弭了人們對「現代性」文化歷史過程的嚮往激情，後者則刪除了人們對「後現代性」文化弊病的警惕。儘管它也十分關注小人物的命運，儘管它也對瑣細的生活傾注了過份的熱情，但是，它對人性中的那些卑微猥瑣的下意識和潛意識的熱衷，顯然削弱了五四「現代性」的人性要求；

而對生活中那些「一地雞毛」式的人生煩惱的「原生態」描摹，恰又是對「後現代」文化語境將人充分物化缺乏清醒認識與批判的體現。毫無疑問，「新寫實」恰好在那個特殊社會背景下出現，是有其深刻的文化原因的，它直接導因了90年代文學逐漸進入全球一體化的歷史過程，它是使中國文學走向無序格局的過渡性文學思潮。就此而言，「新寫實小說」作為文學史斷代分期層面上承上啓下的一種特殊文學現象和思潮，也就不足爲奇了。

三

利奧塔認爲後現代主義「不是現代主義的終結，而是它連續的新生狀態。」〔註6〕從這個意義上來說，世紀之交的中國文學面臨的仍然是兩種、甚至三種（包括前工業社會時代的現實主義文學）模態的文學境遇。在這一點上，詹明信也將西方文學世界概括爲現實主義、現代主義、後現代主義三種文學藝術模態並存的時代，〔註7〕是有一定道理的。

我們之所以將90年代作爲中國文學的轉型期，除了上述的社會經濟和文化基礎的變革外，其中更重要的原因就是文學經過了十年「現代性」的反覆回歸與「後現代性」的超前演練，以及政治風浪的磨洗和西方後現代文化理論的傾瀉，變得愈來愈趨向於單一化。在表面多元化的掩蓋下，文學的本質卻愈來愈向後現代文化設置的單一物質化的理論陷阱墜落。可以說，西方後現代文化理論家們正努力批判與克服的種種後現代文學的弊端，甚至毫無保留地出現在90年代的中國文壇。文學的媚俗化、商品化、感官化、物欲化、非智化、非詩化、唯醜化、唯惡化……，凡此種種，正預示著中國文學在「全球一體化」的經濟框架中，超前預支了西方的文化意識形態。

90年代「女性主義文學」的興起，當然不能簡單地看成是對西方後現代文化語境中的「女權主義」的模仿，但是過份地強調女性的主體地位，而忽略了兩性同構的人類文化學意義，徹底地反對男女平等、平權的「現代性」內涵，正是它走向沒落的標誌。同樣，在90年代的「晚生代」的作家作品中也存在著一個「複製」生活而缺乏深度的「後現代性」問題。詹明信認爲「後現代主義的第一特點是一種新的平淡感」，「這種新的平淡阻礙藝術品的有機

〔註6〕 詹明信：《晚期資本主義的文化邏輯》，三聯書店，牛津大學出版社1997年12月北京第1版。
〔註7〕 詹明信：《晚期資本主義的文化邏輯》，三聯書店，牛津大學出版社1997年12月北京第1版。

統一，使其失去深度，不僅繪畫如此，就是解釋性的作品也是如此。也就是說，後現代主義的作品似乎不再提供任何現代主義經典作品以不同方式在人們心中激起的意義和經驗。」「後現代主義的那種新的平淡，換個說法，就是一種缺乏深度的淺薄。」〔註8〕如果說他們對「後現代性」的理論還沒有足夠的邏輯把握的話，他們似乎更像達達主義那樣「採取反人類的活動」，「他們把德國浪漫主義哲學家們的美學全然與倫理學分離的原則加以改寫——『藝術和道德毫無關係』。」〔註9〕作爲「後現代主義攻擊藝術的自主性和制度化特徵，否認它的基礎和宗旨」〔註10〕是有其文學史的必然的，但是，將文學反叛置於對人類進步優秀的審美經驗的藝瀆框架之中，恐怕也是「後現代性」的一次審美誤植：「後現代主義發展了一種感官審美，一種強調對初級過程的直接沉浸和非反思性的身體美學，這被利奧塔稱爲『形象性感知』」；「後現代主義無論是處在科學、宗教、哲學、人本主義、馬克思主義中，還是在其他知識體系中，在文學界、評論界和學術界，它都暗含對一切元敘述進行著反基礎論（anti-foundational）的批判。利奧塔強調『微小敘事』（petits recits）來取代『宏大敘事』（grands recits）」；「在日常文化體驗的層次上，後現代主義暗含著將現實轉化爲影像，將時間碎化爲一系列永恒的當下片段。」〔註11〕這些文學敘述的徵象都頑強地表現在 90 年代的許多「晚生代」的作家作品之中。

　　如果「晚生代」是處於「後現代性」浸淫於中國文壇的先鋒和前衛的位置的話，那麼，90 年代的一些所謂「現實主義衝擊波」的作家們卻是從另一個端點來解構文學的「現代性」。與「後現代性」的作品解構「現代性」一樣，達到了殊路同歸的目的。在 90 年代這個同一時間維度界面上，爲什麼會出現兩種不同的創作觀念和創作方法呢？究其原因，我以爲，恐怕是一大批作家仍然沉湎在農業文明烏托邦式的田園牧歌之中使然。農民與平民的階級本位、對靜態文化形態的現實主義再現與描摹的本位、對一種宗教情緒頂禮膜

〔註8〕　詹明信：《晚期資本主義的文化邏輯》，三聯書店，牛津大學出版社 1997 年 12 月北京第 1 版。

〔註9〕　〔美〕馬爾科姆・考利：《流放者的歸來——二十年代的文學流浪生涯》，上海外語教育出版社 1986 年 10 月第 1 版。

〔註10〕　〔英〕邁克・費瑟斯通：《消費文化與後現代主義》，劉精明譯，譯林出版社 2000 年 5 月第 1 版。

〔註11〕　〔英〕邁克・費瑟斯通：《消費文化與後現代主義》，劉精明譯，譯林出版社 2000 年 5 月第 1 版。

拜的本位，就決定了他們必然站在更加保守的立場上來對這種「現代性」與「後現代性」交混而失序的社會文化狀態，作出自己的文化價值判斷。

文學表現上的「後現代性」症候不僅在創作觀念之中，而且已經滲透到了具體的描寫技巧技法之中了。進入 90 年代以來，一個不易被人察覺的巨大描寫空洞已經形成——風景畫面的逐漸消亡！它預示著人類在「現代性」的歷史過程中忽略了它的延展性與成長性，在「後現代」的文化語境中，我們在將文學的重心一味地「向內轉」時，全然捨棄了對於外部世界的關注，堵塞了人與自然的和諧溝通的透迤天路。而那些堅信「現代性」的寫作會給文學帶來一幅美麗圖畫的夢想已然在「後現代性」的文化語境中冰釋和解體：「它把森林和沼澤地變成鄉村和花園；它修建了數以百計寬廣、井然有序和美麗的新城市；它的產品直接豐富和改善了平民百姓的生活……靜與動之間、鄉村與城市之間、活力與機械力之間都取得平衡。」〔註 12〕可惜的是，這幅美妙的圖畫在「後現代性」描寫語境之中，已經成為碎影與泡沫。如果稍加留意，你就會發現，不知何時我們的小說、散文、詩歌裏已經很少再見景物與環境描寫了，就連戲劇舞臺的布景中，風景也多在被刪除之列。從中我們可以看出文學在物化的歷史變遷中的症候性表現。這種具有「現代性」的烏托邦描寫的消亡，是人類在返歸與自然溝通的路途中須得悲哀與警惕的文學命題。

在這裡，我得一再重複的觀點是：無論文學史的斷代是一個什麼樣的狀態，而衡量其文學作品卻有一個永恆不變的價值判斷——人性的和美學的標準。因此，我十分欽佩章培恒先生在「重寫文學史」的過程中，採用的這種人性化的治史眼光。文學史家和批評家的文化批判功能只有永遠朝著人性健康發展的軌跡前行，其學術和學理才能有價值體現。

凡此種種，足可看出中國文學，尤其是都市文學，已經進入了一個與西方發達國家與地區文學語境接軌的通道，它一方面是面對尚未全然脫離農業文明的文學觀念的困擾，另一方面又要面對來自後現代文化弊病的襲擊。但是，我們可以清楚地定義：20 世紀文學的終結，也就是真正與中國的「古典主義」意義上的文學史告別，應該是 90 年代末由經濟而文學的根本意義上的人的文化觀念的質變，由此來作為文學史斷代的理論依據，可能更有其學理性，恐怕也更能經得起歷史的檢驗。

〔註12〕〔美〕RICHARD H. PILLS：《激進的理想與美國之夢——大蕭條歲月中的文化和社會思想》，盧允中等譯，上海外語教育出版，1992 年 3 月第 1 版。

第三節　一九四九：在「十七年文學」的轉型節點上

六十年的文學史也該到再次審視和淘洗的時候了！只因 30 年來的現當代文學史的編寫在價值理念上還存在著許多誤區，還缺乏俯視整個中國文學史而宏觀把握各個斷代史的能力以及大文學史觀的氣魄和眼光。

六十年在中國文學史的長河裏只不過是一瞬間而已，然而，對於一個在現代化過程中的共和國文學來說，卻是一段充滿著大起大落、大喜大悲的歷程。回眸它的進程，使人不能忘懷的文學思潮、文學現象、文學事件和文學文本比比皆是。但是，究竟誰是誰非、孰優孰劣，面前的文學史讀本仍然是很混亂，分辨是非、去蕪存真的文學史重寫任務是遠遠沒有完成的。如今，我們需要做的事情是：除了文學史的價值觀念的重塑外；就是在六十年的文學史當中對作家作品進行再次的淘洗；再者就是能否從其發展進程中找出每次大的裂變原因來進行探究與分析，這些或許能為文學史的二次篩選和重寫找出規律性的經驗來。

毋庸置疑，1949 年以來的文學史是和其思想史的發展是基本同步的，其關聯性是不以人們的意志為轉移的，儘管 80 年代以來許多學者在治當代文學史的時候一再試圖避開思想史對文學史的影響和籠罩，想回到文學的本體和自身發展的軌跡上來。但是，歷史無情地宣告六十年的文學發展軌跡是依傍著政治與社會發展而前行的，儘管它有時也會冒出一些貌似純文學的文體和樣式，然而，在這些樣本中你仍然可以看見和嗅到它與政治社會文化不可分離的關聯性。雖然我們不屑於反映論對我們多年來的禁錮，試圖尋覓到一條文學自身發展的規律來，但是六十年文學史與思想史的血肉聯繫儼然是一個巨大的客觀存在！一切文學思潮、文學現象、文學創作的分析與透視，若想離開思想史的「直射」或「折射」，都是徒勞的，就像安泰要拔著自己的頭髮離開地球一樣不可思議。除非是體制徹底變化，否則就是「天不變道亦不變」。即便是從上個世紀末開始至今的商品化寫作大潮，也同樣是在體制思想制約下的文化與文學的表演性動作，作家們甚至試圖用「身體寫作」來展示文學的自身內涵，殊不知，這儼然都是政治文化規約下的「自選動作」，作家作品背後所指涉的巨大思想文化符碼是顯而易見的。我一直在努力尋找那種「純文學」的樣本，可是終究無果。

因此，我以為只要抓住中國大陸當代文學六十年發展中因思想史變化而生發的文學史轉型中的幾個關鍵時間節點，就很容易逼近六十年文學史的內核與本質。

一、「頌歌」與「戰歌」的和鳴

1949 年，在共和國誕生的禮炮還沒有響起的時候，七月的第一次文代會就定下了它迎接的必然是一個「頌歌」與「戰歌」的文學時代的到來。

上個世紀 90 年代我和王世誠在出版的《十七年文學：「人」與「自我」的失落》中就把「十七年文學」歸納成「頌歌」與「戰歌」兩種模式，雖然十多年過去了，我們的基本價值評判依然沒有改變，稍有改變的是由於隨著許多新的資料的披露，對「戰歌」的認識將更加深刻而已。

1949 年是共和國文學的起始年，它直接關乎到「十七年文學」和「十年文革文學」的走向，分析它的制度性和規約性是理所當然的事情。其實，它的文學走向的奠基早在七年前的《在延安文藝座談會上的講話》就完成了，而非是改朝換代前「天地玄黃」的 1948 年人心所嚮的和鳴，儘管 1948 年以後大批文化人和文學家都從各地轉輾來到北平，把自己的身心都交付予這個新的政權，並在共和國正式成立前就召開了第一次文代會，具有先鋒意義的文化和文學為新中國的誕生做了輿論上的奠基準備，但是就其組織形式和思維理念而言，它仍然是「解放區文學」體制規約的生命延展。文學在造神運動和繼續革命的思想指導下，無疑是定位在「頌歌」與「戰歌」的標準樣式中。在我們統稱的「十七年文學」，乃至於「十年文革文學」中，「頌歌」與「戰歌」的文學樣式逐漸升級，形成了大陸文學在世界文學面前的不斷退化和矮化，甚至成為走向五四新文學反面的直接動因。但是，我們的當代文學的治史者們卻始終不願面對這個鐵定的史實，既不承認這個時期大陸文學的滯後性，也不願意追溯與叩問其濫觴與所以然。

更值得關注的問題是：我們常常只注意到這一時期文學的「頌歌」樣式──那種在鑼鼓喧天中慶祝新國體誕生的喜悅與山呼萬歲時的激情化作稚嫩的詩篇，甚至還有些拙劣──的危害性，而忽略了被這一現象掩蓋著的充滿著殺機的「戰歌」文學樣式。從這個意義上來說，最具有諷刺意味的就是胡風在 1949 年新中國隆隆禮炮聲中寫就的激情長詩《時間開始了》。作為一個典型的案例，胡風再也沒有想到從此「時間開始了」的是埋葬他的思想和肉軀的過程。那時候，所有的知識分子，包括所有的作家，都像胡風那樣虔誠，甚至郭沫若還寫出了《魯迅先生笑了》的詩篇，以至今天許多學者為此發出了「魯迅先生是否真的會笑」的詰問。然而，回到歷史的現場，即便是再有思想的人在那種境遇下也不會思想了，也變得弱智了，亦如李慎之所言：「時

間開始了！我怎麼寫不出這樣的文字來呢？時間開始了！我完全瞭解胡風的思想和心理。決不止胡風和我一個人，我肯定那天在天安門廣場的每一個人都是人同此心，心同此理：中國從此徹底告別過去，告別半殖民地與半封建的舊社會，告別落後、貧窮、愚昧……」〔註 13〕天地玄黃，世事更迭。誰也絕對想不到，不到六年，也就是 1955 年 5 月 13 日，《人民日報》開始刊登「關於胡風反革命集團的材料」，毛澤東主席親自寫了編者按語，將胡風和其友人定性為「是以推翻中華人民共和國和恢復帝國主義國民黨的統治為任務的」「一個暗藏在革命陣營的反革命派別」。5 月 18 日，經全國人大常委會批准，胡風被捕入獄。並在全國各地逮捕路翎、牛漢等 92 人。6 月份開始，全國展開揭露、批判、清查「胡風反革命集團」運動。使 2100 餘人受到牽連，其中 92 人被捕，62 人被隔離審查，73 人被停職反省，胡風本人於 1965 年被判處有期徒刑，1969 年又加判為無期徒刑，從而造成了建國以來第一起重大冤假錯案。〔註 14〕這個文學事件演變成一個政治事件，其最重要的意義就在於它是一種警示信號：注定了 1949 年以後的文學要捆綁在政治思想戰車上的命運了。這是「歷史的必然」！

我對德國學者顧彬所撰寫的《20 世紀中國文學史》中的許多觀點並不讚同，尤其是他對許多作家作品的分析囿於某種文化的隔閡不甚到位，但是他對一些大的文學思潮和文學現象的把握還是有歷史眼光的，其價值判斷也是基本公允准確的。譬如他把 1949 年以後的共和國文學歸納為「文學的軍事化」，也就是看出了它的「戰鬥性」：「1949 年以後，文藝成為建設『新』社會過程中常用的手段。由於新的文藝美學誕生於戰火紛飛的 1942 年，所以使用了軍事化的語彙，強調階級鬥爭和游擊戰爭策略。」「戰爭美學需要體現國家意志，需要塑造『普通人』代表黨和人民的聲音。這種戰爭美學的核心觀點有以下四點：（1）文學與戰爭任務一致；（2）必須進行史無前例的革命；（3）文學水平的標準是戰士即人民群眾（大眾文化）；（4）文藝工作者之所以來自大眾是基於戰爭經驗（業餘藝術家）。」〔註 15〕作為一個「局外人」的 20 世紀中國文學史的治史者，顧彬對 1949 年中國文學深層走向的領悟似乎要比我們國內的許多當代文學的

〔註 13〕 李慎之：《風雨蒼黃五十年》，《李慎之文選》，明報出版社 2003 年版。
〔註 14〕 此處資料見傅國湧：《1949——中國知識分子的私人記錄：第四部分：胡風：時間開始了》，「文化頻道·讀書連載」，網址：chinacul@bj.china.com。
〔註 15〕 〔德〕顧彬：《20 世紀中國文學史》，范勁等譯，華東師大出版社 2008 年 9 月第一版，第 263 頁。

史學家們敏銳得多，這其中的原因可能是大家心照不宣的。

由此可見，在這個關鍵的時間節點上，不僅當時的人們忽略了「時間開始了」的另一層意義——「階級鬥爭」的重新開始，而就今天的文學史家們來說，有意無意地迴避了這一深層的文學內涵卻是絕不應該的。其實，「戰歌」的號角在共和國誕生時就同時吹響了，當月的《人民文學》上就赫然醒目地刊登了丁玲、陳企霞充滿著火藥味的批判白朗《戰鬥到明天》的長文，這一歷史的細節無疑是標示著一種新的白刃戰在文藝思想領域內的開始。大量的「火光在前」的革命戰爭題材作品就把這種火藥味散發得濃濃的，營造了一種戰鬥的氣息和氛圍。而批判《關連長》和《我們夫婦之間》就是階級鬥爭新的時間的開始。

從此，在新中國誕生的隆隆禮炮聲中，炮口開始轉向，對準了一切有不同意見的「反動派」！從「三反」、「五反」到「批判電影《武訓傳》」、「批『新紅學派』」、「批胡適」、「批胡風」，再到「反右鬥爭」，其思想史和文學史是緊密相連、絲絲入扣的，同時，我們也可以在「十七年文學」創作的深處無處不在地找到階級鬥爭大棒的影子。

二、「配合」政治意識形態的幾種文學模態

正因為有了 1949 年這樣一個時間節點上的思想轉型和新的規約，才有可能出現在這個時間鏈上的諸多形形色色作品，當我們翻開一部文學史，它的每一頁，乃至於每一個字縫裏都幾乎寫滿了為政治服務的印跡。

我們可以清楚地看到，在直接反映解放區「天地玄黃」、「乾坤扭轉」的「土改運動」題材的兩部獲得「斯大林文學獎」的作品《暴風驟雨》和《太陽照在桑乾河上》是 1948 年面世的，前者的作者周立波從蘇聯文學（他早期翻譯了肖洛霍夫的《被開墾的處女地》）中汲取營養，為配合偉大的「土改運動」而創作的長篇小說，這種體驗生活而高於生活的作品，成為新中國文學學習的楷模。如果說《暴風驟雨》在故事性和藝術性上還沒有太出格地詮釋政治的需求的話，那麼，丁玲在創作《太陽照在桑乾河上》的時候，就較明顯地表露出她要積極配合當時政治和政策的欲望來，以至在人物的塑造上也變得生硬乾癟，其語言也顯得僵硬而做作，完全沒有了早期「莎菲女士」真摯與靈動。

「配合政治和政策」成為新中國文學創作的宗旨，成為一切創作的最高

目標，同時也是最低要求，從這個意義上來說，1949 年 7 月的第一次文代會就把這個宗旨闃定為作家創作的一個「潛規則」。最值得發人深省的是，「人民藝術家」老舍 1949 年以後的創作一直是配合政治形勢的，《方珍珠》《龍鬚溝》《女店員》一系列的創作都是如此，而唯一沒有「配合」的創作就是成為「十七年文學」中具有罕見藝術生命力的《茶館》了，老舍先生和當時人藝的黨委書記說：這個戲就不「配合」了。可見其中之奧妙。

1949 年以後的「十七年文學」創作是在文學必須直接配合政治運動和宣傳任務的前提下，也就是一定要在「寫中心」、「畫中心」、「唱中心」的口號下進行創作，否則就是反對無產階級文學。儘管如此，作家們還是做出了不同程度的努力。如果要廓清各個作家作品之間的區別，以防我們的文學史將其攪和成一鍋粥，我大致將它們分為四種類型模態，即：主動性配合、消極性配合、反動性配合和抵抗配合幾種模態。這裡需要說明的是，第四種的抵抗配合和前三種配合是不在一個邏輯層面上的論述，前三種共同構成一個並列關係，而後者是相對獨立的系統，又與前三項構成一個對位的關係。

1、「主動性配合」舉隅

1949 年以後「主動性配合」的創作是占絕大多數的，無論小說、詩歌、散文、戲劇，各種文學樣式都競相爭做政治的奴僕。

小說自不待言，從延安傳承下來的趙樹理精神，除了堅持民族化、大眾化的風格外，「配合」已然成為趙樹理創作的慣性，不僅他本人身體力行，還帶動和影響著一大批他麾下的「山藥蛋派」作家群。從因配合婚姻自主宣傳而寫就的《登記》開始，到《實幹家潘永福》，他仍然沿襲著《小二黑結婚》套路，他在《下鄉集》中就明確表示了如何配合政治路線和政策的寫作思路，以至他的長篇小說《三里灣》成為第一個洞察了農村社會主義改造政治走向的敏銳反映現實生活的力作。在這樣的榜樣力量的感召下，才會出現谷峪的《新事新辦》，馬烽的《一架彈花機》《三年早知道》和西戎的《宋老大進城》這樣一水的「山藥蛋派」產品；才會在農業合作化的節骨眼上出現象李準那樣直接圖解政策的小說《不能走那條路》，這部作品已然成為「十七年文學」主動性配合的一個典型標本，雖然作者後來又寫了被認為頗有生活氣息的《李雙雙小傳》，但是仍然脫不了政治宣傳的窠臼。反映農業合作化題材的長篇最出名的是被稱為當代文學史詩性作品的《創業史》，我並不否認作家對創作的十二分地虔誠，也不懷疑作家抱著最真摯的情感去介入和描寫他自認為的真

實生活圖景的，但是，由於我們培養的工農兵作家對發生了的歷史和「歷史的必然」（馬克思語）缺乏清醒的哲學性認識，更不可能具備對歷史的洞見與認知，所以，柳青們在無意識中就在爲空洞的烏托邦付出了沉重的代價，儘管他們的人品是無可挑剔的，然而，他們作品卻成爲政治宣傳的工具。即便是後來由於人品的變異走上了賊船的浩然，當他創作第一個長篇小說《豔陽天》時，也同樣是帶著十二分的虔誠去營造那個烏托邦城堡的。如今我們僅僅用他們當時的「樸素的階級情感」和「誰沒有喝過『狼奶』呢」作盾牌來化解這一「配合」的行爲，恐怕是遠遠不夠的吧。

詩歌創作自不必說，它是「頌歌」與「戰歌」最直接的「簡單的傳聲筒」，1949 年，從何其芳的《我們最偉大的節日》和郭沫若的《新華頌》開始，那些吮吸過五四新文學自由與民主空氣的詩歌巨子們，像陝北農民那樣從肺腑中唱出了如《東方紅》一樣呼喚「大救星」的長歌，從此，一種配合政治造神運動的「宮廷詩體」與襁褓中的共和國同時誕生了。直到毛澤東提倡發動的「新民歌運動」，共和國培養和生產的詩人是層出不窮的，但是他們當中絕大多數是爲大唱「頌歌」與「戰歌」而生的，他們在「革命的現實主義和革命的浪漫主義相結合」的所謂「兩結合」創作方法的規約下狂歌，我們不必舉出眾多當時因「積極性配合」而走紅的許多著名詩人了，就像艾青這樣的詩人也在「爲社會主義歌唱」的高調中雲中漫步，當然，使他始料未及的是如此忠心耿耿地歌唱竟然還是被打成了大右派，只因一個「養花人的夢」，他的《歡呼集》算是白「配合」了。作爲被稱爲「戰鬥詩人」的田間除了寫就了許多戰鬥的詩篇外，也同時不忘高唱《天安門讚歌》和《毛主席》。這一時期最熱門的是長篇政治抒情詩，從延安來的賀敬之是一把好手，他應該是「頌歌」的大成者，《放聲歌唱》《東風萬里》《十年頌歌》《雷鋒之歌》等一系列長詩幾乎成爲共和國文學的教科書，《回延安》也是幾代人的文學必讀課本。

這裡特別需要提到的是一生一直在「積極性配合」與「反抗配合」之間遊走的兩難詩人郭小川，他自詡爲「戰士兼詩人」，一方面認爲：「詩人首先是戰士，要縱觀整個新時代，眼光應該敏銳，喚起人們鬥爭。」另一方面，他又主張「文學畢竟是文學，這裡需要很多新穎而獨特的東西，」「核心是思想。而這所謂思想，不是現成的流行的政治語言的翻版，而應當是作者的創見。」〔註 16〕正是在這樣極其矛盾悖反的心境下，作者創作出了兩種截然不

〔註16〕郭小川：《月下集·權當序言》，人民文學出版社 1959 年版。

同的詩篇，從《致青年公民》《白雪的讚歌》《將軍三部曲》到《深深的山谷》
《一個和八個》《祝酒歌》《青松歌》《大雪歌》……等一系列政治的和非政治
的抒情詩和敘事詩，都顯現出詩人在「配合」與「不配合」之間來回跳躍性
的思考，其中最發人深省的是他在 1959 年所寫的那首引起批判熱潮的政治抒
情詩《望星空》，詩中那種「望星空，我不禁感到惆悵」的心境正是他不知道
究竟是用「戰士」的眼光來粉飾虛偽的太平呢？還是以「詩人」的名義來抒
發心中憂鬱的矛盾情緒的呈示。從這個意義上來說，郭小川和他的詩歌就是
「十七年文學」中有良知的作家創作困境的最好注釋。

　　散文創作是「主動性配合」的「輕騎兵」，它以最快的速度和最隨意的樣
式直接去觸及政治敏感的問題，所以頗受青睞。

　　1949 年以後的散文可分為廣義散文和狹義散文兩種，前者包括了散文文
體的新創造，那就是報告文學和特寫。之所以出現這種文體熱，那誠然是時
代政治的需求使然。50 年代前期風靡的是「主動性配合」政治運動和形勢的
通訊報導、報告文學之類的人物紀實描寫，而 50 年代後期就把主要精力轉向
政治抒情散文和隨筆雜文的寫作了。前期除了配合抗美援朝戰爭的通訊報導
（最典型的是魏巍的《誰是最可愛的人》，它成為哺育幾代人的教科書）和一
些「頌歌」式的抒情散文（如老舍的《我熱愛新北京》等，由於它的文體形
式和抒情特點沒有詩歌那樣狂熱而易朗誦口傳，所以並不顯眼）外，就是人
物紀實散文了，如柳青的《王家斌》、秦兆陽的《王永淮》、沙汀的《盧家秀》
等，它們開創了為先進人物和英雄人物樹碑立傳的先河，這些紀實性散文後
來在 50 年代後期逐漸演變成報告文學文體，形成了配合政治的創作熱潮，如
《一場挽救生命的戰鬥》（巴金）、《為了六十一個階級弟兄》（《中國青年報》
集體創作）、《向秀麗》（郁茹）、《毛主席的好戰士——雷鋒》（陳廣生）、《無
產階級戰士的高尚風格》（郭小川等）、《縣委書記的好榜樣——焦裕祿》（穆
青）、《小丫扛大旗》（黃宗英）。當然，像臧克家的《毛主席向著黃河笑》那
樣直接歌頌領袖的抒情散文也屢見不鮮。而 50 年代後期到 60 年代初是被當
代文學史家們稱為「散文的黃金時代」，所謂的「散文三大家」：楊朔、劉白
羽、秦牧的創作正好是「積極性配合」和「消極性配合」兩種模態的印證。
楊朔散文是「頌歌」變體的代表，他的《海市》、《東風第一枝》雖然在藝術
上較婉約曲折，但是作品無視當時人民的疾苦，一味對時局阿諛奉承、曲意
迴護，其危害甚至遠遠大於其他作品。《雪浪花》《荔枝蜜》《茶花賦》《泰山

極頂》作爲幾代人的文學營養，其歷史意義深遠而值得回味反省。而劉白羽以《紅瑪瑙集》中的《日出》《青春的閃光》《長江三日》名世，當然還有《萬炮震金門》那樣的檄文，《長江三日》被視爲「戰歌」在藝術和思想上的最高境界，那種充滿著陽剛的革命激情可謂奔騰磅礴、一瀉千里，而在蕩氣迴腸之後給人留下的卻是一介莽夫嘶啞空洞的吼叫的回音。

　　1949 年以後的戲劇創作也是在一片鑼鼓聲中扮演著「積極性配合」的主角。它的起源來自於毛澤東所倡導的「推陳出新」的舊劇改革，從 1949 年帶來的延安遺風，一直到 60 年代前期的「京劇革命」，可以說，除了在反右前夕的時間節點上有短暫的創作自由外，戲劇基本上是以鬧劇貫穿於「十七年文學史」創作中的。「配合」成爲這個文學樣式的主要職責和任務。不要說《紅旗歌》（劉滄浪等）、《戰鬥裏成長》（胡可）這樣的「頌歌」與「戰歌」充斥著舞臺，就連老舍也誠心誠意地積極投入了爲新生活鼓吹的行列，他的《方珍珠》、《龍鬚溝》就是配合「頌歌」的力作。曹禺從《明朗的天》到 60 年代的《膽劍篇》都是在「積極性配合」進行創作的，難怪趙丹在臨終前說他 1949 年以後沒有創作出屬於自己的作品來。這種「配合」到了 60 年代初的階級鬥爭天天講的時候已經是登峰造極了，《奪印》《千萬不要忘記》《年青的一代》《霓虹燈下的哨兵》可說是那個時代戲劇直接圖解政治意識形態的樣板。

2、「消極性配合」舉隅

　　「消極性配合」大多數是當時根據上面下達的創作任務，或者是爲了跟風而顯示進步進行寫作的，像巴金的短篇小說《團圓》就是應景之作，過度的戲劇性效果背後透露出來的是作者配合政治宣傳時的無奈與藝術上的底氣不足。從 50 年代初草明創作的工業題材的《原動力》、周立波的《鐵水奔流》、艾蕪的《百煉成鋼》到諸如楊朔反映抗美援朝戰爭的《三千里江山》等作品，均因爲「配合」的痕跡太明顯，且亦非自身熟悉的生活而宣告失敗。而「消極配合」的作品出現在農業合作化題材的作品中是不多的，像周立波的《山鄉巨變》就算是這一題材創作的佼佼者了，由於作者把許多描寫的重心放在生活和愛情上，導致「配合」的因子下降，也算是一種有意無意的游離吧，但是其藝術效果卻比其他作品好了許多。回眸這些因配合政治宣傳而速朽的作品，我們只能慨歎當時的文藝體制無視文學規律的規約性，然而，又有哪個作家反躬自問，進行了深刻的自我反省了呢？總是把這場鬧劇，甚至是悲劇的責任輕輕地推給了歷史，這無疑不是歷史主義的態度吧。即便是消極地

配合，也應該總結歷史的教訓，以儆效尤。

作為一個特例的是楊沫創作的長篇小說《青春之歌》，本來作者就是滿懷激情來抒寫知識分子是怎樣走上了無產階級革命康莊大道的主題內容，以此來回答五四以來知識分子創作母題中始終不能解決的知識分子出路問題。但是，在那個左而又左的時代裏，就連這樣的紅色經典也同樣遭致了不夠極左的詬病，致使作者不得不加進了「與工農相結合」的內容，這一修改雖然是被動和消極的，但是作家的態度是虔誠和謙虛的。

在「消極性反抗」中我們可以看見，由於反右鬥爭血的教訓，使得許多作家躲進了歷史題材的硬殼中，50 年代末是「十七年文學」中長篇小說創作的所謂「黃金時代」，許多描寫革命歷史題材的作品面世，像梁斌的《紅旗譜》、曲波的《林海雪原》、知俠的《鐵道游擊隊》、馮志的《敵後武工隊》、李英儒的《野火春風鬥古城》和劉流的《烈火金鋼》等一大批用傳統話本小說形式創作的長篇小說，就是為了規避現實政治的困擾而鑽進「革命歷史題材」的保險箱裏做道場的結果。

1949 年以後的詩歌創作中採取「消極性配合」的作品不算很多，當然，在一大批詩人詩作中也有一些處於消極狀態下寫就的詩篇，包括艾青、李季、徐遲、戈壁舟、李瑛、雁翼、公劉、顧工、白樺等人的部分詩作。值得玩味的是，「漢園三詩人」中曾經是「現代派」詩人的何其芳是「配合」上去了，而李廣田和出身「新月派」的卞之琳，以及 40 年代就出名的馮至都沒有能夠「配合」上去，他們也試圖嘗試用新的形式和思想來為社會主義文學添磚加瓦，卞之琳寫了《第一個浪頭》，李光田寫了《春城集》，馮至寫了《西郊集》《十年詩抄》。但終因不能擺脫借鑒英美詩歌窠臼而不被看好，這種「配合」是不以他們自己的主觀意志為轉移，恐怕也只能算作「消極性配合」吧。

1949 年以後採取消極配合、迂迴描寫的敘事和抒情散文無非不外乎一種模式，就是像秦牧那樣躲進歷史和文化知識傳播的軀殼之中，在文中或文末置入一些勾連時代的套語，也就成為知識性、趣味性和思想性為一爐的妙文了。他的《花城》《古戰場春曉》《土地》《潮汐和船》《社稷壇抒情》都是那時紅極一時、眾口稱贊是好作品，可以看出，只有在那個禁錮的時代裏才會出現這樣的現象。大同小異的作家作品就有吳伯蕭的《北極星》、碧野的《情滿青山》、郭風的《葉笛集》、何為的《織錦集》、袁鷹的《風帆》、方紀的《揮手之間》、峻青的《秋色賦》等。這些作家作品只能說是沒有那樣露骨地去積

極配合政治意識形態而已，但絕對不能算是好作品，在新一輪文學史的篩選中很可能被淘汰。

同樣，戲劇的「消極性配合」也出現在反右鬥爭以後的 1958 年至 1962 年間，歷史題材的戲劇創作也成爲戲劇家們躲避嚴酷的階級鬥爭現實的一種明智的選擇。郭沫若的歷史劇創作可謂是「王顧左右而言他」，《蔡文姬》《武則天》其中翻案之意只有他自己心裏最清楚。田漢的兩部歷史劇《關漢卿》和《文成公主》，前者被後人說成是「反潮流」的力作，或許並不客觀，把它列爲「消極性配合」可能更適合一些。老舍的《神拳》無甚影響，而朱祖貽等的《甲午海戰》卻成爲那一時期的扛鼎之作，同樣是提升民族精神，它的成功之處就在於很少《膽劍篇》裏那種爲政治而說教的痕跡。

3、「反動性配合」舉隅

所謂「反動性配合」就是指那些看出了政治和政策有了問題而在作品中進行反思和對抗的作品。從較早的蕭也牧的《我們夫婦之間》到後來在反右鬥爭前夕的一系列作品：王蒙的《組織部新來的青年人》、劉紹棠的《田野落霞》、李國文的《改選》、白危的《被圍困的農莊主席》等，這些作品在面對當時政治和政策時，採取的是對政治現實本身的反思。換言之，也就是在爲政治服務的創作思維整體框架中，做出的是有自己獨立政治見解的價值判斷，雖然這些作品在藝術上也同樣存在著較爲粗糙的弊病，但它畢竟是作家獨立思考的藝術結晶。包括趙樹理在內的一些被視爲最爲可靠的「主動性配合」作家們，也會在一定的歷史條件下進行自主性思維的。在「社會主義現實主義」的路子走到盡頭時，趙樹理們要求創作方法的深化，提出了與時代潮流相悖的「寫中間人物論」的主張，其《鍛鍊鍛鍊》就是對政治與生活實際相脫離的一種反詰。當然，西戎的《賴大嫂》亦是如此。就連李準也寫下了像《灰色的帆篷》這樣叩問政治現實和生活現實的作品。就此而言，我們可以看出，這種「反動性配合」的作品，無疑是「十七年文學」中對政治生活和文藝體制進行反思和對抗的力作，但是，僅僅把它們作爲一種「反潮流」英雄交響詩來禮遇，恐怕也並不符合文學史的客觀要求。

除了消極的逃避，詩歌在 1949 年後的「十七年文學」中的「反動性配合」是微弱的，雖然 1958 年被打成右派的詩人也不少，但是，這類詩作能夠在文壇上留下來的卻很少，像被毛澤東點名批判的流沙河的《草木篇》那樣直接

針砭時弊的散文詩，應該是有其鮮明特色的詩作，而郭小川的《望星空》對時代、自我所發出的深刻的詰問，卻是那個時代精神壓抑下詩人尋覓自我與人性的最強音了。艾青的《養花人的夢》和邵燕祥的諷刺詩都在不同程度上發泄了對那個時代政治的不滿。由於這一時期曾活躍於 40 年代的「九葉派」詩人被冷遇且多數被打成右派，而「七月派」詩人又早早地被定爲「胡風反革命集團分子」，詩壇上活躍著的基本上是喝延河水的詩人了，這就是此類作品不多的原因所在。

　　1949 年以後「十七年文學」中散文創作「反動性配合」有兩次高潮：一次是 1957 年反右前夕；一次是 60 年代初期。前者是以劉賓雁的報告文學《本報內部消息》《在橋梁工地上》等爲發軔，對黨內存在著的官僚主義作風進行了無情的揭露和批判，儘管這一時期大量流行的是一些「頌歌」式的報告文學，但就僅僅是劉賓雁的這兩篇報告文學就足以顯現出那個時期此類作品強大的威力和創作的爆發力。後者是在 60 年代初期由鄧拓、吳晗、廖沫沙以「三家村札記」爲名，在《北京晚報》上開闢的「燕山夜話」專欄，從此，開始了一個犀利尖銳地針砭時弊的雜文時代，參與此次雜文大合唱的還有夏衍、孟超、唐弢等人。鄧拓的五集《燕山夜話》可謂是雜文時代的集大成者，用老舍的話來說是「大手筆寫小文章，別開生面，獨具一格。」〔註 17〕可惜這樣的雜文時代只是曇花一現，到了文革時期成爲首當其衝被批判的靶子，「三家村」的主將也在「補天」而不被理解的聲討之中自盡而亡，這一現象留給文學史的思考是深刻的。

　　1949 年以後在戲劇領域內的「反動性配合」較少，主要集中在 1956 年創作的所謂「第四種劇本」上，主要代表作有岳野的《同甘共苦》、楊履方的《布穀鳥又叫了》、海默的《洞簫橫吹》、趙尋的《還鄉記》，這種大膽「干預生活」的作品成爲那個時代話劇的最強音。再有就是 60 年代初的文革前夕，幾部新編歷史劇成爲政治交鋒的焦點，田漢的《謝瑤環》、孟超的《李慧娘》、吳晗的《海瑞罷官》應該都是「反動性配合」的典範之作。

4、「抵抗配合」舉隅

　　我這裡所說的「抵抗配合」是與上面三個「配合」不在一個種屬的邏輯關係上，也就是說，上面三個是在同一個並列的「配合」邏輯關係層面上，

〔註 17〕老舍：《憶鄧拓》，福建人民出版社 1980 年版。

而這裡卻特指的是「不配合」的作品。在這個「反抗配合」的作家作品中，我們看到的是很少的作家孤獨身影。

「反抗配合」的作品自然是出現在反右鬥爭的前夕，他們有意避開了政治鬥爭的困擾，試圖走進一個羅曼蒂克的文學愛情與人性描寫的殿堂，當然，這其中也不乏政治陰影的籠罩，但是這種「積極的反抗」最終遭到的是最嚴厲的批判。像宗璞的《紅豆》、豐村的《美麗》、李威倫的《幸福》、鄧友梅的《在懸崖上》、陸文夫的《小巷深處》和高纓的《達吉和他的父親》等就是「反抗配合」典範。顯然，這些作品都是以細膩的文學性的描寫見長，其藝術含量較高一些，作為「十七年文學」的另類作品，它們只能說明作家的生活感悟力和藝術的描寫力尚且在那個時代還存活著。

值得一提的是 60 年代初出現的歐陽山的系列長篇小說「一代風流」的前兩部《三家巷》《苦鬥》，這兩部小說甫一問世就遭到了嚴厲的批判，資產階級的人性論、愛情主義至上的帽子將這兩部小說立即打入冷宮，成為禁書。本來，此書的題材是革命歷史內容的，卻偏偏被作者的抵抗政治意識形態的無意識佔領侵蝕了，以至使其變成了一部「才子佳人」卿卿我我之作（從這個意義上來說，批判者是抓住了「要害」的），正是在這個意義上來說，它們成為靠直覺遠離了政治意識形態而進入文學本體的創作。

在詩歌領域裏，我們幾乎看不到那種遠離配合政治意識形態的作品存在，除了上述的郭小川的《望星空》那樣尋覓自我的詩歌還有點意思外，恐怕聞捷的詩才具有「抵抗配合」的意味，他的詩作幾乎都是遠離政治中心的生活之歌，從邊疆的風土人情中尋覓詩歌的源泉，誰又能與黨的民族文化政策相對抗呢？就在這樣的幌子下，聞捷穿行在愛情與風俗的海洋裏，創作出了一大批「生活的讚歌」，他的《天山牧歌》《河西走廊行》《生活的讚歌》《復仇的火焰》都是與那個時代思想精神背道而馳的真詩！其他就很難看見能夠流傳下來的詩歌了。

1949 年以後的散文創作只有在題材上迴避現實政治的籠罩，才能獲得「抵抗配合」的空間，所以躲進風景題材和國際題材的寫作之中去，才是唯一的選擇。像李若冰那樣從 50 年代就用抒情的筆調謳歌大西北邊塞風景的傑出散文家一直不被文學史關注，也是左傾思想治史的結果，他的《山·湖·草原》《在柴達木盆地》那樣的散文應該是畸形時代一朵朵絢麗的奇葩，共和國的文學史是應該大書特書的。那些從 1949 年以前走過來的作家也只能在「風景

談」裏做文章了，像葉聖陶的《遊了三個湖》、曹靖華的《花》、柯藍的《早霞短笛》、陳殘雲的《珠江岸邊》、菡子的《初晴集》等都是這一類作品，他們有時也在作品中加上一點政治的「味精」，如此，誰敢說他們不是在歌頌偉大的祖國呢？而冰心的《櫻花贊》等一系列的國際題材的作品，似乎可以稍微放開來表達一些內心的「自我」情感。

在「十七年文學史」的戲劇創作中，除了上文提到的老舍那部唯一能夠入史傳世的《茶館》外，就是一些歷史劇創作了，但是，它們都或多或少地帶著含沙射影的味道，它們往往是在「反動性配合」與「抵抗配合」兩者之間徘徊，怎樣定位，將是一個歷史的難題。

綜上所述，對於四種敘述模態的「十七年文學」而言，我們在重新釐定其作家作品時怎樣進行有效而客觀的刪除與擴寫，使文學史更加簡潔明瞭而真正具有文學的意味與人性的意味，還是個任重道遠的艱巨任務。

第五章　從「文革」到「新時期」的
　　　　文學調整

第一節　文學在非常時期的非常狀態

一、「寫不了」──「十七年文學史」的艱難命題

　　文學史的發展誠然離不開「時代的統治思想」制約，但是，作爲被歷史和眞理所檢驗過是出了錯誤的文學現象，如今非但不能被糾枉，而且愈加謬誤，倘若是對文學史的無知倒不可怕，可怕的是那種極左的陰魂時時縈繞於各種現代媒體中間，且悠然自得地步入新世紀的文學殿堂。

　　我以爲對十七年文學的總體評價應持以不擬褒揚的態度。儘管我們一部部不斷出新的文學史教科書上仍然對這段文學史採取過份的褒揚，或者乾脆迴避許多實質性的問題。但是，不可否認的歷史事實是，十七年占主導地位的極左文藝思潮遏制了文學的自身規律和根本出路。今天，我們可以批判「文革文學」，殊不知，「文革文學」的思想資源和一整套的文學運作機制都源於「十七年文學」。「十七年文學」不能得以清理，就無從對「文革文學」進行徹底釐定。

　　然而，爲何「十七年文學」始終不能得到很客觀的歷史清理呢？

　　除了一些尚還健在的文壇遺老們還沉靜在青春激情的深刻眷戀之中（他們中的許多人是喝著「狼奶」長成「巨人」的），關鍵的問題是，我們在長期的左傾觀念的治史過程中，磨去了思考的鋒芒，沉溺於「左」的思維習慣之

中而渾然不覺。爲什麼浩然重新張揚起「文革文學」的旗幟，爲其《金光大道》翻案時，還能引起一片同情之聲？爲什麼如今許多文學創作中的人物塑造與「文革文學」中的「高大全」的典型形象十分相似？這難道不是文學史家和文學批評家們值得反思的現象嗎？

據報載，「老作家姚雪垠，在完成他的五卷本《李自成》之後，終於無憾而去」。且不說《李自成》在第二部以後的寫作過程中或多或少，或重或輕地融入了「文革文學」的思想觀念，那種無限拔高人物形象的「高大全」寫作模式使人生厭，就其寫作動機來說也是令人深思的。

曹雪芹「披閱十載」的《紅樓夢》是在其窮愁潦倒之時寫就的，作者根本就沒有想到拿它去兌換五斗米，或獻媚於何人，那來自肺腑的語言，那親歷的榮辱盛衰，致使作者從藝術的規律出發來抒寫人生歷史的大悲劇，給人的藝術感染力是永恒的。然而，我們「十七年文學」和「文革文學」之所以落入「爲政治服務」的魔圈，就是作者以「遵命文學」（此種「遵命文學」不能與魯迅所倡同日而語）爲榮，寧可捨棄一切文學的藝術準則。因此，當我看到1999年7月末版《文學報》的「文壇博覽」中摘了於倩在《縱橫》第七期上的一文時，我仍然爲文中披露出的左傾歷史事實而深感吃驚。

文章披露了「毛澤東批示出版《李自成》」的歷史過程。1963年《李自成》第一卷出版時，深諳毛澤東喜讀明史的姚雪垠，當即寄贈了此書，「但毛澤東當時並沒有看」，直到1966年6月毛澤東才偶然翻起了這部書。要知道，這正是文化大革命的烈火熊熊燃起之時，

或許是《炮打司令部——我的第一張大字報》的激情猶未盡，毛澤東在韶山滴水洞裏用十幾天的時間讀完《李自成》的第一卷上冊後，肯定是深有感觸的。用「夜不能寐，浮想聯翩」來形容，當是不過份的，否則他老人家也不會向武漢市委下達「對姚雪垠要予以保護」的命令，「賜給姚雪垠一塊『免鬥牌』」。要知道，在那個瘋狂的時代，有幾個文人能享受此等的豁免權呢？無疑，這對於一介書生來說，是感激涕零的，他怎能不把自己過多的熱情和理想注入到創作《李自成》第二卷的過程中去呢？他怎能不以理想主義和浪漫主義的情愫去塑造「高大全」式的李自成們呢？也許是對主席的思想精髓領悟到了無比透徹的地步，姚雪垠文革期間的創作自然是深得其「文革文學」要領的。顯然，與曹雪芹之流的寫作目的完全不同，姚雪垠是急於發表的，爲什麼要急於發表？「文革」期間已廢除了稿酬制，目的無非是表明心跡而已，「做穩」而已。因此，

「姚雪垠在給毛主席的信中彙報了自己總的寫作計劃、目前進度和存在的困難，懇切地請求毛主席關心《李自成》的出版。信末抄呈舊作七律一首《抒懷‧贈老友》。姚雪垠相信，用信詳述情況，剖明心跡，再加上這首豪邁奔放而又典雅雋永的七律，當能──打動詩人毛澤東的心」。與其說是「打動詩人毛澤東的心」，不如說是「打動了政治戰略家毛澤東的心」。

果不其然，毛澤東在胡喬木轉呈的信的天頭寫下了批示：「印發政治局各同志，我同意他寫李自成小說二卷、三卷至五卷。」據本人淺薄的記憶，毛澤東在文革期間對具體作家作品的批示，且發至政治局的，除了圍繞《創業》展開的那場帶有火藥味的政治鬥爭以外，好像還沒有過。是毛澤東救活了《李自成》，同時亦救活了中國青年出版社。殊不知，在「文革」期間，能夠印成鉛字的文學作品可謂寥若晨星，除浩然，張永枚等人之外，大部頭作品還只有姚著。

《李自成》的寫作是經過欽定的，這在中外文學史上都是罕見的現象。只此一點，足以使作者風光一世。如今當我們重新捧讀《李自成》第二卷時，許許多多的情節和細節描寫使人汗顏，使人陷入了那種特定的尷尬情境之中。自然，作為一塊文學史的「活化石」，它的存在意義只是一種警世而已，使後人記取歷史的教訓，記取「為政治服務」的御用可悲性。然而，今天若將瘡疤當作榮譽，將謬誤作為真理來炫耀，豈不是貽笑大方。但是，我們決不可低估它的影響力，這種顛倒歷史、混淆視聽的行為，很可能迷惑對「文革」一無所知的下一代。

一部作品須得一位最高領導者予以批准，這是作家作品的幸還是不幸呢？由此，我又想起了近來在報刊上讀到的另一則舊聞，現錄其中一節如下。

　　　　毛澤東最佩服康熙皇帝，在他看來，康熙皇帝不僅懂幾國文字，精通地理、歷史，而且執政時間最長，是難得的一代明君，他把這個想法告訴老舍，要他寫一部關於康熙皇帝的劇本。老舍說：「您的好意我知道，但我沒有進過皇宮，不知大臣們怎樣接觸皇帝。沒有生活的體驗，我寫不了。」〔註1〕

當然，這段回憶的可靠性尚待考察，但就老舍對藝術的態度來說是可取的，不管什麼人，他的想像是不能替代作家的生活，替代藝術的規律的。儘管老

〔註1〕　宋維生：《冰清玉潔伉儷情──聽老舍夫人胡絜青憶往事》，《文匯讀書周報》
　　　　1999年7月31日第8版轉載《老舍二三事》，原刊於1999年第7期《人物》。

舍解放後亦寫過一些應景之作，儘管在「十七年文學」中，他曾自覺不自覺地扮演過「遵命文學」的角色，在兩難情境的創作氛圍裏苦苦的掙扎，不能自己。但他畢竟還創作了遵循藝術規律的絕世之作《茶館》。作爲一個平民作家，他敢於拒絕最高指示，他能夠拒絕最高指示，須得多大的勇氣和膽識？我不能準確地猜測出老舍投太平湖時的眞實心境。但是，我執著的以爲，老舍在那一夜裏，肯定是思考到了他之所以被批鬥，革去了頂戴桂冠，革去了人格尊嚴，其最最重要的一條就是他違逆了「遵命文學」的宗旨，犯上之罪不可恕，他只有死路一條！不知這句「沒有生活的體驗，我寫不了」是不是誘發他投湖的因素之一，倘使有此因素，觸犯龍顏，當是罪該萬死了，何談豁免權呢？

我們無須用道德的準則來作爲評判歷史現象的惟一標準，但就其兩者不同的態度來看，我以爲，我們在文學史的作家作品剖析中，不得不把考慮作家的人格因素作爲一條衡量標準。如今，許多文章開始爲文革中的郭沫若、姚雪垠、浩然鳴冤叫屈。如果單單孤立起來看，這只是個怎樣對待作家的問題。但問題遠不是那麼簡單，它牽動著的是一段悲劇性的歷史，觀念的改變足以使那段醜惡的歷史變成一位漂亮的姑娘。

爲什麼否定「文革文學」十分容易，而否定與之一脈相承的「十七年文學」卻如此之艱難？如今我們在編寫 21 世紀教材的時候，仍然不能廓清這段歷史，眞是貽害下一代！說到底，左的思維方式仍然制約著我們文學體制中握有相當權力的一些人，再加上商業時代媒體的惡意炒作行爲助紂爲虐，使本來可以爲「重寫文學史」提供一條清晰的「歷史的和美學的」思路，變得模糊不清，似是而非了。

在 20 世紀的文學史中，「十七年文學」和「文革文學」所投下的歷史陰影是巨大的，它甚至在今天還左右著一些作家的創作思維，它已然成爲一種「集體無意識」，以潛藏著的慣性滑向 21 世紀。君不見，「高大全」式的英雄人物又站立在我們的文學作品中嗎？君不見，消解現實生活中的悲劇不是蔚然成風嗎？

「遵命文學」的存活，將意味著什麼呢？

那本在大順皇帝李自成進京後的三三一年（1975 年）由毛澤東御筆批示發行的《李自成》第二卷終於載入「文革文學史」中，也嵌入了 20 世紀的文學史中。如今怎樣看待它，卻成了一椿簡單而又複雜的文學史命題了。

二、留在民族記憶中的「革命樣板戲」

　　有多少國人能夠記起四十多年前的那一場人類浩劫的噩夢呢？巴金死了，他帶走了「建立『文革』博物館」的烏托邦之夢，而我們這些苟活著的「文革」歷史見證人，在這巨大的歷史空洞中陷入的是失語狀態，因為這段慘痛的歷史早已在我們的民族記憶中成為一種被改寫的印象和被扭曲的影像，甚至已經化成了一種純美的「公序良俗」潛規則根植於我們的社會文化心理之中，我們的下一代就是在據說具有現代性審美元素的「革命樣板戲」的旋律之中，獲得了消費時代的審美愉悅的。

　　也許，「革命樣板戲」就是唯一以其最完形的方式保存下來的「文革」精神遺產了，也可算得上是「人類非物質性的精神文化遺產」罷，且說它是一座「『文革』精神博物館」也不為過。你看！在晨練的老年人中不乏用「革命樣板戲」的唱段弔嗓子者，甚至還有以大合唱形式磅礴而歌的人們；在各類形式的表演中，不乏用「革命樣板戲」作為看家的保留劇目進行表演賽的，最小的演員也就三四歲；在那些不景氣的專業劇團裏，無論是作為政治任務，還是謀生手段，至今時常排練和保留「革命樣板戲」劇目者不在少數；甚而，我們可以在現代意味甚濃的酒樓茶肆裏，看到李玉和、郭建光、楊子榮、喜兒、吳瓊花、柯湘等光輝形象的身影，一句字正腔圓的樣板戲唱詞，足以勾起幾多「遺老」對那個時代「苦難之美」的回憶；一段做唱念打，就能夠換得不知「文革」為何物的年輕人並不輕薄的掌聲……當這一切化作消費時代的精神商品的時候，它的真正歷史內涵被遮蔽了，它那巨大的精神反思內容被刪除了。

　　一個非常有意思的現象值得我們深思：考察現如今人們對待「革命樣板戲」的價值立場，有兩種表面上水火不容的對立價值觀在打架，然而，它們卻同樣是對「文革」本質意義的顛覆！前兩年鬧得沸沸揚揚的那場關於《沙家浜》被改變成豔情鬧劇小說的爭論，其回響至今不絕於耳，老一代革命家們，尤其是在打江山過程中與「沙家浜」有著共同革命文化語境的人們，甚至在「文革」期間喝著「革命樣板戲」奶長大的一代人，是絕不容許對「革命樣板戲」有半點褻瀆的，他們竭力維護其在民族記憶中的至尊地位；而那些沒有「文革」記憶的年輕一代，卻在「文革」回憶的碎片中揀拾到了那些自以為十分有趣的素材，拿著毒品來遊戲一把，或者說他們本身就認為「文革」是一場好玩的遊戲，對它進行重新解構和闡釋便成為一種「後現代」的

時尙。前者對「文革」之痛並非沒有記憶，而是缺乏深刻的理性思考，他們的立場是由於其既得利益使然，當然，這其中不排除還有一些對「有毒回憶」的盲從者，難怪沈從文早就說過「回憶是有毒的」箴言；後者對「文革」沒有任何感性的認識，他們是沒有痛感的一代，「文革」對於他們來說是遙遠的歷史記憶，他們可以循著「一切歷史都是當代史」的價值理念去隨意把玩這塊民族歷史的「活化石」，尤其是用一種「後現代視角」來拆解「文革」，這就更有消費時代「誤讀」的特徵。雖然兩者是站在不同的端點上來闡釋「文革」，而且形成了水火不相容的價值衝突，但是，他們在顛覆和拆解「文革」的歷史本質上卻是一致的──「文革」成為一個被徹底扭曲變形的雕塑品。

1964 年的全國革命現代戲的「調演」應該是「革命樣板戲」的濫觴，那個時代早已是「山雨欲來」的光景了，階級鬥爭的箭在弦上，革命的警鐘時時敲打著革命人民的心扉。也許現在的人們難以理解毛澤東為什麼會對「革命樣板戲」發生那樣大的興趣，那麼，北京京劇團那篇《〈在延安文藝座談會上的講話〉照耀著〈沙家浜〉的成長》中的一段話就是最好的注腳：「使我們永遠不能忘記的是：一九六四年七月二十三日，偉大領袖毛主席觀看了京劇《蘆蕩火種》，親自考慮了《沙家浜》這個劇名，並對劇本的修改、提高作了最重要的指示，要改成以武裝鬥爭為主。毛主席的指示，是使《沙家浜》在鬥爭中不斷鞏固提高的根本指針。」〔註2〕也許是毛主席他老人家「打鬼借助鍾馗」，讓江青利用文藝來作為文化革命的先導，所以對樣板戲尤其重視。如今回想起來，從「調演」、「觀摩演出」到批《海瑞罷官》，不是沒有一個內在的因果邏輯關係的。然而，誰事先也沒預料到這一本來就是文藝界京劇藝術形式問題的探討，到後來竟會演變成點燃無產階級文化大革命熊熊烈火的導火索。正如「文革」時期紅極一時的寫作班子「初瀾」在《中國革命歷史的壯麗畫卷──談革命樣板戲的成就和意義》一文中直言的那樣：「無產階級文化大革命正是從文藝領域點燃起熊熊的烈火，開始了偉大的進軍。」〔註3〕它以形式革命的模式出臺，卻以強大的革命精神覆蓋植入民族文化的心理深處，成為幾代人揮之不去的民族記憶，其巨大的精神輻射功能是不可小覷的。

那時，我正是個初中生，對京劇毫無興趣，尤其是那冗長拖沓的唱段叫

〔註2〕 《在延安文藝座談會上的講話》，照耀著《〈沙家浜〉的成長》，《革命樣板戲評論集》，上海人民出版社 1976 年版，第 191 頁。

〔註3〕 《中國革命歷史的壯麗畫卷──談革命樣板戲的成就和意義》，《文藝評論選》。

人不勝其煩，倒是像《沙家浜》《紅燈記》《智取威虎山》裏的最後武打場面叫人牽掛。一是因爲男孩子本能的尚武心性作祟；一是我們這些長在紅旗下的「晚生代」不能像先烈們那樣效命沙場的遺憾心情使然，那激烈的武打便成爲我們心底裏這些「革命」能量的釋放源。這往往使我聯想起初中課本裏的那篇《社戲》，如果魯迅在烏篷船上等來的是那武生沒有連翻幾十個筋斗的遺憾只是對尚武心理期待的失落的話，那麼，我們那一代少年更多的是對於「紅色經典」的眞正內涵的接受已經達到了瘋狂的地步——因爲我們的遺憾是恨不能拿起武器上戰場去像董存瑞、黃繼光那樣爲共產主義而獻身。那種英雄主義的教育才是導致文化大革命紅衛兵運動興起的眞正精神濫觴，才有了「文革」期間對「國防綠」的無上崇拜。如果說老一代革命者有許多赤貧者是爲了生活所迫而當了一個「兵」，只是被動革命的話，那麼，長在紅旗下的一代人更多的是想當「兵」而不得，屬於主動性十分強烈的行爲。我甚至認爲，「紅衛兵」就是那個時代「八路軍」、「解放軍」的精神代償。「革命樣板戲」在潛移默化中給了我們吮吸的就是這種以革命的名義的「狼奶」，我們就是在一百遍一千遍的重複視聽之中完成了對它的全盤接受，使其自然地進入我們的靈魂深處。從不喜歡它的唱段和唱腔到主動去唱「革命樣板戲」，那個時代過來的人誰不會唱幾句「革命樣板戲」，誰敢說自己不是「革命京劇」的票友？

　　毛主席教導過我們：「革命文化，對於人民大眾，是革命的有力武器。革命文化，在革命前，是革命的思想準備；在革命中，是革命總戰線中的一條必要和重要的戰線。」〔註4〕如果在「文革」時期我們對這段語錄還沒有足夠的認識的話，那麼，今天我們已經可以清晰地看清楚他老人家是如何把文化當作革命工具之目的的。當我在查閱資料時，看到1976年版的《革命樣板戲評論集》的扉頁上還赫然印著的這幾行醒目的語錄時，一時還弄不明白其中之深刻的意義，仔細琢磨，才略有所悟。毛主席他老人家從無產階級革命的戰略眼光來考慮問題，強調的是「立竿見影」的效應，但是，他老人家在九天之上也萬萬沒有想到他所倡導的「革命樣板戲」會以如此強大的生命力超越歷史，甚至超越個人的功過是非而保存在民族的歷史記憶之中，在沒有經過任何過濾的情況下永駐在老百姓的歌喉之上。這是一個奇跡，但是，這個

〔註4〕　毛澤東：《新民主主義論》，《毛澤東選集》（第2卷），人民出版社1991年版，
　　　　　第708頁。

奇跡卻是以人民失去其主體性爲代價的，可是又有多少人能夠認識到這個問題癥結所在呢？

　　有一個海外學者曾經審視過一樁樣板戲的社會現象：「1991年1月9日，《紅燈記》在北京復出所造成的觀賞高潮現象，並不能客觀地反映人民對於樣板戲的需要，卻再次建構、召喚起人民對於曾經發生過的一場生活意識更新的大祭典的記憶。尤其是在今天，人民自己確立的理想主義運動竟給總結爲政治發展和歷史前進的障礙，而揚棄於『經改』的風化之中，只有通過觀看《紅燈記》，再現人民共同的歷史記憶，才能使人民與歷史之間的共生關係得以復蘇。然而，雖然《紅燈記》可以作爲人民記憶復蘇的裝置，但在現實生活裏，北京市民樂此不疲地觀賞著利用『三角戀愛』這個陳腐的公式來製造小市民對人生幻想的電視連續劇《渴望》時，《紅燈記》已經失去了孕育新文化的契機。」〔註5〕我以爲這個學者對樣板戲和「文革」的理解是隔膜的，「再現人民共同的歷史記憶」的思想基礎並非是人民的自覺政治意識，恰恰相反，它已然成爲一種民族文化的共同無意識，任何意識形態一旦進入民族文化的無意識層面，就會成爲根深蒂固的民族根性。觀看，並非是滿足政治失意時的心理補償，而更多的是不自覺地回到「記憶復蘇的裝置」中去，沉湎於罌粟花的形式美之中，消遙在吸食精神毒品的快感之中。人民再也不會對政治和歷史的記憶發生興趣，人民只記住了那個時代留給他們的「美麗的外衣」，用樣板戲作爲記憶的資源來對新生活、新事物進行抗衡，已然成爲歷史家園中的人民「舊瓶裝新酒」的精神麻醉劑，用它來抵禦消費時代的種種精神侵略和快餐式的文化消費，似乎有點與風車作戰的滑稽意味，但是，這塊精神的「活化石」的作用卻是不可低估的。

　　「革命樣板戲」在「器物」層面的創新是人們一直熱衷的「學術話題」，其形式之美的探討既是當時鼓吹的熱點，又是如今「後現代美學」研究的焦點。其實，用歷史唯物主義的觀念來回首「革命樣板戲」的話，不管它是誰先帶頭搞起來的，也不管它在「逐步完善」的過程中江青起了多大的作用，我們似乎已經確認了它在現代藝術史上的地位。我不否認「革命樣板戲」在京劇改革上融入了可以讓現代觀眾接受的「現代美學元素」，這也難怪北京大學的一些年輕教師在帶領學生觀看「革命樣板戲」的時候，會被它那「巨大的現代美學元素」所震驚而深深感動，這便足以證明它的美學能量的巨大。

〔註5〕 王墨林：《沒有身體的戲劇——漫談樣板戲》，《二十一世紀》，1992年2月號。

　　然而，這種「紅色美學」卻是牢牢地建立在政治一體化基礎之上的，如果僅僅單看其美學革命的進步卻是遠遠不夠的，也許，身在局外的臺灣學者看得更清楚：「京劇藝術的改革，尤其京劇基本功的改革，革命現代京劇的確樹立了一個美學變革論的新座標。當樣板戲因革命內容的確立而連帶藝術形式亦產生對舊規制的顛覆，它推翻了中國戲曲程序美學的專政，工農兵取代了帝王將相、才子佳人，現代歌劇形式取代了僵死的程序化舞臺；然而，又因為樣板戲藝術形式的理論仍依附於家長式權威體制的指導，漸而形成政治主義中心論的美學主張。」〔註6〕無疑，即便是在藝術層面上的革命，「革命樣板戲」也是用一種新的美學專制去壓倒一切新的和舊的形式，其結果就是——如果不是毛澤東和江青等人欽定的，即便是圈內人的形式革新都是無效的，從這個意義上來說，它又是保守和反動的，是用專制主義固定下來的藝術形式，作為新的藝術形式，它的一字一腔、一招一式都是不可改變的。它的進步也就是它凝固的定格！

　　1966年，江青曾經在部隊文藝工作座談會上說過：「京劇的基本功不是丟掉了，而是不夠用了，有些不能夠表現新生活的，應該也必須丟掉。而為了表現新生活，正急需我們從生活中提煉，去創造，去逐步發展和豐富京劇的基本功。」〔註7〕其實這樣的觀點並不錯，關鍵是在於江青們所要表現的「新生活」是有著巨大的規約性的——為專制服務才是最大的邏輯前提！這一點在1970年《智取威虎山》劇組的一篇名為《關於塑造無產階級英雄人物音樂形象的幾點體會》的文章中已經說得很清楚了：「在這裡，各個英雄人物的唱腔，已經不能再用什麼『流派』、『行當』來衡量了。就拿楊子榮的唱腔來說，你說是老生腔嗎？但其中又有很多武生、小生甚至花臉的唱腔風格，很難說是什麼『行當』。同樣，常寶的唱腔，從『行當』來說，既非花旦，又非青衣；從『流派』來說，既非『梅派』，又非『程派』。它是什麼『流派』？什麼『流派』也不是，乾脆說：革命派！」好一個「革命派」〔註8〕！這才是「革命樣板戲」真正的所指。

〔註6〕　王墨林：《沒有身體的戲劇——漫談樣板戲》，《二十一世紀》，1992年2月號。

〔註7〕　《林彪委託江青召開的部隊文藝工作座談會紀要》，《中國新文藝大系 1949～1966》（理論・史料集），中國文聯出版公司1994年版，第229頁。

〔註8〕　《滿腔熱情　千方百計——關於塑造無產階級英雄人物音樂形象的幾點體會》，上海京劇劇團《智取威虎山》劇組，《革命樣板戲論文集》（第一輯），人民文學出版社1976年版，第57～59頁。

　　無論老年人還是青年人，對待「革命樣板戲」都有著兩種截然不同的態度。在經歷過「文革」的老年人群中，「時隔多年，又聽到樣板戲的唱腔，人們的心『爲之顫慄』。有人呼籲，要警惕一切『文革亡靈』的再現。與之相反，文藝界，尤其是京劇界的另一些人，當他們看到《紅燈記》重新公演的盛況時，卻『激動萬分』，『老淚縱橫』。在同一個事實面前，同一類經歷過『文革』劫後餘生的正直的文化人中間，爲何出現兩種不同的心態？要解開這個結，必須先解開這些京劇、舞劇成爲『樣板』之謎。」（引自曉地等主編《「文革」之謎》第 181 頁，朝華出版社 1993 年 4 月版）這個詰問很好！雖然作者沒有能夠回答這個巨大的問題，起碼沒有回答到點子上，但是，十三年後這個詰問仍然是有意義的。

　　我們且不說那些在「有毒的回憶」中進行「無悔」徜徉的執著的老年歌者，就以當年參加過「革命樣板戲」編劇、導演、製作的圈子內的一大批人，甚至包括爲「革命樣板戲」唱讚歌的一些鼓吹手們，他們之所以「激動萬分」和「老淚縱橫」，就是因爲他們的一生最輝煌的藝術時期是與「革命樣板戲」緊密相連的，可以說是「榮辱與共」，其一生的政治和藝術的資本都投入其中了。無論阿甲之與《紅燈記》、汪曾祺等之與《沙家浜》、嚴永潔等之與《奇襲白虎團》、林默涵、趙渢等之與《紅色娘子軍》……也無論浩亮（錢浩梁）、李少春、劉長瑜、高玉倩、趙燕俠、譚元壽、馬長禮、佟祥林、李炳淑、白淑湘等當時走紅的演員，甚至還有那些至今還紅遍了中國文化舞臺的曾經吃過「革命樣板戲」評論飯的「石一歌」、「梁效」之流，他們的榮與衰已經深深陷入了「革命樣板戲」的歷史語境之中而不可自拔。如果我們的眼光還是停留在搶奪「革命樣板戲」這個「革命的勝利果實」的資源上，而不去反思它的背後的巨大政治陰影給中國 20 世紀後半葉，甚至今天帶來的民族文化心理的暗示，我們還有什麼資格遑論「文革」！

　　年輕一代人對「文革」的認識來自於兩個方面，一是書籍資料；一是傳說。前者因爲許多資料沒有解密，進入不了歷史的本相之中，難以在理性層面上確證；後者僅憑感性的歷史場景進入「文革」，先入爲主的往往是更具文學色彩的浪漫故事原型，於是更多的年輕人是帶著這樣的虛構進入「文革」故事敘述的，他們更希望看到的是一段「後現代」意義上的電影長鏡頭，至於「文革」的歷史和現實意義是與他們無關的。這一點在中國那些大腕級的商業化導演們的剪刀下已經成爲現實。這就是現今中國「文革研究」的眞實景象！

　　而外國學者對「革命樣板戲」的闡釋則更是如隔靴搔癢:「爲表現符合毛主義道德規範的英雄,京劇這個形式顯然是提供了受人歡迎的機會,它場面壯觀,故而心理刻畫雖大大減少但仍引人入勝。在京劇場面裏,有傳統的唱段和音樂,有高度表達主題的手勢和動作,有武打動作與舞臺藝術。但是爲了表現革命的理想而回到傳統的風格,頗有點自相矛盾。」(〔美〕R·麥克法誇爾,見費正清編《劍橋中華人民共和國史 1966～1982》第 639 頁)我不能說他們的說法有什麼錯誤,但是,這樣的分析顯然是簡單而膚淺的。我以爲眞正能夠將「文革」(包括「革命樣板戲」)研究透徹的應該是中國本土學者,但中國的此項研究還屬於邊緣的「沙漠地帶」,這是中國知識分子須得反躬自問的核心問題。

　　「文革」過去 40 多年了,但是,「革命樣板戲」的高亢旋律卻不絕於耳,有繞梁三日之感。需要特別重申和強調的是:我是十萬分地贊成保留「革命樣板戲」這塊「『文革』活化石」的,問題是我們應該是用一個什麼樣的心態去聽它看它,用一個什麼樣的文化審美視點去審視它。是在它之下,還是之中?或者是之上!這才是問題的關鍵所在。我不知道將來的中國「『文革』博物館」會不會把「革命樣板戲」這塊「人類非物質文化遺產」供奉於殿堂之上,爲中國文化歷史中的這一段「痛史」作一見證!

三、血色,正淹沒於浪漫

　　我總以爲「文革」沒有「博物館」,這段歷史就會逐漸被淹沒,甚至會被扭曲和閹割。看來這樣的擔心不是沒有道理的,眼下「紅色經典」被一次又一次地炒熱,而且批評界所討論的焦點就是集中在改編的過程中是採取解構、戲說與消費的立場,還是忠實原著的立場上,在國家權力、市場權力、大眾權力和知識權力的選擇中,唯獨沒有考慮到的是歷史眞理的權力。想想也是,不必說文學界在媚金媚俗的文化語境中撕掉了最後一層面紗,即便是如今的學界和文化界一觸及到這一命題,似乎就進入了「歷史考古」的領域,往往是王顧左右而言他了,我不知道這是這門「文革史」學問的幸還是不幸呢?!

　　更爲可悲的是,「文革」過去近 40 年了,這段歷史的研究已經成爲全世界學術界共同關注的公共研究領域,若論資源和語境條件,理當屬於大陸地區。但可惜的是,和敦煌學研究一樣,它發生在大陸,研究卻在國外。無疑,

「文革」是人類歷史上的一場災難，但是，在總結這段歷史的時候，它又是人類精神史上的一筆寶貴的財富，尤其對於如今的中國年輕一代來說，瞭解「文革」更是一次不可或缺的精神洗禮。

即便是對「文革」歷史進行重新創作和書寫，也會因作者的經歷各異而大相徑庭。最近，當我看到電視劇《血色浪漫》裏的那些軍隊高幹子弟在「文革」中的種種「逍遙」舉止與「浪漫」情事的時候，我雖然被那種殉情浪漫的審美所打動，但是更能使我聯想到的卻是那個「紅色恐怖」年代裏的紅衛兵秘密組織「聯動」的許多故事。我不知道作者是因為不瞭解當時那群高幹子弟的那段特殊的政治經歷呢？還是有意迴避這個本不可逾越的書寫內容？殊不知，那時的「聯動」，在那一代青年的眼裏，尤其是處在非政治中心的外省年輕人心裏，那簡直就像蘇聯衛國戰爭時期的「契卡」那樣神秘，抑或就像「蓋世太保」裏的「黨衛軍」那樣具有一種恐懼的魅力，對於當時追逐「紅色恐怖」的革命青年來說，無疑有著無窮的神秘感和誘惑力的。尤其那些生活在下層的紅衛兵，以及一切嚮往加入紅衛兵的外圍青年們，都是用一種仰視的眼光和敬畏的口吻去看待與談論他們的，就像未莊的那些真真假假的「革命者」一樣，以談論京城裏的那些戴著分等級的呢子、緞子、綢子袖章的紅衛兵之「革命壯舉」而感到自豪與榮耀。其實，不研究那段歷史，你就根本不會知道在那層神秘的面紗後面會隱藏著巨大的政治角逐背景。「文革」滑稽的鬧劇總是以喜劇的形式，抑或嚴肅的正劇而開場，最後才是以悲劇的形式而告終的。

「聯動」這個「文革」專有名詞如果不加注釋，現在的年輕人是不能理解的，乍看起來，這一名詞還很有「後現代性」的意味，或許在「後現代派」的理論家那裏倒還可以闡釋出一套「繼續革命」的新理論來。殊不知，這其中複雜的歷史內涵與社會內涵是足夠我們幾代「歷史考古」學者享用的了。

「聯動」就是「聯合行動委員會」。如果說「血統論」是紅衛兵運動興起的思想基礎和社會基礎，那麼，當 1966 年 9 月北京師範大學「井岡山戰鬥兵團」開始批判譚力夫的「血統論」時，「聯動」的高幹子女們卻是用另一種更「純粹」的「貴族血統論」來擠兌譚力夫們的「泛血統論」，就像希特勒時代的「黨衛軍」一樣去剿滅異己。眾所周知，紅衛兵運動一開始就是那些「高幹子弟」的專利，他們「保衛毛主席、捍衛毛主席的無產階級革命路線」不是沒有條件的，而隨著運動的一步步的深入，在明確了所謂「兩個司令部」

和「兩條路線」以後，那一大批昔日不可一世的「八旗弟子」們也隨著父輩們的倒臺，開始了他們短暫的悲劇政治生涯。當然，「文革」期間誰都不會預料到自己的命運會向哪個方向發展，可能今天紅得發紫，明朝就成為階下之囚。正因為這批「高幹子弟」不願屈服於嚴酷的政治鬥爭的壓迫，更不願意接受失去生活的花園和天堂的事實，所以，他們才孤注一擲，敢於用鮮血和頭顱去和強大的「無產階級司令部」的「無產階級專政機器」相抗衡，用另一種「革命的暴力」來挽救一個行將滅亡的政治群體，最終為「文革」歷史塗抹了一道「血色浪漫」的鬥爭風景線！

針對 1966 年 10 月 25 日林彪在中央工作會議上關於「兩條路線」的講話，11 月 27 日北大附中首先秘密成立了「首都紅衛兵聯合行動委員會」，也就是「東城區糾察隊」、「西城區糾察隊」和「海淀區糾察隊」的聯合體。12 月 5 日即發佈了「首都紅衛兵聯合行動委員會宣言」。他們將矛頭直接指向了「中央文革」和江青，口氣很大，提出了「打一打關鋒、戚本禹，嚇一嚇陳伯達」。而且，「聯動」分子公然提出了「文化大革命」是左傾路線的理論，這在那個「紅色恐怖」的年代裏算是先知先覺了。按一般的說法，「聯動」的成立日期就是在 12 月 5 日，因為「宣言」具備了理論綱領和組織綱領，而且，這一天還有一個令人震驚而難忘的革命儀式：北京工學院附中的鄒建平等人爬上了西直門城牆，刷下了一條幾十米高的巨幅標語：「中央文革把我們逼上梁山，我們不得不反！」同時，在天安門廣場和王府井大街也出現了「聯動敲響了中央文革的喪鐘！」「堅決保衛革命的老幹部！」等大標語。可以說，這兩條標語正是代表了「聯動」絕大多數人的心境的，前者是「革命」的理性，而後者卻恰恰是感性的動機。因為他們都是一群共產黨資深元老的子弟，出於對那個集團利益的本能捍衛，他們不惜「冒天下之大不韙」，「捨得一身剮，敢把皇帝拉下馬」了。的確，在尖銳無情的政治鬥爭中，這些青年的勇氣一點都不比他們的老子在戰火紛飛的年代裏拋頭顱灑熱血的幹勁差。當江青在 12 月初召開的批判資產階級反動路線大會上氣勢洶洶宣佈「聯動」是反動組織，要進行專政時，30 多位「聯動」分子齊唰唰地起立；齊唰唰地戴上「聯動」的長袖章；齊唰唰地脫帽；齊唰唰地邁著整齊的步伐昂首挺胸離開會場。這把當時的江青和中央文革的成員都給鎮住了！像這樣一個具有小說意義的壯烈的歷史長鏡頭沒有被「文化大革命史」和文學藝術形式所記錄與運用，可能也算作一種歷史話語和文本的缺失吧。據載，周恩來的秘書周榮鑫和廖

承志就因爲在調解「聯動」和「造反派」之間的矛盾時，同情了「聯動」，因而被打倒和批鬥，就連周恩來也無可奈何，破天荒地吸了香煙。

1967 年的元旦，「聯動」中的一些人爲了更加純潔組織的高貴性，發佈了所謂「中央字 003 號通告」，宣佈了早在 1966 年 10 月 1 日在中南海政治局禮堂成立的以中共中央、北京市委、國務院、人大常委會、中國人民解放軍將校、中央軍委、國防部、十六省省市委革命幹部子弟（女）爲主體的「聯合行動委員會」。

顯然，這個「通告」應該是 1949 年建國以來首次公開與當時的毛澤東思想和路線叫板的宣言，雖然「動機不純」，但是，它對以毛澤東爲主體的「無產階級司令部」的威脅是巨大的，而且這在共產黨的歷史上、在共和國的歷史上也是絕無僅有的大逆不道的行動，確實是令人震驚的！它竟敢宣告只「忠於馬列主義和 1960 年以前的毛澤東思想」，而矛頭直指毛澤東的現思想和現專制。我以爲，就憑一群中學生爲主體的思想者是決不可能將毛澤東思想從 1960 年劃界的，就憑這一點深刻思想內涵可以認爲，沒有強大的體系性思想的支撐，是不可能有此犀利深刻的分析的。可見「文革」眞正的內幕是多麼地複雜，許多歷史的眞實細節遠沒有被揭示出來。也許，「聯動」是一個中學生組成的衝動性組織，他們憑著感情和直覺行事，憑著對當時政權剝奪了自己的既得利益的仇恨，憑著父輩倒臺後對政治前途的擔憂，不顧一切，沒有任何策略地去逞一時的匹夫之勇，他們進行的是一場不計任何後果的政治鬥爭。他們衝擊公安部，開始了「打、砸、搶」的「武鬥」行動，到頭來當然在「無產階級專政的鐵拳」下，落得個粉身碎骨的下場。1967 年 1 月 31 日，當《紅旗》雜誌第 3 期上的社論《論無產階級革命派的奪權鬥爭》一出籠，就宣告了「聯動」的徹底覆滅。儘管此後「聯動」還是不甘心滅亡，做出了許多驚人之舉，但畢竟是強弩之末。從 1967 年 1 月 17 日開始公安部在北京工學院附中抓人，到清明節的秘密逮捕，一共有一百多「聯動」分子被江青和謝富治抓進了北京半步橋第一監獄。當然，在一些元老們和周恩來的努力下，這些青年人很快就被放出來了，當他們見到周恩來的時候，個個放聲痛哭。其實，這其中半是怨恨半是委屈，這種仇恨的抒發積聚成的能量最後也成爲日後粉碎「四人幫」的重要動力。

值得深思的是，在整個紅衛兵運動的過程中，究竟誰對誰錯？這是一個怪圈和悖論。它絕非是「文革」時期流傳的那段民謠那樣簡單：「好人打壞人

——有理；壞人打好人——冤枉；好人打好人——誤會；壞人打壞人——活該。」當然，「文革」是筆糊塗賬，想要算清楚也確實不容易，這也是許許多多過來之人在恩恩怨怨中始終解不開的思想之結，但是，我們只要從大處著眼，從歷史和民族的前途出發，就能釐清這個思想謎團。正如一位外國學者所言：「文化大革命堪稱史無前例，也再沒有任何時期能像文化大革命這樣，會使得一切歷史類比都陷入無效。」〔註9〕說到底，這場紅衛兵運動其實就是毛澤東和一批開創江山社稷的元老們之間鬥爭的折射，而江青在直接面對這些昔日的「八旗弟子」時，只能用「平民紅衛兵」來制衡「保皇紅衛兵」，最後不得不動用專政機器來維持局面。當初，她支持「血統論」助長紅衛兵運動是「文革」前期鬥爭的需要；後來，她又從反「血統論」的立場上來揪出一條又粗又長的「資產階級反動路線」的黑線，也是「文化大革命」高潮期政治鬥爭的需要。這其中不能不說是滲透著毛澤東的戰略部署和決策的。反之，「聯動」（「保皇派」紅衛兵）在與「平民紅衛兵」（「造反派」紅衛兵）較量時，為了顯示他們高貴的血統，也就同時陷入了他們開初所批判的「血統論」的怪圈之中。仔細想想，也是其必然結果，「存在決定意識」嘛。那麼，在這場紅衛兵運動中，最最倒楣的還是被貴族的「聯動」們，乃至平民的「造反派」們所羞辱與歧視、踐踏與殘害，甚至於動之於刑、趕盡殺絕的那些屬於異類的「狗崽子」們了。從這個角度來說，「文化大革命」中的「血統論」和「反血統論」只是政治鬥爭的需要，都沒有真理權力可言，也就更無人權而言。

也許，「聯動」留給「文革」和後世的一個最值得注目的驚歎號就是那一條標語：「毛主席正確不正確，十年以後見！」當歷史翻過一頁又一頁的時候，我們再來檢閱這「文革檔案館」裏的陳跡，不得不概歎歷史的無情與嚴酷。那是「聯動」分子們先知先覺的真知灼見嗎？還是歷史經驗使這些年輕人說出了一個不為人們所洞悉和體悟的常識呢？

如今，歷史雖然早已翻過了「文革」那一頁，但是，當人們來重新審視和書寫這段歷史的時候，不知道是由於對史料的不熟悉，還是歷史觀發生了巨大的變化，能夠真正把握住「文革」歷史脈搏的學人和藝術家日漸稀疏、鳳毛麟角了，尤其是在藝術家的筆下和聚光燈下，那種對「文革」充分浪漫

〔註9〕　莫里斯・邁斯納：《毛澤東的中國及後毛澤東的中國》，四川人民出版社 1989
　　　　年版，第 190 頁。

化、平淡化、簡單化與規約化的藝術手法，才是從根本上將「文革」的本質給顛覆了，把「文革」這一民族的巨大肉體和精神災難輕輕地消解掉了。從王朔的《動物兇猛》被改編成《陽光燦爛的日子》（這個片名的改變就意味著審美觀念和歷史觀的巨大變化——把人民大眾的受難之日當作藝術的狂歡之時）後，陸續出現的長篇電視劇有《夢從這裡開始》、《血色浪漫》等。且不說那林林總總的小說、散文、詩歌中所流露出來的對「文革」歪曲和美化的情緒與感覺，就僅僅這幾部電視劇在讀圖時代所引起的反響也是非常可觀的。藝術家們是在人們的靈魂記憶中驅趕著神聖的民族痛感！這種民族的痛感的獲得是很不容易的，它是那個時代幾億人用鮮血的代價換來的歷史教訓，它是我們民族的一筆巨大的精神財富，詆毀它，就意味著背叛！人們，尤其是年輕的一代對「文革」沒有任何感性的記憶，就在藝術家營造的這種略帶刺激的甜蜜浪漫氛圍中將「文革」的本質給徹底偷換和美化了。作為藝術家，他的責任不僅是將審美的感受傳達給讀者與觀眾，他還必須承擔歷史的責任。你可以不對道德負責，你也可以不對倫理負責，你甚至也可以不對任何的人與社會負責，但是你不能不面對莊嚴的歷史和不可兒戲的人性！如果把一個巨大的歷史悲劇改變成一齣喜劇，或者是一齣鬧劇的話，那麼，我們這個民族也就離下一幕更大的歷史悲劇不遠了。

上述的三部影視片都是反映「文革」時期「高幹子弟」，尤其是「軍隊高幹子弟」生活題材的作品，說實話，它勾起了我對「文革」的少年浪漫記憶，儘管其中有許多苦澀的內容，但是，正如沈從文所言：「回憶是有毒的！」從感情上來說，藝術家調動了我的憶舊審美功能，使我進入了審美的規定情境，達到了「忘我」的彼岸境界；而從理性上來講，我又不能拋棄「文革」那個巨大災難的背景，而孤立地去看一個個故事和人物。捨棄了知識權力的閱讀，就意味著對人性的背叛，也就意味著放棄了文化批判的職責。批評家不可以，藝術家也同樣不可以。在這種兩難的悖論中，我們的價值取向的天平究竟傾向誰？也許這是個常識性的問題，但是，歷史一次次地告誡過我們：我們往往就是不斷地犯著常識性的錯誤！

我們可以清晰地看到，在這些影視作品中，作者們都一致迴避了這批「高幹子弟」在那個時期所經歷過的「重大政治生活」。當然，從 80 年代後期開始，王朔在文壇上的「功績」就是「躲避崇高」和「消解重大敘事」，將敘事轉到「日常生活」中的「原生態」之中。但是，在「文革」的鬥爭語境中，

尤其是早期的紅衛兵運動中，還沒有出現過那種浪漫的「逍遙派」。像《陽光燦爛的日子》那樣在青春萌動期裏的風花雪月之浪漫連一點血色都沒有，可能是對那個時代絕無僅有的臆想。無疑，當一個作家對他所描寫的文化語境沒有切膚之痛，他是不會對那個時代產生深刻的反思的，也許那時正是王朔們的「紅小兵」的逍遙時代。不，那時「紅小兵」還沒有命名。在他的「童年記憶」和「少年記憶」中，省略的是嚴酷緊張的鬥爭場景，情竇初開的欲望遠遠壓倒了革命的激情。當然，作家的選擇是自由的，把「好玩」的童心進行無限的放大和誇張，不失是一種頗有「後現代意味」的審美選擇。但是，作為一個有著人性底線的靈魂塑造者，他不應該有意忽略掉人類歷史上的那段痛史的基本描寫，就像許多作家在描寫二戰時期法西斯統治下的生活時所持的敘述態度那樣，即便是喜劇式的，也有一個最基本的價值批判立場。如果放棄了這樣一個基本的價值立場，一切藝術只是一個軀殼而已，它無疑是沒有生命的。

這種對「文革」文化背景有意無意的規避與捨棄的思潮影響著幾茬青年作家，甚至也影響到了一些批評家。就《夢從這裏開始》和《血色浪漫》兩部電視劇而言，應該說是深得那種「後現代」理念衣缽的。我承認作家有選擇題材的自由，他可以不屑於寫那些「重大題材」，但是，你筆下的人物既然進入了「文革」的文化語境，既然也涉及到了這些人物在「文革」中的政治生活以及家庭背景，你就應該收起你的那副調侃戲謔的面孔，嚴肅地去書寫這個關乎我們民族命運的歷史。我以為《血色浪漫》裏的鍾躍民、張海洋和黎援朝們這批「軍隊高幹子弟」（按劇情故事的推斷，他們都是「老三屆」）在那個時期還沒有進入做「逍遙派」的狀態，本著既得利益，這時正是他們政治奮鬥的黃金時期和關鍵時刻，他們這時並不是在「老莫」裏逍遙，也沒有把心思放在「拍婆子」和「泡妞」上，這些浪漫的情事都應該是發生在 1968 年以後。而作者捨去了「重大事件」及其背景，只輕描淡寫地交代了一下他們的父輩被隔離審查的背景。我不知道作者們（據說也都是那場「革命」的親歷者）為何省略了那段驚心動魄的莊嚴歷史？是「為了忘卻的紀念」？還是「為了紀念的忘卻」？抑或是為了「躲避崇高」而遠離對歷史的反思與懺悔？！

其實，正如影視片中所描述的那樣，這些「高幹子弟」的父輩們或遲或早都會得到「解放」的，一旦父親「解放」，馬上就穿上了「國防綠」。龍子

畢竟還是龍子，他們最終的命運是絕對不會「打洞」的！而且最終在「新時期」裏必然會成爲國家的棟樑。而那些去「修地球」的除了平民子女外，就數那些罪有應得的「狗崽子」們了。而最不能容忍的，也是作者著力向世界展示的鍾躍民式的桀驁不馴的那種高貴性格，他顯然帶有「血統論」的痕跡。

我們不擔憂已經失去歷史疼痛，而是擔憂未來會不會給我們的後代再來一次歷史的重演！就我所接觸到的國外的「文革」研究資料來看，其研究狀況基本分成兩類形態：一類是屬於「旁觀者清」的那種，他們不僅能夠從歷史的細節上作出微觀的分析，同時也能夠從宏觀的大視角切入，揭示出歷史事物的本質，可謂高屋建瓴；另一類屬於對中國話語隔膜，尤其是對「文革」語境沒有一點感性認知，只能就事論事，甚至用西方的話語和思維習慣去詮釋「文革」，就顯得幼稚而風馬牛不相及了。我不知道大陸的一批青年讚頌「文革」的情緒來自何方，但是，那種對「文革」的頂禮膜拜之價值觀和國外研究後現代革命的學者如此相似乃耳！君不見，張廣天的一齣《切·格瓦拉》就煽動了多少青年的「繼續革命」的熱情！看到那如火如荼的激動人心的場面，你能說中國沒有發動第二次文化大革命的可能嗎？

辛格（Martin. Singer）認爲，「文革」將中國青年學生從理想的一代變成了迷惘的一代：「對於多數中國學生而言，文革使他們不可補救地失去了政治上的純眞。」這種純眞——以及相伴的樂觀和獻身精神——對於奮力拼搏以告別過去，並在現代各國確立自己地位的國家而言，是寶貴的資源。這種純眞只會失去一次。在一個老革命家爲從不可避免的歷史風暴中保留自己遺產的很不成功的鬥爭中，這種純眞失落了，這是文革的眞正的悲劇。」確實，中國新的年輕一代不純眞了，他們更加實際了，他們對於「文革」的渴望完全是葉公好龍式的，眞的來一次「文革」，他們決不會是那種理想和浪漫型的角色，因爲：「潛藏在各種對於文革後果反應後面的，是一種深刻的失落感——文化和精神價值的失落；地位和榮譽的失落；前途和尊嚴的失落；時間、眞理和生命的失落；總之，幾乎一切使生命有價值的東西的失落。」「現在中國有一種認同危機，類似於杜克海姆（Emile. Durkheim）在他論述無目的性問題時所描述的危機。準則是人類行爲的最終基礎，但現在準則已分崩離析，但又沒有新的準則來代替。因此，我們——特別是年輕的一代——正面臨一個無目的時期。人們不清楚他們在追求什麼，他們要什麼。他們想要改變，但什麼樣的變化是合適的，他們

不確定。」（石安文 Anne F. Thurston）面對這樣一個精神廢墟的基礎，我們的學者和藝術家們應該做些什麼，又能做些什麼呢？

今天，當我們重寫這段歷史的時候，當我們用藝術的手法再現這段歷史的長鏡頭的時候，我們不能僅僅怨恨於這一段歷史給我們曾經帶來的災難，但是更不能輕曼地抹去歷史的血痕。唯有在「血色的浪漫」中看到「浪漫的血色」，我們才能接近歷史真理的和藝術真理的本質，才能在歷史的荊棘中找到民族重生的路徑來。否則，還是會有吃人的時代再來的！

第二節　建立「文革學」的必要性

友人林道立《文學災難的背後》一書對「文革文學」進行了學術和學理層面的文化批判，我以爲這樣的著作不是多了，而是太少了。儘管近年來此類著作逐漸增多，但是，比起那個時代留給我們民族的歷史教訓來說，委實是不成比例的。十年「文革」雖然已經過去 20 多年了，但是，每一個親歷這場洗劫的人回憶起來就像昨日噩夢那樣清晰可觸。然而，近幾年來眼見著許多過來人用墨寫的謊言去塗改血寫的歷史，而如今的年輕一代又對這場人類空前的文化災難的感性認識卻知之甚少，甚至將這種「革命」作爲改變現行世界的最高理想，如此烏托邦之構想，又何以能夠從更加理性的層面來剖析呢？況且，現在還有一些居心叵測的人時時在用墨寫的謊言去改寫滴血的歷史。倘使「文革」歷史任人肆意篡改歪曲，不僅會造成一本歷史的糊塗賬，更重要的是民族根性中的劣質基因就會滯留於我們的肌體之中而不能自拔，專制也就會打著「革命」的幌子登堂入室，流佈於市。

無疑，走過「文革」的人群中，大體可以分爲三種人：一種是在「文革」中大紅大紫顯赫一時的「造反派」人物；另一種卻是在「文革」中受到衝擊、歷經磨難的「黑五類」；還有一種則是在「文革」中游哉悠哉順應大流的「逍遙派」。這 20 多年來，我們可以毫無顧忌地批判第一種人物，毫無保留地歌頌第二種人物，而毫無反思地忽略第三種人物。正因爲如此，當歷史的血痕漸漸被沖淡的時候，第一種人物跳出來翻案也就不足爲奇了。

當我們慨歎德意志日爾曼民族所擁有的勇敢反思精神的時候，當我們痛陳日本大和民族抹殺歷史不肯認錯的卑劣行徑的時候，我們也應該更深刻地來反省這一場人類歷史上的文化浩劫，而不是從皮相上去理解文化大革命，

亦如毛澤東在發動無產階級文化大革命時所號召的那樣：在靈魂深處爆發革命！

近來，圍繞著「文革」的話題和官司愈來愈多，從浩然爲其作品與人格的翻案，到余秋雨爲自己的竭力辯護，我們很可以從中清晰地看到民族靈魂中的許多劣根性，也只能慨歎我們民族的悲哀——我們只能替別人懺悔，而無自我懺悔的能力。無疑，對於我們這些喝著「狼奶」長大的一代人來說，或許更能清晰地刻骨銘心地記憶起童年和少年時代紅色狂潮與紅色恐怖的影像。當然，「狼奶」亦未必沒有營養，問題是我們既然脫離了「狼群」的生存時空和氛圍，已經直立在獸性時空之外，何以不能或不敢面對逝去的醜陋與醜行呢？！其實，「文革」中受「內傷」最重的是青少年一代，他們是最容易把精神母體的營養轉化爲「革命」動能的工具性力量，單純而缺乏思考能力是他們的致命弱點，因此，作爲「文革」中的傀儡，又在「文革」後被作爲犧牲品送上了革命的斷頭臺，亦是順理成章的事了。在這裡，我絲毫沒有爲這一批革命的少年犯開脫的意思，我反而以爲，他們喝的「狼奶」，他們吸食的精神鴉片，是他們這一代人進行懺悔和反思的直接思想資源。

相比之下，那些在「文革」中世界觀已經基本形成的老大不小的青年們和那些歷史運動老謀深算的成年人們，一俟「文革」結束，就把自己打扮成一個徹頭徹尾的受難者形象，一瞬間，舉國上下到處都是要求平反的成人。當然，一個最好的解決方法就是大家同仇敵愾，把矛頭直指罪惡滔天的「四人幫」，於是，一場本應該引發的民族精神的大反省，就輕描淡寫地讓一批近於無知的「少年犯」和幾個歷史舞臺上的小丑所承擔了。歷史就這樣匆匆而又悄悄地在思想海洋的邊緣「坐滑輪遠去」了。在這裡，我絲毫沒有爲「四人幫」一夥歷史罪人洗罪的意思，而是想要人們反躬歷史，拷問靈魂：造成這次民族災難的後果僅僅就是一個或者是幾個人的罪孽嗎？！倘使我們的整個民族精神不給出那樣的奴性文化語境，倘使我們的知識分子有那麼一點人格操守而不去阿諛營造那種封建迷信的文化氛圍，不去違背良心和意志幹一些「叭兒狗」的勾當，恐怕這場民族的文化災難是可以避免的，即使不能避免，也可以使其降低到受災難的最小值。然而，「文革」已經過去30多年了，這一筆精神的賬單卻越來越糊塗了，賴賬、改賬、銷賬的現象層出不窮，正體現出民族「集體無意識」與「個體無意識」中缺少自省和懺悔意識的活體再生能力。

　　現如今，就連「文革」當中十分走紅的御用文人們（我可不敢說他們是「文革」餘孽，他們手上可能沒有半點鮮血，也稱不上「造反派」，但他們在某種程度上又確確實實成為「文革」意識形態的「幫閒」和「幫兇」者）也敢理直氣壯、大張旗鼓地為自己翻案，他們絲毫沒有懺悔的意思，更沒有自省自新的靈魂洗滌要求。難道他們真的對錯不分、善惡不辨了嗎？非也！其實，他們的百般抵賴和竭力躲閃，正說明了他們人文和道德的底氣不足和恐懼的心態。他們所缺乏的正是一種魯迅式的自我解剖精神。反思「文革」，並非是要追究哪一個人的責任，將他押上歷史的審判臺和道德的法庭，而是必須把「文革」的「精神尸體」進行解剖，使其成為警示民族精神的永遠標本。從另一個角度來說，或許他們也是「文革」精神的受虐者，甚至是精神受虐更深的重症者。為了救人和自救，我以為浩然和余秋雨們就該有勇氣直面慘淡的人生與自己的靈魂，惟有此，他們的形象才能真正直立起來，靈魂才能得以安妥。這也是他們為民族與人類歷史提供精神標本並進行自我批判的最後契機。尊重客觀，尊重歷史，也是對自己的最高尊重。這可能也是巴金老人提倡建立「文革博物館」的真正動因所在吧，從更高的意義上來說，此種博物館主要是定位在精神層面的，它的目的旨在把一場人類浩劫提升到一個民族理性和歷史借鏡的高度，以此來淨化人的靈魂，使「文革」不再。

　　人們一直都堅信「文革」的悲劇在中國的大地上不會重演，但是，當我看到《切‧格瓦拉》的大幕在 20 世紀的最後一抹夕陽中徐徐升起的時候，我便在熱血沸騰的戰慄中確信了「文革」捲土重來的可能性。也許，這正是一個思想的信號——缺少了對「文革」常性的深刻反思，歷史將要報復現在與未來。當我們遭到歷史報應的時候，「革命」所帶來的污穢和血，就不再是那麼輕鬆的話題了，下一幕會不會是一齣民族的黑色幽默鬧劇呢？！

　　也許，看清「文革」中的這一批出名者是比較容易的，而不易覺察深層思想劫難卻是落在了「文革」的受害者們身上。這一批人的成分很複雜，他們可能是 1949 年以後在 17 年當中一直走紅而在一夜之間變成「走資派」的落魄者；也可能是一直在解放後真心誠意地謀求思想改造以求脫胎換骨的知識分子；還可能是一批從來都是坐穩了奴隸的「肉食者」……他們當然有理由向歷史討還血債、向社會索取欠債。但有誰為民族和歷史向他們討還精神的欠債和他們在那個文化語境中應該承擔的義務和欠賬呢？！

從表面上來看，他們是一批悲劇的主角，他們可以用一千條一萬條理由去痛斥文化大革命，也可以最有資格地去評判「文革」中的一切人和事，這已經成爲「文革」以後人們習以爲常的思維慣性了。他們指陳紅衛兵的斑斑劣跡；他們痛斥「四人幫」的罪行；他們仇恨那個罪惡滔天的法西斯專制的社會，卻惟獨沒有面對自己的靈魂發出文化批判的歷史叩問。可以說，每一個從「文革」走過來的人，都無法割斷與那段歷史的精神血脈，何況這一批悲劇的主角基本上在「文革」前都是主流權力話語中的人物，某種意義上來說，他們的思維方式與精神血脈與「文革」中的走紅人物是一脈相傳的，只不過就是「在朝」與「在野」之分。在他們身上，我們看不到像俄羅斯知識分子那樣的精神自剖與懺悔意識，而充分暴露出中國現代知識分子的精神劣根性——爲了達到自我道德形象的修復與完美，他們是拒絕懺悔，拒絕自剖的。他們善於僞飾自己，而把一切罪過推給歷史，推給別人，甚至推給那些不諳世事的孩子。在聲討「文革」的名義下，他們以「受難者」的形象，向人民與社會索取高額的精神回報，從另外一個角度掩蓋了「文革」中的某些本質特徵。

任何爲「文革」中的「逍遙派」，我們似乎沒有理由去指責他們，他們可能是看破紅塵的智者，他們可能是被擠到邊緣的人物，總之，他們抹去了臉上的一切油彩，以一個「局外人」的眼光，去冷漠地看待「文革」中的一切人和事。這是中國古已有之的「隱士哲學」，它的更深隱義，可能是知識分子爲了更好的出世、出道、出山，所作出的文化姿態，是爲了等待一個更強有力的文化反彈契機所作出的一種政治性的選擇。在這裡，我可能是用一種陰暗的心去猜度這些「逍遙派」了，需要說明的是，我這裡所指的「逍遙派」，是特指「文革」中的那些成年而又成熟的知識分子群體中的「局外人」。他們中間的「韜光養晦」者，有的是被迫無奈，有的卻是有意爲之的老謀深算。「文革」後，眼見著一批批這樣的人悄無聲息走上了政治舞臺，仔細想想，也不由得從脊梁背後冒出一股股冷汗來。我沒有統計過如今被挖出來的近 60 歲的貪官們中有多少人是從「逍遙派」的位置上走向領導崗位的。但我想，他們在「文革」後走上政治舞臺是歷史的必然，否則，中國的人與事也就不會如此簡單了。這些人如果不進行反思、反省和自剖、懺悔，「文革」中的精神賬單能夠清理嗎？

文化大革命是最能暴露人的內心世界的時代，各種各樣的醜惡嘴臉都登臺亮相了，這是一個個定格了的「文革」臉譜活標本，分析他們的每一個細微的行爲，都可以有助於我們對那個逝去了的革命時代進行本質化的研究。

人們喜歡用「往事如煙，不堪回首」來迴避對歷史沉痛的反思，「向前看」成爲人們對「文革」歷史迴避的文化高姿態，殊不知，「文革」所留給我們這個民族的歷史教訓，乃至需要我們進行思想清理的東西，還遠遠沒有開始和深入，即使不去在道德上要求每一個走過「文革」的人去自省與懺悔，就是對「文革」的資料搶救，也成爲當下刻不容緩的工作了。其實，誰都知道，研究「文革學」的學術大本營已經轉至歐美學界，那裏的中國文化大革命的資料可能比國內的任何圖書館的館藏都豐富與集中，並不是大陸的「文革」資料沒有他們多，而是說這些資料大多數都失在民間，沒有人去蒐集，長此以往，這些珍貴的資料將一點點地化爲灰燼，歷史的見證也就隱退於茫茫的宇宙黑洞之中。就拿南京大學的中文系資料室來說，「文革」期間的書籍就有上萬冊堆在牆角處，沒有場地和書架予以安放，我曾經想建立一個「文革文學特藏書庫」，但也因爲種種限制，未能如願。官方的收集工作如此困難，那麼，大量散失於民間的珍貴資料（包括當時的小報、傳單在內一切文字印刷品）恐怕就更難搜尋了，非千辛萬苦而不能周全也。

當「文革學」在中國眞正成爲一門被研究的學問時，當它眞正成爲我們民族進行思想反思的資源時，我們才有可能眞正從「文革」思想的廢墟上站立起來，成爲一個直立行走的大寫的人！

第三節　省察知青文學

一、反思與詮釋

重新反思那一段不堪回首的「知青」生活，恐怕要成爲本世紀末知青作家和非知青作家們關注的最後一道文學創作風景線。最近由劉醒龍的中篇小說《大樹還小》所引發的對一代知青以及他們所經歷的生活的不同看法，顯然會成爲各種不同作家的詮釋自己主體意識的焦點。

回顧近二十年來的「知青題材」的小說創作，我們可以清晰地看到，首先，它是被綁縛在「傷痕文學」的祭壇上，用悲劇的手法抒盡了一代知青的苦難和悲情；爾後，它又被淩架於「英雄主義」的戰車上，以悲壯的美學情調淨化和聖化了那一段「苦難的歷程」；90年代，隨著矯情的理想主義和英雄主義的潰滅，「知青題材」作爲一個過去時態的歷史而被封存起來。如今，在這物欲橫流的時代，重新返觀這段歷史，其意義卻是非常深遠的。

　　知識青年上山下鄉三十週年紀念已過，那種「往事不堪回首」的心情應該早已淡化了，在磨出了老繭的心靈上，作爲這場運動的直接參與者和見證人，我想以歷史和人性的名義來冷峻地考量在中國大地上曾經發生過的許許多多動人和並不動人的故事。

　　無論知識青年上山下鄉是出於什麼樣的政治動機，而就其客觀效果來看，它無疑是中國現代史上的第一次城鄉大交流，是包括生活觀念、思想觀念、生存觀念、人生觀念等在內的兩種思想和世界觀的對撞、交鋒、融合、排斥的歷史過程，動態的城市文明和靜態的農業文明之間衝撞所產生的那種很難區分的美醜、善惡、眞假的價值判斷，尤其是審美區域中的判別，更會使我們的作家陷入一種兩難的境地。

　　案頭放著兩種不同的文本：一份是《上海文學》今年第 1 期，上面有劉醒龍的中篇小說《大樹還小》；另一本是王明皓的中短篇小說集《快刀》。面對這兩種截然不同的文本，我想在玄思中找到一條回答今天，也回答明天的答案，雖然我知道這對作家來說是並不重要的。

　　在《大樹還小》這部作品中，劉醒龍是以一個現代農村少年的視角（亦即知青的下一代人）來窺探那一段歷史並作出人生的價值判斷的。顯然，這篇小說的出現，徹底顚覆了以往「知青小說」的各種主題模式：知青作爲受苦受難者的形象的瓦解；知青作爲英雄形象的化身的潰滅；知青作爲田園詩人的形象的崩坍，在《大樹還小》中得以淋漓的體現。盧新華、孔捷生們「在小河那邊」的「傷痕」變成了痞子們的自作自受；梁曉聲們在「暴風雪」中的英雄氣慨化作一團魚肉鄉里的匪氣；就連史鐵生、朱曉平們與農民的和諧田園牧笛也變成了毒蛇的誘惑，「青春祭」實乃一文不值的醜惡生活歷史的寫照。

　　說實話，劉醒龍對知青題材的重寫是有著更深的歷史內涵的，無論如何，作爲一個農民的兒女，大樹就清楚地看到了這場運動最終是給一代知識青年帶來了幸福，而把歷史深深的遺憾以及它所遺留下的罪孽留給了最終尚掙扎在那祖祖輩輩廝守耕耘於土地上的農民。這種歷史的不公，當然要激起兩代農民的憤怒，正如農民看到知青們重演拿到招工表格時又笑又哭的情景時所說的那樣：「怎麼走不了就像是在地獄受罪，那我們前幾輩子沒有走，後幾輩子也沒走，釘在這兒就是理所當然的嗎？」（《大樹還小》）亦如大樹用老師的話來說的那樣：「有一次老師在課堂上提起過知青，說他們老寫文章說自己下

鄉吃了多少苦，是受到迫害，好像土生土長的當地人吃苦是應該的，他們就不應該這樣。」(《大樹還小》)從這裡，我們可以看出，作家的立場位移，形成了小說的另一種全新的審美價值判斷。作為上山下鄉這一歷史進程中的主體，作為一個個獨立的人的存在，知青在劉醒龍的筆下已經走向了另一個極端，從蒙難者受害者到英雄末路再到普通人，這條線索在此全然崩潰，知青作為一種醜類的存在，彷彿完全是由於那次歷史的錯位，將兩種生存狀態尖銳地突現於歷史的地表。

　　我以為劉醒龍的反省是有歷史新意的，他起碼從人性和人道的另一個角度提出了最廣大的農民所處的生存狀態問題。知青上山下鄉運動，誠然是給農民帶來了城市的現代文明，包括那份浪漫主義的悲情。我們看到了《三套車》《莫斯科郊外的晚上》《花兒為什麼這樣紅》《洗衣歌》給一代青年農民捎來的浪漫精神的誘惑和愉悅。小說所竭力營造的兩組城鄉青年戀愛者的悲劇，將知識青年和農村青年不可調和的尖銳矛盾推上了歷史舞臺。但是，劉醒龍卻沒有把這種尖銳的歷史矛盾向更深的「歷史必然」去質詢，而這樣的「停頓」，只能造成更深的歷史創傷，而不能形成歷史的和諧。因此，劉醒龍在這種執著的信念下愈走愈遠，以至將上一代人之間的糾葛與仇恨深深根植在下一代人心靈深處中去。在這部小說中，我們處處可以窺見到大樹那雙充滿著仇恨烈火的眼睛。甚至讓大樹那猶如電影明星的姐姐因在都市裏打工而遭到白狗子的糟蹋，二代人的恩怨豈是一笑可以泯滅的嗎？正是為此，小說就更充滿著火藥味。

　　我們說，知識青年上山下鄉運動中，作為主體的知青，在那個動蕩時代裏，在精神無所阪依的情況下其所作所為固然有許多不合人性與人道之處，有的甚至幹了些偷雞摸狗的苟且之事，但這並不是他們生活的全部，甚至也就是極少一部分人所為，將此誇張上升為一種普遍，那是極不公平的。就我的體驗，在那漫長的插隊歲月中，雖然整天沉浸在悲觀主義的情緒中，但在勞動中與農民結成的那種難以訴狀的友誼卻是終生難忘的，所以在讀《那遙遠的清平灣》時的和諧使我感到親近。

　　當然，作為一個歷史的反思者，劉醒龍用血淚所塑造的文藝形象是令人深思的，這位被城／鄉對立的世欲觀念所戕害的女知青，最後終於在郁郁寡歡中投江而死，回到了她心靈的棲居地，亦證明了作者所闡釋的意念，城市的知青可以拋棄鄉下女子，而鄉下的男人卻為什麼不能堂而皇之地娶一位女

知青，即使是娶了女知青，也是別人扔下的破貨。這種歷史的不公還將延續下去，所以秦四爹要大樹「治好了病再好好讀書，做一個我們自己的知青。」頭頂青天面朝黃土的農民的唯一出路至今仍是「唯有讀書高」這條道。

面對著許多知青回到當年落戶的村莊去重新與昔日的農民敘舊，去重新體味一下那種生存環境。我們在電視紀實片中看到的是那種使人潸然淚下的動人情景；而在《大樹還小》中卻看到的是白狗子們「為了精神的需要」，「回來感受一下，找一些靈感。」也就是尋找「人的歷史對自身的重要性。」當然，像白狗子這樣「衣錦還鄉」、「榮歸故里」來尋開心的大款不是沒有，但是，更為複雜的是，知青在尋覓「舊我」的過程中，其心境是難以描述的，面對昨日、今日和明日，他們是因人而異的，絕不可能只是白狗子一種心態，尤其是面對昨天，僅僅用懺悔是不夠的，因為有些知青在回首往事時是無愧的，只有白狗子那種愧對鄉里的知青才有權力懺悔。正如劉醒龍在《小說選刊》1998 年第 3 期的《書信 208 號》中所言：「懺悔不一定是為了改過，真正的意義是重新支撐起一個人的精神天國。生命發展的殘酷性同樣也在懺悔上體現出來，有資格懺悔的人總是將懺悔發生在自己的成功之後，而失敗者是沒有這樣的資格。」劉醒龍要求的知青懺悔無疑是「尋求苦難與幸福的和諧」，而在其具體的創作中，作者之所以陷入偏頗，其中最主要的原因就是他忽略了知識青年們生存的那個嚴酷的歷史背景，以及那個時代統治思想給知青和農民所帶來的共同歷史壓迫，乃至這種歷史壓迫中更深的現實和傳統的政治因素。任何醜化和美化知青和農民的創作，都很難真實地刻畫出歷史的原貌和人性的本真。

反思近二十年來的知青題材小說，像阿城那樣較為冷峻客觀，保持中性的作家作品不多，可是，阿城的作品卻很少介入農民內部，也就是說，阿城的小說基本不去描寫知青與農民之間的感情糾葛，尤其是那種生生死死的愛情關係。因此，作者的那份熱情就可很瀟灑地隱匿於不悲不喜、不溫不火的情節之中。缺少衝突正是阿城知青小說的特色。阿城的知青小說在人性思考和生存思考方面是突破了以往知青小說的模式，然而，它們在歷史思考的層面似乎還欠深邃。

當我讀完了王明皓的知青小說集《快刀》後，就非常驚異作者的另一種寫法和他所獲得的另一種視角。我不知道為什麼一開始大陸的雜誌不欣賞王明皓這一類的知青小說，除了少數篇什在《雨花》上發表外，絕大部分卻是先在臺灣《聯合文學》等雜誌上發表，甚至出了集子後，才轉而由大陸一些

雜誌所發表認可。除了小說本身寫法上的神秘主義和象徵主義色彩外，除了許多篇什彌漫著蒲松齡《聊齋誌異》的怪誕和鮑照詩中的鬼氣外，我以爲，作品所透露出的那種超越自我，超越歷史的人性審視卻是一個很重要的特徵。作爲一個曾經是知識青年的作家，王明皓擯棄了自我角色的情感介入，試圖站在一個更爲廣闊的人性視角來解剖那一段歷史和一段歷史中的人，尤其是「知青」這個上山下鄉的主體。

我以爲王明皓的知青小說寫得太「酷」，所謂「酷」並非是悲劇美學中那種慘烈之美，而是一種魯迅筆端之下的「安特萊夫式的陰冷」，陰冷之中透出的那份洞悉無常人生的喟歎：亦如作者在《快刀》集序言中所說：「我的知青小說，在大陸被稱之爲『後知青文學』，所謂後，是爲了和以前相區分。前十年，寫知青的作家很多，而今早已寥若晨星了，當年我沒趕上『潮頭』，如今卻獲得了一個視野，一個冷靜，一個特定的視角，倒也平心靜氣的了。」這一份冷靜視角的獲得，固然是因了許多「前知青小說」的鋪陳，否則是很難來重新打量這段歷史的。和劉醒龍不同，作爲一個曾經滄海的知青，王明皓不帶任何激情（起碼是不著任何情感痕跡）地去剝離那一段瘆人的歷史，以及在這瘆人的歷史中活動著的人，乃至他們的「死魂靈」。這些固然不能說是驚天地泣鬼神的大手筆，但「大音稀聲」，「大智若愚」的道理，作者還是徹悟的。因此，在那近似於自然主義的中性客觀的描寫中，我們仍能諦聽到遙遠的歷史深處所發出的悲憫的人性呼喊，以及對歷史的叩問與凝思。

「寺背村」是王明皓小說的一個不可逃離的歷史性境遇，像「我」這一群知青在這塊土地上演繹出的一幕幕悲喜劇卻是令人深思的。木訥中透著靈動，呆板中露出睿智，這在王明皓的小說知青人物中成爲一個貫常。從中，我們可以清晰的看到作者對知青這個「自我的嚴肅解剖」。「解剖自我」一旦成爲王明皓知青小說的一個固定視角，它的歷史意義就不同了，整個小說的意象構成既然推翻了原有知青小說的意義範疇，那麼，作者筆下的人物當然就賦有了另一種鮮活的意義。由此，我們才讀出了王明皓知青小說的全新意義。

《快刀》眞是一把解剖知青靈魂的「快刀」！那種在逆境生存環境下用盡了心機的冷酷體現在一個愚鈍的知青身上，而且獲得了最終的勝利，不能不使我們想到獸類中的優生劣汰、弱肉強食的自然競爭法則。同時，也使我們想到工於心計的人類格鬥中，取勝的一方卻往往是用最簡單的思維和手段而獲得的眞諦，掩卷細想，又覺得腦後冷颼颼的生風。那聲「快刀，好快刀！」

的吶喊，如其說是在贊揚刀，倒不如說是這位綽號叫「快刀」的知青所發出的絕死的訊號。聽不出其中奧妙的農民鄰居們自然是歡天喜地，而意會到個中隱情的大隊書記當然在這一幕嚴酷的鬥爭中取了退守之道。正如作者在序言中所說：「說了刀的快，也描摹出了被刀者對於死的那麼一種精神境界。頭二百個字，讀了叫人毛髮悚然，卻又淋漓盡致，很覺著有一番餘味的。我的《快刀》絕沒有類比先賢的意思，只不過描摹了一種往事。通篇小說如同一刀砍下去，卻連一滴血也沒流得出來，冤哉！」不管有無類比先賢，我反正讀出了《藥》的韻味，讀到了《阿 Q 正傳》的餘緒，這種對知青生活的勾勒和解剖，也體現出作者的氣度。

《那年我們十八歲》最使我感動，作為一個好小說，作品能在不露聲色中把十八歲的「我們」寫得靈魂出竅、血肉淋漓，可謂不同凡響，確是上乘之作。小說也是寫「我們」在飢餓中的失節，幹了偷雞摸狗的勾當，因為偷吃了鄰村農民賴以生存的雞，致使一位大嫂喝了農藥自盡。作者並沒有把筆觸停留在是非的價值判斷上，而是更加深入人性的內部，延展了小說更為廣闊的描寫疆域。農民大嫂死後，兩位知青已然是邁不過這道德心靈的門檻的，於是他們自動跪去弔孝、投案，引來了一頓絕死的老拳痛擊，其中，寥寥幾筆，又描寫了那位深明大義的駝子──死者的家屬──穿透歷史的義舉。從駝子保護兩位知青的義舉來看，作家要表達的無非是「同是天涯淪落人」「相煎何太急」的意蘊。從中，我們可以領悟到，這場知識青年上山下鄉運動對於知青和農民雙方來說，都是一場災難，知青落入苦境，農民被瓜分口糧。而在這歷史的陣痛中，作家不能沉緬於相互的怪罪而分清誰是誰非，而是要從中發掘出人性的內涵，以抨擊那一切不合人性和人道的罪惡機制。

在《荒年》《地燈》《如夢令》《大寺墩情話》《夏天的軼聞》等篇什中，王明皓的知青小說充分描寫了知青靈魂的銹蝕和墮落，當然，也描寫了農民們的愚昧和自私，但其主要筆觸還能停滯在他所親歷過的那場震撼人心上山下鄉運動中的人的靈魂的剖析上。

作為小說的兩種寫法，我似乎更欣賞後者，我佩服王明皓的自我解剖氣度，這種懺悔絕無絲毫矯揉造作；我也欣賞劉醒龍以新的反思來顛覆以往知青小說的思維模式，但我對《大樹還小》中所流露出的逆向思維所產生的偏執不以為然。作為一個同樣親歷了這場運動的劉醒龍，儘管那時他還是個少年（1968 年），但審視這一歷史事件的眼光卻不能永遠凝固在十二歲的少年的

心靈上。也許，對於那種一味陷入苦難之美、英雄情操中的知青情結的反撥，劉醒龍的《大樹還小》不失爲一貼苦藥，但是作爲一個超越歷史，超越階級本位，超越自我的現實文本，作家不能不面對已然逝去的歷史作出更高一疇的審美價值判斷。作爲交往很深的朋友，我想告訴劉醒龍的是，創作往往只有在超越了自我情感的時候，才能獲得更好的審美效果。

二、走出角色的怪圈

歷史的發展告誡我們要以理性的目光來審視人類的一切活動，在其發展的過程中，它必須捨棄一些東西來換取歷史的進步。然而，作爲文學家，他（她）有時在價值判斷體系上往往是以人性和人道主義爲準繩的，因此與歷史的理性恰恰構成了悖反和錯位。就此而言，當我們在知識青年上山下鄉 30 週年之後，在「知青文學」誕生 20 年後的今天，或許能夠在歷史的距離感中獲得某種文學的啓迪。

可以說新時期的文學啓蒙和啓蒙文學在很大程度上是依賴於知青題材而發軔的。所謂「傷痕文學」，幾乎成爲知青的「訴苦臺」，對制度、對社會、對一切舊有存在的控訴，是這一時期「知青文學」，乃至一切文學的特徵。向「四人幫」討還血債，討還青春，討還失去的一切，成爲此時知青作家作品隱在的主題。因而，一切作品的灰色基調，甚至頹廢情緒成爲當時審美的時髦。「知青文學」的初始就是一個「悲劇的誕生」，然而這個悲劇是以悲哀和悲憫爲審美品格的。當今我們重新反思這些作品時，卻不能因這些作品的幼稚而加以否定，雖然它們對知青的苦難進行了放大和誇張，但是無論從歷史的理性，還是人文立場上來進行考察，它們都是一次「歷史的必然」。

或許是對這種古典悲劇的審美品格的不滿，或許是這一代知識青年血脈中流淌著的英雄主義和理想主義的血液在作祟，在他們的寫作群體中誕生出《今夜有暴風雪》和《北方的河》這樣慷慨激昂的力作是毫不奇怪的。「青春無悔」的主題終於從「在小河那邊」的悲劇泥淖中爬出，使一代知青的狂熱者陷入了英雄主義和理想主義的虛幻光環之中而不能自拔。正如美國影片《生逢七月四日》中所描寫的那樣，這已不是一個英雄主義的時代，社會經濟的發展淹沒了理想主義烏托邦式的吶喊，儘管《大林莽》中的英雄主義的悲壯之美很感人，甚至與《今夜有暴風雪》一樣有煽情的悲劇藝術效果，但畢竟給人一種堂·吉訶德與風車作戰的虛幻英雄姿態印象。因而，像《棋王》《桑樹坪紀事》這樣以

「局外人」和「他者」身份冷峻敘述的「知青文學」似乎更受倚重。它們甚至比《我遙遠的清平灣》更加不帶主觀色彩，去掉了那一份作爲知識青年的矯情，可謂用另一種心態和姿態來平靜對待知青生活的作家作品。

這裡須得特別提到的是那些具有雙重身份的「回鄉知青作家」。像賈平凹、鄭義、陳忠實、路遙這樣的作家，他們的寫作初始尚陷入了「知青」的角色確認，尚與其生息相處的農民身份有所區別的話，那麼，他們很快就轉換了角色，或是以一個農民的角色，或是站在一個更高的文化批判者的角色去書寫「知青題材」的作品了。《白鹿原》雖然還能看得見那個「回鄉知青」的影子，但是，我們更多地是看到一個農民文化批判者的角色。在《人生》和《平凡的世界》中，我們雖然看到的是一個新時期的「于連」式的農民形象的潰滅，但是我們從中不能不體悟到路遙作爲農民本位的價值立場。

90 年代開始，大量的報告文學式的作品重新煽起了那失去已久的知青夢幻。把痛苦的回憶（這種回憶不無誇張的成份）當作一種人生的炫耀。這就應驗了沈從文先生的一句名言：「回憶是有毒的。」同時，也引發了一批作家對那場「知青運動」和「知青文學」的反思。毫無疑問，這種反思是必要的，它是將「知青文學」引向一個更深的歷史思考的契機。

今年的《上海文學》第一期發表了劉醒龍的《大樹還小》。顯然，這篇小說是一反知青作家的價值觀念，從顛覆知青的物質存在和精神存在這兩個層面來否定這場「知青運動」。從某種意義上來說，否定之否定，帶來的是更深的人文思考。角色的轉換，使「知青文學」那種恒久的審美價值判斷遭到了毀滅性的打擊。劉醒龍們所要求的是知青的懺悔，而非是苦難的炫耀。郭小東們仍舊沉浸在苦難意識之中（很有意思的是，今年《小說選刊》第三期選了《大樹還小》，第七期卻又選了郭小東的小小說《知青弔》）。兩者間的落差和反差恰恰是角色和立場的轉換。儘管劉醒龍的出發點也是非常合情合理的，即他的反思是建立在「尋求苦難與幸福的和諧」支點上：「懺悔不一定是爲了改過，真正的意義是重新支撐起一個人的精神天國。生命發展的殘酷性同樣也在懺悔上體現出來，有資格懺悔的人總是將懺悔發生在自己的成功之後，而失敗者是沒有這樣的資格的。」但是，我以爲，倘使大部分知青作者進入了一個書寫的誤區：將苦難當作甘怡來咀嚼，當作人生的資本來炫耀，那麼，劉醒龍則是從另一個極端同時陷入了再一個書寫的誤區：將那場歷史災難的罪愆歸咎於知青本身，將知青和農民嚴重地對立起來。

　　就上述兩種「知青文學」的書寫傾向，我認為都是其價值判斷的失衡而導致的，而價值判斷的失衡，則是作家過份地沉湎於自身的社會角色而導致的後果。在這裡，我只能再一次借用胡風的所謂創作方法大於世界觀的文學觀念來告誡雙方作者：一個好的具有深刻的文化批判意識的廣義現實主義作家，是須得克服自身社會存在角色和世界觀影響的。否則，他就很難有大家風範，很難在歷史的理性與人文精神的兩難選擇中確定自身的文化批判的價值判斷。在這一點上，我很欣賞江蘇那位不知名的知青作家王明皓所寫的小說集《快刀》（關於這本書的分析詳見《小說評論》1998年第3期上筆者所撰《知青小說新走向》一文）中那種超越了知青角色而進入一個更高層次的文化批判的開闊視野。

　　因此，就目前「知青文學」的上述兩種態勢來說，我以為都不利於重新反思「知青文學」和那場「知青運動」，只有跳出狹隘的角色的確認，從一個大的文化背景中來重新考察這場運動中所涉及到的人和事，以文化批判的目光來重新審視「知青題材」作品，恐怕我們會獲得更多的收穫。

　　歷史決非是某個小說開頭用「毛主席語錄」（一邊是「知識青年到農村去，接受貧下中農的再教育，很有必要」；一邊是「嚴重的問題是教育農民。」）那樣的簡單的二元對立。歷史的理性和人文精神之間的張力，恰恰構成了我們對「知青文學」的反思契合點。用什麼樣的審美品格來審視這一歷史現象，是作品選擇的自由，然而，用什麼樣的歷史觀、真實觀和價值觀來重新剖析這場「知青運動」卻是一個亟待解決的問題。尤其是那些曾經置身於這場運動中的各種不同身份的角色和人。

第四節　80年代：文學思潮中啓蒙與反啓蒙的再思考

　　近30年來，我們的文學史教材不斷翻新、不斷變化，但是它的封面變了，內容卻鮮有變化，更重要的是治史的價值觀念沒有變，一個現代知識分子應有的價值觀念立場沒有滲透在文學史的治史過程中，那種零度情感的客觀主義歷史觀成為時尚，甚至很多學者在重新審視這一段歷史的時候，仍然是用那種一成不變的僵化的階級鬥爭觀點去剖析已經進入認同人類普遍價值的80年代文學思潮、文學現象和文學作品，這顯然是一種可悲的現象，但是這樣的表述是不承擔任何風險的。一部文學史教材如果沒有應持有的人文價值立場，那必定

是膚淺平庸，甚至是開歷史倒車的遺患無窮的僞教科書。爲什麼會形成這樣的治史格局而不能自拔，其中最深沉的原因就是話語權始終被一些歷史的「親歷者」所把持，其中許許多多人是在那種歷史文化語境中獲得了豐厚名利的既得利益者，甚至現在仍然在保衛僞經典的過程中尋找新的名利場，他們的所謂「重新評價」只不過是在進一步拔高和誇張某一歷史時段的文學創作（諸如「十七年文學」）來完成「二次尋租」罷了。它嚴重地阻礙了對三個 30 年（1919～1949；1949～1979；1979～2009）「大文學史觀」的客觀歷史評判！越過這樣的阻遏是艱難的，但是我們試圖超越，一切爲了歷史！一切爲了將來！

上一世紀 80 年代文學似乎已經成爲 20 世紀文學中與五四文學比肩的文學盛典，它的輝煌也已然成爲至今人們懷念它的種種理由。但是，我們也不得不去思考另一個更深刻的問題——它在 20 世紀歷史長河中，尤其是在啓蒙與反啓蒙的人文思潮中所扮演的是什麼樣的角色，所經歷的是怎樣一個歷史的過程？！帶著這樣的問題去回眸這一輝煌的文學史瞬間，我們似乎更能夠看清楚那個時代文學思潮、現象、流派和作家作品的本質特徵。

我以爲只要論及上一世紀 80 年代文學，首先就得描述社會政治文化背景與文學思潮的關聯，這兩者之間是一對很難分離的連體嬰兒，捨其背景就難以把握文學發展的脈絡。80 年代文化思潮實際上有三個轉折節點：一個是它的「序幕」，那就是 70 年代末的眞理標準大討論；另一個就是 80 年代中期的「清除精神污染」和「反資產階級自由化」運動；再一個就是 80 年代末的那場政治風波。顯然，歷史的環鏈是環環相扣的，沒有 70 年代後期的政治動蕩就產生不了 80 年代文學；沒有 80 年代中期的「清污」與「反自由化」，就沒有 80 年代後期文學的「向內轉」、「尋根運動」和「視點下沉」；沒有 80 年代後期的政治風波，也就沒有 90 年代文學進入消費時代的大潮。從中我們可以看出，社會政治文化思潮的演進是與文學發展同步的，它們是人文歷史前行與後退的兩翼，是在同一根車軸上平行轉動的車輪。

1976 年的唐山大地震和三位政治巨頭相繼去世，客觀上爲封建專制思想體系的崩陷提供了時間表，雖然當時在皇權意識統攝下的中國思想界基本上是處在一個六神無主的狀態，但是畢竟讓人隱隱約約看到了王朝解鈕的契機和無奈。直到 1979 年，中國實際上仍舊處在一個「沒有毛澤東的毛澤東時代」的文化氛圍之中！在這個過程中，雖然發生了「四五天安門運動」，但是過後產生的「兩個凡是」思潮，證明了五四啓蒙精神在中國社會文化中的徹底潰

敗。其實，從延安時期一直延續到 1978 年，這四十年來的一個封建式的造神運動的思想根基是很深的。因此，「兩個凡是」所引發的「實踐是檢驗真理的唯一標準」的大討論，實質上也就是能否在中國的思想版圖中清除法西斯式的極左思潮和皇權意識的關鍵問題。今天，當我們來慶祝這一偉大理論創新 30 週年的時候，我卻感到一絲悲哀：胡福明們不是第一個發現了真理，而是在那個極左的環境下第一個重複了人類思想實踐中的一個基本的常識問題。同樣，70 年代末的「傷痕文學」也似乎是重新回到五四「人的文學」的起跑線上，值得文學史大書特書，值得人們永遠懷念。殊不知，那也只是回到人類現代文明與文學的常規原點上，回到中世紀以來人文價值判斷上來的「歷史的必然」舉措——認同以人、人性、人道主義為核心內容的人類共同的普遍價值判斷上。儘管西方社會也有許多極右（在中國大陸被稱為「新左」）學者站在後現代的立場上反啓蒙，但對於一個沒有真正經過完全性現代文明洗禮的國家和民族而言，啓蒙仍然是彌足珍貴的人文思想武器，仍然是一個繞不開的話題。同樣，儘管當下否定五四文化的言論甚囂塵上，但是，五四文學把自身的基礎建立在大寫的「人」上的思潮是任何人都不能抹殺的歷史進步，至於它和「文革」的關聯卻是風馬牛不相及的事情——它們的本質區別就在於反封建與封建！啓蒙與反啓蒙！

　　回顧上個世紀 80 年代文學，我們似乎更多的是眷戀與褒揚，而缺少的是對它深刻的反思，尤其是沒有清晰地看出它在文學史進程中所貫穿著的隱在而深層的啓蒙與反啓蒙交鋒過程。本文試圖從這個角度去切入來重新審視 80 年代的文學，得出的結論可能與現有的文學史教科書不同，甚至相左。但是，我以為它並不是個偽命題，希望引起學界同仁的討論與批評。因為文學史絕不是一次性就可以釐定的，尤其是距離本時代愈近的文學史，就更需要我們進行多次的磨洗與廓清。

一、「傷痕文學」：重回五四啓蒙的艱難選擇

　　怎樣看待「傷痕文學」仍然是 20 世紀文學史的一個兩難命題。在那場思想解放運動大交鋒之前當然又是文學首先發難，從「曲筆」中吶喊出和五四文學相同的聲音。如果說這是文學的幸事，那麼，它是否又是人文的不幸呢？因為文學的母題又回到了原點，就預示著啓蒙的失敗，就預示著需要重新開始，所以我說從 80 年代開始，我們是「重回五四起跑線」！

其實，真正銜接五四啓蒙文學思潮，而從「精神傷痕」層面來抒發情感的文學作品應該是屬於 70 年代在地下運行的「朦朧詩」。但由於它的發生與時代的社會政治思潮不同步，時差較大；也由於它當時根本沒有可能進入正式的出版傳播渠道，所以人們往往將「二次啓蒙」（如果五四算是中國首次現代性的啓蒙）的功勞記在時間比思想解放運動稍稍超前一點的「傷痕文學」的發軔之作上了。我清楚地記得，當我拿到《人民文學》1977 年第 11 期的時候非常震驚，那裏面有一篇劉心武的小說《班主任》，其重新呼喊出「救救被『四人幫』坑害了的孩子」的強音，使大家聽到了耳熟能詳的五四吶喊聲，這也就是預示著作家作品的描寫域可以重新回到五四對人的拯救命題上來了，這已然成爲人文價值重塑的一枚信號彈。儘管劉心武后來似乎有很多次不該轉向的人文價值立場轉向，但是真正進入公開出版渠道的新時期「傷痕文學」畢竟是由他這篇作品爲發端的，而新時期的思想解放運動之濫觴也應該是從這裡開始的。正如周揚在 1958 年《文藝戰線上的一場大辯論》中所說的那樣：文學是社會政治的晴雨錶。我覺得這個表述很到位，80 年代思想解放運動的啓航又一次借助文學的舞臺拉開其沉重的序幕，從《班主任》到全國普演話劇《於無聲處》，文學最早擔當的雖然是爲政治而吶喊的社會角色，但同時也爲自身提出了回到五四「人的文學」起點的基本口號，由此才引發了思想界和哲學界的那場實踐是檢驗真理的唯一標準的大討論。1977 年文學的思想發動是思想解放的萌動期，沒有這個準備期，1978 年也就不能進入思想解放的「新時期」。大量的「傷痕文學」作品雖然起點不高，但是，在那個封建法西斯統治仍很盛行的時代氛圍裏，這種原始的現代性吶喊卻如空穀足音一樣振聾發聵，它喚醒、撼動和復蘇了埋藏在人們心底裏的反封建的現代人性欲望。

最先圍繞人性、人道的發現來描寫「傷痕」的小說不得不打著社會主義人道主義的旗號，實際上這個理論判斷的前提就是錯誤的，如果說是不得已而爲之的策略，尚可原諒，否則，它就是被左傾階級論薰昏了頭腦的糊塗判斷。殊不知，人道主義是超階級性的，它沒有社會主義還是資本主義的階級區分，它應該是一個中性的價值判斷。因此，呼喚人性和人道主義只不過是回到五四反封建思想原點的表徵而已。

盧新華的《傷痕》雖在《班主任》之後，但是把它標爲這個時期特定文學的象徵，就閾定了「傷痕文學」是以反封建、立人道爲核心人文內涵的悲

劇表現。實際上「傷痕小說」就是人和人性追問的藝術表現過程。由於 1949 年以後 30 年的歷次政治運動對基本人性的摧殘，使得人和人性的理念已經不能歸家了，儘管有時暫借文學的軀殼「租用」一下，然而，「自我」與「個人」早已不復存在了。而「傷痕小說」發軔的初衷，就是追尋與叩問那個戕害人性的法西斯時代的合法性與合理性問題。所謂啓蒙，也只能止乎於此，要想向縱深發展，除了時代條件不成熟外，就是我們的創作者尚不具備啓蒙的學養與識見，因爲這批作家主要是知青構成，而知青作家雖有思想的動能但無學養的根基，無知識積累就不能提升自身的人文識見，因此，也就限制了他們在「傷痕文學」裏的縱深思考，不能以居高臨下的俯瞰角度來運用和調度手中的生活素材。例如那時候最著名「傷痕文學」作品有陳國凱的《我該怎麼辦？》。「我該怎麼辦？」之所以不能進入像車爾尼雪夫斯基《怎麼辦？》那樣的哲學思考層面，其根本原因就是作家在把握素材時沒有更自覺的人文理念和素養的支撐。把社會問題放置在人性的顯微鏡下進行人道主義的詰問與拷問，是「傷痕文學」主題中的普遍人文元素。孔捷生的《在小河那邊》描寫一個同父異母兄妹的亂倫關係，實際上在故事構架上是重複了五四文學的母題結構，明顯帶有《雷雨》式的結構痕跡。而大多數作品也都只是站在人道主義的道德與倫理層面來提出問題的，像從維熙的《大牆下的紅玉蘭》、蕭平的《墓場與鮮花》，這些都只停留在對一個封建法西斯時代的聲討與控訴中，連人道主義的答案也表現得不夠清晰和充分。我們只能對這種低水平的人性訴求感到遺憾，雖然它們在那個時代條件下也屬震撼人心的吶喊。「啓蒙運動的思想重點是對理性的運用和贊揚，理性是人類瞭解宇宙和改善自身條件的一種力量。」〔註10〕由此可見，沒有一個產生出理性思想的豐沃土壤，也就不可能出現象伏爾泰、孟德斯鳩、狄德羅、盧梭那樣的哲學家，也就不可能產生出一批有自覺意識的啓蒙主義文學家。所以，同樣是啓蒙文學，其質量卻是不一樣的。

二、「反思文學」：一個啓蒙胚胎發育的流產過程

這裡我首先要強調的是，「反思文學」這個概念雖然是不準確的，但爲了行文方便，我不得不沿用這個被文學史話語約定俗成的以往概念，但是我要做出自己的重新闡釋。所謂「反思文學」是承接了「傷痕文學」的思想衣鉢，試圖從「文革」，甚至「十七年」的歷史事實中尋找反人性、反文明、反人道

〔註10〕　《不列顛百科全書》（國際中文版），中國大百科全書出版社 1999 年版。

的根源，反思封建法西斯文化專制的因果關係，從而找回失落的人性基點。但是由於它尚未真正進入深刻反思的哲學層面，就很快就被廉價的「改革文學」所淹沒和轉移，從而導致了它的流產。總而言之，真正的反思剛剛開始就遭到了左傾政治勢力的無情封殺，致使啓蒙的寧馨兒胎死腹中。

同樣，真正的「反思文學」的濫觴仍然應該追溯到 70 年代以地火運行方式行進的「朦朧詩」，因爲它不但抒寫了一代人的精神創傷，而且還深刻反思了造成精神創傷的原因，具有濃厚的啓蒙意識，它是 80 年代文學啓蒙運動的先聲。正如徐國源在他的博士論文中所說的那樣：「許多年來，朦朧詩在中國當代文學史上所走過的歷程和佔據的地位，並沒有得到充分的關注和恰當的評價。以往大陸文學史敘述中，朦朧詩被策略地限定在『反思』的範疇內，忽視其與特定的意識形態的『斷裂』與『異質』性，無疑消解了它的啓蒙價值。那種似是而非的文學定位，使學界對朦朧詩的切入有意無意地迴避了它的『批判性』」。「與反專制文化相適應，以朦朧詩爲代表的新時期文學開始了『啓蒙現代性』的重建……與人的意識和詩的意識的覺醒相隨，朦朧詩的批判性主旨也從政治批判、社會批判邏輯性地指向了文化主題層面，從而進入了對封建文化專制制度與文化思想體系的批判與否定中。這種思想穿透的動因，自然與朦朧詩的話語啓動有關，還與時代性的『反思』深化不無關涉。」〔註 11〕亦如詩人宋海泉對「白洋淀詩群」的評價那樣：「自郭路生開始，詩歌作者們朦朧的自我意識開始覺醒，讀書活動對自身奴性及情緒的批判，使這種朦朧的自我意識逐步自覺，最終使個體的人站起來，完成詩歌主體與價值的轉換：重建人的尊嚴，發揚人的個性，自己做自己的道德主人。不再背離作爲的良知，不再做神和他人的精神的奴隸。」〔註 12〕我始終認爲「朦朧詩」即便只有一個北島也就足可以進入文學史的序列了。他的《回答》（當然這裡也有食指《相信未來》的影子）應成爲千古絕句：「卑鄙是卑鄙者的通行證，高尚是高尚者的墓誌銘」應該是反抗專制政治社會最富有穿透力的詩意表達，而《結局或開始》裏「我是人」的吶喊就奠定了他詩歌啓蒙主義的基調。顧城的《一代人》也可以載入啓蒙的史冊，因爲它所表現出的強烈的啓蒙主義的人文內涵與色彩是能夠征服一代人的：「黑夜給了我黑色的眼睛，我卻用它尋找光明」！這種深刻反思性的人文啓蒙尋覓，

〔註 11〕 徐國源：《中國朦朧詩派研究》，臺灣文史哲出版社 2004 年 3 月版。

〔註 12〕 廖亦武主編：《沉淪的聖殿——中國 20 世紀 70 年代地下詩歌遺照》，新疆青少年出版社 1999 年版。

概括出了幾代人對人性光明的渴望。食指的《相信未來》和一大批「白洋淀詩群」一樣：「……以自己的詩歌寫作據守了這個時代理性精神的高度，展示了他們對暴力、迷信、愚昧與專制的決絕和批判，以及他們對人生對世界的自由理解和獨立思考。」〔註 13〕當然，像舒婷《致橡樹》這樣的女性意識的覺醒，也是同樣是女性啓蒙意識的最先的表達。梁小斌的《中國，我的鑰匙丟了》，這也同樣蘊含和滲透了強烈的自覺啓蒙意識。

　　而小說《公開的情書》和《晚霞消失的時候》的發表，則標誌著「反思文學」眞正進入了對啓蒙的反思和拷問的階段。相比較而言，正式發表於《十月》1980 年第 1 期的《公開的情書》是一篇更爲成熟的啓蒙文本，它的初稿也是 1972 年以後流傳於地下的手抄本，1979 年還在杭州師範學院的學生刊物《我們》上發表過，也就是說，啓蒙的聖火即便是在封建法西斯專政十分猖獗的年代裏還仍然在地下運行，而「反思文學」的思潮卻促使作家把它從歷史的縫隙中打撈出來，進行了縝密的修改，在一個適當的時機公開發表，則更加彰顯出了它的啓蒙意義，作爲一個有著五四啓蒙理性精神的作者，劉青峰們明顯與一般的中國作家不同，他們還同時發表了在當時具有很大影響的反封建歷史意義的長篇論文《興盛與危機——論中國封建社會超穩定結構》，是「在 1980 年代初有意識、有準備地投身於思想解放和文化啓蒙的大潮」的思考結晶。〔註 14〕參照閱讀，可見啓蒙意識之一斑，亦如何言宏所言：「到了《公開的情書》，似乎經歷了一個相當有趣的輪迴，革命的主流意識形態此前爲知識分子規定好了的革命道路反而又被老久、老嘎、眞眞和老邪門們所拋棄，在他們的通信中頻仍出現的道路焦慮不僅無關革命，反倒更多的是諸如『相信科學』、『堅持個性』、『爭取愛的權力』和『反對庸眾』之類五四時期的啓蒙話語。這樣一來，《公開的情書》便很突出地在話語主張和精神立場上接通了五四時期的啓蒙主義文學，成了啓蒙主義文學在新時期的一個經典文本。」〔註 15〕作爲啓蒙火炬之範本，和其他「反思文學」所不同的是，它們不是停留在對過去歷次政治鬥爭的簡單控訴與否定，而是以充滿著對人性的渴望去反思痛苦背後的成因，而且其主體人文價值判斷是十分明晰的，作品

〔註 13〕張清華：《黑夜深處的火光：六七十年代地下詩歌的啓蒙主題》，《當代作家評論》2000 年第 3 期。

〔註 14〕劉青峰、黃平：《〈公開的情書〉與 70 年代》，《上海文化》2009 年第 3 期。

〔註 15〕何言宏：《正典結構的精神質詢——重讀靳凡〈公開的情書〉和禮平〈晚霞消失的時候〉》，《上海文化》2009 年第 3 期。

闡釋的啓蒙主題應該是眞正有意識地回歸到了五四文學以大寫的「人」爲核心的精神內涵中。然而，當時又有多少人能夠讀懂這層涵義呢？值得慶幸的是，今天有的學者在重讀文學史的時候，發掘了它的眞正的啓蒙內涵，雖然是晚了 30 年的翻案文章，但畢竟給文學史的缺失補上了一章：「這兩部即使穿過漫長的歷史時空仍然難掩其光芒的重要作品，作爲一種相當獨特的精神存在，一直在質詢著中國當代文學史中儼然堂正的『正典結構』」。〔註16〕「《公開的情書》與《晚霞消失的時候》的啓蒙主義價值，最爲突出地表現在它們的精神特徵與思想探索上。某種意義上，我們完全可以說《公開的情書》是『一代青年的精神啓示錄』，而《晚霞消失的時候》，則不僅是這樣的『精神啓示錄』，還是一部痛苦和眞誠的『精神懺悔錄』。」〔註 17〕通觀《晚霞消失的時候》，說它是「精神懺悔錄」的主要依據是作者直接參與了紅衛兵運動中「出身論」與遇羅克的辯論。但是，我卻把它看成是啓蒙思想感召下的一次對紅衛兵運動的深刻反思，雖然結果是消極人生觀的呈現。其實，《晚霞消失的時候》的寫作時間也是在 1976 年，而此時作爲親歷那場大革命的作者在文革還沒有眞正結束時的反思就比一般人深刻得多了。只有讀了這篇作品的寫作背景後，你才能眞正理解其中的人文內涵：「它是在文化革命還沒有結束的時候寫的，我寫它的時候，中國正處在黎明前最灰暗的時刻，請注意我說的不是『黑暗』。從這個意義上說，我的小說應該早於『新時期文學』，它在年代上屬於手抄本時期，只是沒有來得及傳抄而已，我在新時期的文學大潮中應該是最早的起步者之一。」〔註 18〕而作者過多地把目光集中到那種貴族式的精神氣質追求上，相對就降低了作品對啓蒙理念的支撐。

綜觀「反思文學」，其普遍存在的問題是反思得不夠深刻，作家很難有明確的主體意識，把作品的主題引入啓蒙的話語語境當中去。有人認爲只有一個作家有「魯迅風」，那就是江蘇的高曉聲。高曉聲的反思包括《李順大造屋》、「陳奐生上城」系列。其實，他的反思深刻之處就是建立在重新恢復人的地位和尊嚴的基點上，用其一篇文章中的話來點明他的價值立場是再恰當不過

〔註16〕何言宏：《正典結構的精神質詢——重讀靳凡〈公開的情書〉和禮平〈晚霞消失的時候〉》，《上海文化》2009 年第 3 期。

〔註17〕何言宏：《正典結構的精神質詢——重讀靳凡〈公開的情書〉和禮平〈晚霞消失的時候〉》，《上海文化》2009 年第 3 期。

〔註18〕禮平、王斌：《八是畫師也個點　〈晚霞消失的時候〉與紅衛兵往事》，《上海文化》2009 年第 3 期。

的，那就是——中國不能一天沒有皇帝！無論《李順大造屋》，還是《陳奐生進城》，客觀上似乎都浸潤了一個作家較爲深邃的人文思考。但是，從主觀上來說，由於作家的人文修養和知識儲備的局限，作品對啓蒙的追尋只能停留在控訴的表層結構上，至多也只能是用調侃和反諷的意蘊來觸及封建專制的愚昧與可怕，而不可能進入一個有自主意識的自由批判的精神王國。從這個角度來看，我覺得反思得更爲深刻一些的倒是另外一個江蘇作家——方之。他的一篇《內奸》，足以使許許多多同時期的「反思文學」黯然失色，作家不僅反思體制滯後帶來的弊端，還反思到人類基本的人性道德和倫理被顛覆的景象，他塑造的形象的全部意義就在於對喪失人倫和人性底線的反啓蒙的正面人物形象的刻畫與抨擊。

　　我以爲，即使是在眾多被文學史肯定的「五七戰士」（特指 1957 年被打成右派的那批作家）的「反思文學」中，我們看到的仍然是在苦難的傾訴背後的對「第二種忠誠」的深刻眷戀！而這種情愫恰恰又是把「反思文學」推向五四啓蒙文學反面的動力。但是，無論是當時批評家，還是後來的文學史家，都忽略了這個皈依反啓蒙意識形態的歷史細節，這難道不是重寫文學史需要深刻反省的問題嗎？

　　「反思文學」還得提到劉心武，這時他所創作的《我愛每一片綠葉》和《如意》，看似都是在寫隱私問題，而實際上卻是對「人」和「人性」的缺失和詆毀提出了聲討，這樣的反思是回到五四「人的文學」原點的啓蒙文本，但是，作品沒能深刻地追尋造成這種現象的根源而淺嘗輒止，這可能是許多「反思文學」的通病。像魯彥周的《天雲山傳奇》、古華的《芙蓉鎮》都是對那個摧殘人性的時代發出了強烈的控訴，而對其產生的根源並沒有做出更爲深刻的反思。即便是對於愛情和人欲的反思也是欠深刻的，像張弦的《被愛情遺忘的角落》《挣不斷的紅絲線》、張賢亮的《靈與肉》《綠化樹》《男人的一半是女人》這樣的作品雖然對以往的愛情觀和人欲觀提出了啓蒙主義價值理念的重新歸位的命題，但是它裏面暗含著的極強的封建意識的男權色彩卻是悖離啓蒙主義主旨的，至今尚未得到清算。特別是在《男人的一半是女人》中主人公章永麟所彰顯出來的以男權主義爲中心的理念是與作家蒙昧思想同構的，這顯然是與啓蒙的人文理念背道而馳的。這些作品和《公開的情書》《晚霞消失的時候》相比較，在啓蒙的哲學思考上明顯是低一個檔次的。

　　值得一提的倒是林斤瀾後來發表的「十年十癔」系列小說，《哆嗦》《老二》《白兒》《五分》《一字師》等作品，那才是名副其實的「反思文學」代表作，才是有限地擔當起「反思文學」應該承擔的文學使命的力作。作品中對「文革」戕害人和人性的剖析和反思進入了一個比較深刻的層面，同樣，它的描寫域始終是瞄準五四啓蒙文學中大寫的「人」和「人性」的靶心上的。

　　「反思文學」實際上就是以反思人性被閹割的社會原因和思想根源作爲描寫基點的，也是它重新進入五四啓蒙文學通道的一個切入口，可惜這個反思過程被進入文學史的一般作家作品膚淺化、歧義化了，其明證就是它的不徹底性使它很快就被所謂的「改革文學」所覆蓋與遮蔽、同化與異化。

三、「改革文學」：啓蒙的「鋪花的歧路」

　　「改革文學」從本質來說，是把本來可以深入探索的啓蒙話語引入一個「鋪花的歧路」，它之所以很快就走到了盡頭，就是從《改革者》《三千萬》到柯雲路的《夜與晝》《新星》的價值觀念又重新回到了造神的怪圈中，在皇權意識統攝下尋覓「清官」的形象成爲「改革文學」重回封建意識的表徵。當然，很多作品卻是陷入了封建性和現代性的兩難選擇的悖論之中，作家在「眩惑」（達理的長篇小說《眩惑》就是很能說明問題的典範作品）的陰影下，只能寄望於艱難的改革中出現鐵腕人物，而非制度的根本轉變。可見我們的作家的主體意識中「人的覺醒」是沒有根基的，無論是知識體系，還是理論素養上，都是缺乏五四一代作家那種自覺的人文修養。當然，這也與80年代中期的那場政治運動有著關聯性的。

　　改革小說價值觀念的偏航，就在於大量的改革小說作家的價值理念是迷茫的，處於一種「眩惑」「惶惑」的意識狀態之中，其要害是在作品中失去了作爲主體的作家自我價值判斷。除了《眩惑》外，像《哦，香雪》中對靜態的農耕文明和動態的現代文明衝突缺乏最基本的人文價值判斷，而使作家主體陷入兩難境地的作品層出不窮。現代與傳統，城市與鄉土，在香雪的內心世界，也是在作家的主觀世界中，價值傾斜已然成爲一種鐘擺式的藝術表達。更有甚者，卻是對農耕文明形態的深刻眷戀，這在賈平凹的作品中就可窺其全豹。在《小月前本》《雞窩窪人家》《臘月·正月》這一類改革小說當中。作家的價值觀念也出現了極大的惶惑，文本最終更偏向於對傳統的封建農耕文明生存形態的眷戀。而在《臘月·正月》裏，作家在農村流氓式的暴發戶

王才和儒家式的封建宗法秩序的鄉紳韓玄子的價值選擇上同樣也出現了迷茫。感性與理性的衝突形成了這一時期眾多作家價值理念選擇的兩難，而許多作家最終還是偏向於對文學審美形態有著更加誘惑力的、有著感性色彩的農耕文明的內在視角，包括張煒的《古船》和路遙的《人生》都表現出了這樣的非理性傾向，尤其是《人生》裏的劉巧珍的形象塑造更是承續了柳青在《創業史》裏塑造改霞的價值觀念的套路，劉巧珍成為傳統農耕文明道德人格的化身，高加林最後撲到黃土地上的細節描寫，實際上就是預示著作家回到農耕文明母體懷抱倫理價值的強烈訴求；而高加林捨棄了城市裏的戀人黃亞萍，可謂是對現代文明的痛苦拒絕與告別，其中作家的價值判斷就不言而喻了。這些理念都是與啓蒙思想相牴觸的。

而鄭義就不一樣了，《老井》裏的那個充滿了個性的女子巧英卻是義無反顧地走進了象徵著現代文明的城市。作品一開始就把她當作「紅狐狸」的象徵，顯然是作家的價值理念推動她終於走出了黃土地。但是，真正能夠像這樣在兩難選擇中堅持向著現代性啓蒙價值觀傾斜的作家卻是鳳毛麟角的。

更為嚴重的是：「改革文學」走到最後，從《改革者》《三千萬》膚淺地重複「十七年文學」的「頌歌」模式外，還開始了「文革」式的造神寫作，像《新星》《夜與晝》這樣具有現代迷信的反啓蒙文本開始出現，顯然是對前期「傷痕文學」和「反思文學」啓蒙內涵的顛覆與篡改，也是對 80 年代文學莫大的諷刺。重塑清官，重造救世主的文本是所謂的「改革文學」走向歧路最顯著的標誌，也是反啓蒙的最明顯徵兆。

四、「現代派問題」之辯與「僞現代派」之辯：兩次缺乏啓蒙根基的爭論

1981 年前後發生的圍繞著「現代派問題」的討論，其實質上就是要不要門戶開放的社會政治文化問題。現代派的問題的討論引發了此後大量外國理論譯叢、外國文學作品翻譯的出現，翻譯界從此掀開了 80 年代在短短的十年時間內像過電影一樣把西方世界二百年來的文化經典、文學思潮與方法通通演繹一遍的大幕。圍繞著現代派問題的討論，其核心就是接不接受、承不承認西方普遍價值文明的問題，這不過就是重回幾百年以前啓蒙運動對「人」的肯定的價值觀而已。如今來看，這次現代派的爭論從表層

結構上沒有太大的意義，但從深層結構上來說就是關乎價值文明體系在中國社會重建的重大問題，這個問題最終得以認可，才進一步形成了經濟上的改革開放大潮。

我反覆強調，以「傷痕文學」為起點的新時期文學就是「重回五四起跑線」，因為五四文學是「人的文學」，回到了原點，就是回到了啟蒙，也就是認同啟蒙主義以人、人性、人道主義為核心內容的人文主義價值理念。而這裡又不得不又提到「朦朧詩」運動，發端於文革時期的「朦朧詩」，作為一個當時在地下運行的詩潮，後來隨著四五天安門運動而彰顯，最終成為文學史突進的一面大旗，是應該歸功於 80 年代幾個詩歌理論批評家的思想進取：首先是謝冕的《在新的崛起面前》、後來是孫紹振的《新的美學原則的崛起》、再後來就是徐敬亞的《崛起的詩群》，這「三個崛起」，如其說是對文學思想解放起了重要作用，還不如說是對整個人文學科的思想解放起著先鋒表率的作用，雖然他們各自還帶著浪漫主義和詩歌理想主義的人文色彩與氣息，但是，他們進一步放大和誇張了人、人性、人道主義的核心理念，才進一步推動了 80 年代文學的啟蒙主義思潮。

1985 年後的「偽現代派」問題的爭論，其實焦點是定位在對西方世界中的中產階級和小資產階級生活觀念與生活方式接受的可能性上，其意義並不在於文學本身。1985 年劉索拉發表了《你別無選擇》、徐星發表了《無主題變奏》，很多著述把它作為西方形式主義的探索，我覺得這是極大的誤讀。小說所表達的主題是西方文化觀念和生活觀念能否融入當下中國，尤其是能否融入當下中國年輕人的生活之中，成為一種更新的文化生活範式的探索。像《你別無選擇》中孟野那樣被當時認定為瘋瘋癲癲的生活方式是否有其存在的合理性成為爭論的焦點。當時有人認定它們是「偽現代派」，但是我認為它的意義就在於它是雙刃劍，「偽現代派」論者雖然指出了他們的生活方式有「橫移」與模仿西方的「作偽」之嫌，是有其合理性的，但是這種觀點又阻礙了通過表象進入思想觀念層面的通道，即批判「偽現代派」，也就是說你的價值判斷是建立在認可「真現代派」的前提上，而「真現代派」的價值理念就是回到了我們一再強調的以人、人性、人道主義為核心價值理念的平臺上。批判它的存在合理性，實際上就是堵死了一個人文啟蒙的探索通道。從這個意義上來說，我以為這個討論並沒有進入問題的本質層面，其核心價值問題被懸置了，這同樣也是今天重新梳理文學史思潮的一個節點問題。

五、「清除精神污染」與「反自由化」：試圖把啓蒙送上斷頭臺的 非文學運動

　　1984 年是 80 年代思想史和文學史發展中不可忽視的轉折節點。在這前後所掀起的文化思想界的一場「清除精神污染」和「反自由化」的政治運動是對「新時期」前期回到五四啓蒙價值立場的一次反動，也可以說是左傾思潮的又一次泛濫，其勢頭之大，足以令許多人膽寒，可見階級鬥爭的觀念在中國新的時空裏仍然是百足之蟲──死而不僵的，它有著強大的政治文化市場和社會基礎。文學理論界對「歌德與缺德」的討論，實際上就是回到批判文學作品「干預生活」的文革文學思潮的老路子上去，是對「傷痕文學」和「反思文學」的徹底否定與背叛，雖然這種左傾思潮不得人心，但是，文學史對其清算至今仍然是不徹底的。

　　還有就是對五四新文化運動不是無產階級所領導的，而是資產階級領導的觀點的批判，是對學術研究自由獨立品格的否定。五四文學是圍繞著以人、人性和人道主義爲核心價值、以自由和人權爲個性與自我藝術特徵而展開的作家作品創作，是啓蒙主義的高揚，把這些本屬於常識性的學術問題上綱上線到階級鬥爭政治的大是大非立場上來進行打壓，足以使文壇和思想界噤若寒蟬。

　　文學創作上對《苦戀》（《太陽和人》）的批判是極其嚴厲的，這無疑是警示知識分子不能揭示與描寫剝奪人性和人權的主題與形象。主流意識形態要求的是一批「爭做奴隸而不得的人」，在這個運動的批判過程中，即可看出一些所謂的知識分子的種種醜行與嘴臉。當然，那時體制對人的精神壓迫仍然是很強大的，不似今天這樣思想解放，這種狀態一直延續到對人道主義和人性異化的批判。

　　人道主義是什麼？我們的左派理論家們首先把它定義爲資產階級的理論，的確，這個理論是資產階級啓蒙主義的重要內涵和武器，但是它已然成爲人類共同的人文價值遺產，已不屬於資產階級的專利。然而，當時有誰敢於承認這個人類文化進化的事實呢？即使是到了開明政治的今天，還有人批判這種恒定的普遍價值，可見人道主義的成長在中國的道路還很漫長，啓蒙也是任重道遠。在這裡，我的再次強調我的觀點的理論根基：我所指的「普遍價值」是指文藝復興以來被人們所採納的以人、人性和人道主義三位一體的價值共識，它經過了幾百年歷史的去偽存眞、去蕪選精，磨洗成人類的共

同價值體系，已經成爲人類文明的共識了。我黨不是也擯棄了過去階級鬥爭宗旨而提出了建構人性化的和諧社會的口號嗎？可見，一旦某種理論被歷史證明了它所具有的普遍眞理性，它就具有了超階級、超國家和超民族的價值功能。雖然這是一個常識性的問題，但是在中國要說清楚它的道理卻是一件很不容易的事情。

其實，最早涉及到這一母題的文學作品是前面所提到的禮平的《晚霞消失的時候》，對它的批判一直延續到「清污」以後的那場思想界關於人的異化、社會主義的異化問題的爭論。針對王若水和胡績偉等人提出來的關於人的異化問題，實際上仍然是 80 年代核心價值究竟進入哪一條思想軌跡的焦點問題的爭論，也就是人、人性和人道主義需不需要再次在文學創作中歸位的問題，它的解釋原點仍然需要回到馬克思的人道主義、人的異化理論上。倘使當時的人們對「西馬」多一點閱讀和理解，最終回到眞正的馬克思主義的原理上來，也就不會使左派理論家們毫無道理的謬論那麼囂張，「人的異化只適用於資本主義而不適用於社會主義」的論調也就不會妖言惑眾。

其實，賓克萊在他的《理想的衝突》中已經把馬克思拯救資本主義的人道主義內涵剖析得很深刻了——馬克思剩餘價值的發現，使資本主義走上了一個良性循環的過程，改善勞資關係是它克服資本主義原始積累階段貪婪地剝削工人弊端的重要手段，馬克思最偉大的貢獻就是他的剩餘價值理論改變了資本主義走向惡性循環的軌道，從而走向新的發展路徑。但是，當時的人們無法從這個角度來看問題，因此，思想史滯後的行進軌跡改變了文學史的進程。到 85 年前後，也就是「清除精神污染」之後，文學發生了根本的轉向。有很多知識分子吸取了歷次政治鬥爭的負面教訓，尤其是反右鬥爭的教訓，開始尋找新的出路，拋棄了人文內涵的叩問與追求，這就是所謂人文學界普遍「向內轉」的思想傾向占主導地位的緣由，而這尤其表現在文學創作上的先鋒文學思潮之中。

六、先鋒文學：一次與人文主義思潮的告別儀式

此時，除了一部分投身於廉價的「改革文學」的創作外，更多的「清高」的作家打著「純文學」的旗號，躲進了工具和技術層面來玩文學了，這是中國當代文學 60 年來第一次形成規模的「去政治化」而「工具化」的文學思潮。於是，「躲避崇高」，遠離人文社會內涵的貴族主義的形式探索開始了，我至

今清楚地記得在《鍾山》組織的那次太湖筆會上，一位華東師大青年批評家喊出了「先鋒文學就是貴族文學」的口號，雖然五四新文學運動要打倒的就是貴族文學和山林文學。而把歷史的倒退當成人類文化和文學的偉大進步，抑或是文學的悲劇呢，還是一場文學的鬧劇？我們至今對「先鋒文學」的反思究竟有沒有達到一個更為深刻的境界，還的確是個值得長期深入研究的課題，因為在我們所有的文學史的教科書中，對它的褒揚遠遠大於對它的反思。當然，貴族文學並不是單單指涉人文內涵的貴族，它更多指的是形式上的貴族化。所以一批遠離人文元素之後鑽進了形式主義象牙之塔的先鋒小說和先鋒戲劇應運而生，這究竟是模仿西方現代派形式主義而推動了中國文學的審美品位了呢？還是對幾十年極左思潮畏懼妥協的結果呢？還是文學自主性和自律性的「歷史的必然」呢？為什麼「先鋒文學」會曇花一現，這些懸疑與利弊難道不值得我們的治史者思考嗎？！

　　同樣，此時在理論界崛起的所謂「三論」也是一個怪胎式的形式主義思潮，其實，它和創作上的先鋒思潮同出一轍，其濫觴就是為了「躲避崇高」、遠離社會政治生活的元素在作祟。1986 年被稱為中國的「方法論年」。三論：即信息論、控制論、系統論，在文學評論和文學理論界成為時尚。這也是文學研究規避人文，躲進形式主義軀殼的無根尋求和浮躁表現。如今我們的文學史都在為之歌功頌德。殊不知，這實際上是中國知識分子企圖鑽進「技術」外殼的一次行為藝術，是典型的喪失了人文價值判斷和背離啟蒙立場的「蝸牛主義」策略。

　　我認為這一段歷史雖然在文學史上是過眼煙雲，不到兩年就灰飛煙滅速朽了。但是仔細反思，我們現在只歸咎於它的表演性太強，而忽略了表象之下的思潮內涵是遠遠不夠的。我不否認用這種採用形式主義方法可以推動文學的發展，促使文學評論更加鮮活與豐富，但是它一旦脫離了文學作品對人文的本質分析，就會成為無用之功。據說當時有人在十幾天之內就寫成了一部信息論方面的書，以指導評論和寫作，可謂歎為觀止。但是這個象牙之塔就像一個建立在沙灘上的大廈，很快就坍塌了。

　　但是，我們也可以看到這一時期充滿著人文主義元素的理論建構，那就是「文學主體性」理論的提出。劉再復「主體性」的提出，實際上是圍繞著五四新文學人的主體地位重新確立而提出的命題，應該說它具有深刻的反思和反撥的意味。整個主體性在「人」──「對象」──「接受」三位一體的

理論建構中試圖確立中國文學研究與批評中「人的主體」的啓蒙本源範式。它的意義就在於從學理化的層面對人的主體性的地位做出了學術的界定與規範，尤其是他的那本《二重性格組合論》，更是肯定了人的性格的多重性和複雜性。

在這裡我還需要提及一下對中國 80 年代文學形成廣泛影響的兩本小書：一本是福斯特的《小說面面觀》，一本是翻譯本《現代小說技巧初探》，這兩本書在當時被奉爲經典，如同文學的聖經，它們和劉再復的《二重性格組合論》一起，對 80 年代文學批評、文學評論和文學理論的走向與建構起著導航和夯基的作用，尤其是《小說面面觀》提出的「圓型人物」、「平面人物」的理論對劉再復的理論建構有著很深刻的參照和互補作用。

當我們重新檢視先鋒文學和先鋒理論的時候，我們必須看到，在充滿著啓蒙與反啓蒙爭鬥硝煙的 80 年代思想背景下，它究竟起著什麼樣的文學史作用。像馬原、洪峰、扎西達娃、蘇童、余華、格非、孫甘露……，這一大批先鋒派的作家作品是否可以重新進行一次價值的洗牌呢？！

七、「尋根文學」：啓蒙與反啓蒙的「二皮臉」

如果說「尋根文學」運動是啓蒙的叛徒嘴臉，這是欠公允的，但是，說它是啓蒙的「二皮臉」卻是再恰當不過的了。因爲它的思潮主張恰恰和它的文學作品創作形成了強烈的悖反。

誠然，這一時期的文學史繞不過去的一道坎就是「文化尋根」運動。這一理論運動恰恰又是一批當年沒有很多理論修養和準備的中青年作家發動的，這就有了一些黑色幽默的味道。他們打著「尋找民族文化之根」的口號，而這個口號從骨子裏卻又是與毛澤東《在延安文藝座談會上的講話》中的「中國作風」和「中國氣派」的民族性相暗合，是與現代啓蒙思想有所牴牾的文學思潮。「尋根文學」者認爲五四新文化運動隔斷了中國文學和中國文化的源流，而「尋根」就是要重新把它銜接起來。所以，企圖在民族傳統文化智庫中尋覓到文學創作的激活因子，成爲尋根者的追求，哪怕是在工具技術層面切進也是欣慰的。所以，在尋根文學的小說創作中甚至出現了一些半文不白的語言敘述文本，其目的就是要回覆到白話文之前的傳統文化語境中去。

說實話，一開始我對這個運動抱有很高的期待，認爲它是中國大陸鄉土小說發展的一個高峰階段。但是仔細釐定其思潮後，得出的最終結論是：它

是 80 年代的一場文學創作的熱潮，但是又是一場理論的鬧劇！它對五四的否定是那麼蒼白無力，也就是用無釐頭式的方式否定了五四以來人、人性、人道主義的啓蒙核心價值判斷，看似是對五四的一次精神剿殺，但卻成爲了這些作家們集體精神自殺的表演——因爲他們對歷史的無知而導致了他們僅憑一種本能的農耕文明經驗去寫作，卻又在無意識層面反證了五四啓蒙的寫作經驗，形成了理論與實踐巨大悖反的怪圈。即，許多「尋根文學」的創作又回到了魯迅的批判國民性的啓蒙主義的原點上，其代表作《爸爸爸》就是最好的例證。所以當韓少功的《爸爸爸》剛發表出來的時候，老詩人嚴陣立即就在《文藝報》上寫了一篇名爲《我就是一個丙崽》的文章。丙崽是什麼？丙崽是中國傳統文化的象徵，是一個放大了的民族文化的精神侏儒，在他的血脈之中汩汩流淌著阿 Q 的血液，阿 Q 精神的遺傳細胞在侏儒丙崽的身上得到了重生與繁衍。

　　從世界文學的比較格局來看，「尋根文學」又是一次試圖借鑒和模仿拉美文學運動的失敗性嘗試，它不但隔斷了中國文學歷史的現代化進程，而且也阻隔了作家對世界文學格局的深入瞭解，是對西方文明、文化和文學的無知。這種無知，就決定了這場運動是一個文學上的反現代性的運動。雖然這批作家的價值理念是混亂的，但是他們對五四文學精神盲目無知的批判助推了反五四精神的逆流。尤其是這一時期又出版了林毓生的《中國意識的危機》。林毓生把文化大革命和五四一鍋煮，認爲五四和文革的思想觀念是一脈相承的，這一既缺乏感性經驗又缺乏理性意識的進口論調一時迷惑了許多人。恰恰相反，文化大革命是以喪失人性、人道主義，喪失人的自我爲前提的一場封建法西斯的文化專制運動，是建立在反啓蒙基礎之上的文化思潮。我們知道，五四的核心價值觀念正與之相反，它是以人與自我爲本體的人性解放的文化運動，雖然它有矯枉過正的許多弊病，但其本質是與文革背道而馳的。而我們這一批推衍拉美文學本土寫作經驗的「尋根文學」作家們在讀了幾本拉美文學著作就照搬其「革命性的爆炸」經驗，顯然是不足爲取的。拉美在 70 年代以後形成了「拉美爆炸後文學」而深深影響了歐美文學。博爾赫斯、馬爾克斯、略薩，魔幻現實主義、心理現實主義和結構現實主義成爲很多 80 年代中國作家模仿的對象。但是他們卻不知道拉美的「爆炸後文學」，即「土著文學」，是用了一百年的時間去學習和模仿西方文學後，又回到它的現實的土壤上來進行重塑，才造就了魔幻

現實主義、心理現實主義、結構現實主義這樣具有現代性啓蒙意義的文學雜交品種，從而又最終反饋、反哺西方文學和世界文學。它的骨子裏滲透著人、人性與民族、自我爲核心的人文元素與內涵。而我們可愛的尋根作家們卻只看到的是拉美文學的表層結構，那就是異域審美的情調，而忽視了它所蘊含著的巨大的文化裂變因素。

八、「新寫實小說」：啓蒙下沉與迷失的平民主義和自然主義思潮

作爲「新寫實小說」的始作俑者之一，我以爲其一開始的目的就是針對「先鋒小說」玩形式和「尋根小說」價值錯位而生發出的一種策略性口號。爲了避免和「舊現實主義」（我這裡所說的「舊現實主義」是指從「左聯」時期就受到的蘇聯「拉普」文學理論影響，爾後又中經 1949 年後幾次極左思潮薰染過的「社會主義現實主義」創作方法）混淆，當時我甚至認爲可以借用一直被主流意識形態視爲洪水猛獸的「自然主義」創作方法來糾正「舊現實主義」的餘毒，所以才主張直接描寫那種有質感的「毛茸茸的原生態生活」。其實，所謂的自然主義與寫實主義、現實主義都是同根同源，這一點茅盾在五四時期就做過大量的理論梳理。「新寫實小說」一開始是以《鍾山》雜誌的一個「新寫實小說大聯展」欄目而出現的。在大聯展前夕召開了一次學術討論會，北京、上海和江蘇的理論家和評論家都爲此次新口號的提出進行了熱烈的討論。當然，對於先鋒文學已經走到盡頭而無出路的說法並不是人人認同的，但是認爲文學創作遇到了危機是基本統一的觀點。回到「舊現實主義」是不可能的，尤其是回到「社會主義現實主義」更是行不通了，我們要創造一種新的文體，回到眞正能夠反映社會生活本相的現實主義當中成爲大家的共識，也是大家所期待的。但是誰也說不清這樣的現實主義應該是一個什麼樣的型態，它在中國文化與文學的語境裏究竟能否存活。然而，使大家始料未及的是，它在千回百轉後直逼瑣細的日常社會生活，最終歸位到了「雞毛現實主義」創作平臺上。當時有些批評家提出「零度情感」、「冷漠敘述」的概念，也是推動「新寫實小說」走向極端的動力。其實，任何一個作家選擇題材、選擇細節本身就帶有了他的價值理念和判斷痕跡了，他不可能眞正進入「零度情感」，也不可能進入純粹的「冷漠敘述」，你儘管可以帶上人格面具，但是你文字背後的穿透力一定會有人文價值判斷的顯現，雖然有時是模糊的。

　　這次文學思潮對創作的影響是較爲深遠的，它的生命力證明了它很契合中國社會生活中的生存表現與審美情趣。實際上它是借自然主義的外殼，而走近平民的文學樣式，打破了幾十年來重大題材寫作和僞現實主義的創作方法的桎梏，進入了文體自由的時代。當然，對部分作品進入「雞毛現實主義」和「照相現實主義」尚需做客觀辯證的思考和分析。作爲西方的繪畫流派，有「照相現實主義」和「機械主義」流派，它們與此思潮有內在的統一性。我和徐兆淮曾爲此發過一篇《新寫實主義小說對西方美學觀念和方法的借鑒》文章（《文藝研究》1993 年第 2 期），充分闡釋了新寫實小說的美學觀念和西方藝術觀念的內在關聯性，其中最重要的就是從電影學角度來看「新寫實小說」接受意大利「新浪潮電影」中的新寫實主義創作觀念——「把攝像機扛到大街上去」的主張。張藝謀後來導演的《秋菊打官司》也就是運用意大利「新現實主義電影浪潮」的創作方法，選取了許多原生態的鏡頭描寫，其創作理念除了意大利「新電影浪潮」的影響外，是否從「新寫實小說」創作思潮借鑒啓迪而來就不得而知了。

　　作爲「先鋒小說」的中堅作家，蘇童從《米》回歸到寫實，余華從《活著》轉到了對世俗、歷史和現實的關懷，正是驗證了他們的「突圍」的價值轉移的意義所在。「先鋒文學」之所以走不下去，除了 90 年代很快就進入了消費時代，接受主體的消失成爲直接導因外，更重要的是抽取了作家的價值立場。形式的表演性壓倒了作品的內容釋放。殊不知，小說的遊戲規則變了，魔方式的純形式表演，不僅成爲讀者之敵，也成爲他們作者自己之敵。從這個意義上來說，「新寫實小說」除了解脫了形式的枷鎖外，「視點下沉」也成爲它們立於不敗之地的價值基礎，因爲，日常和平民的視角使其獲得了消費時代重生的機緣。

　　「新寫實小說」的代表作有方方的《風景》《桃花燦爛》；池莉的《煩惱人生》《不談愛情》《太陽出世》；劉震雲的《一地雞毛》《單位》和《官場》等。這些小說想回到自然人性和底層關懷的敘述層面，但是，由於過份注重瑣細的描寫方法，而在人文價值判斷上的模糊性，使其遠離了現代啓蒙的軌跡，走進了自然主義和機械主義的泥淖；在某種程度上又落入了另一個與啓蒙相牴牾的消費文化陷阱。雖然目前的各種文學史教材對「新寫實」的評價甚高，但是，它也仍然存在著許多值得思考的問題。

九、「女性小說」：女權主義文學的序幕

　　80 年代對中國文學界和思想界影響最大的三大哲學流派是西方馬克思主義、弗洛伊德泛性論和薩特的存在主義，而對文學創作影響最大的可能就是弗洛伊德的泛性論了。80 年代因為一本書而毀了一個出版社的案例，就是湖南文藝出版社出版了勞倫斯的《查泰萊夫人的情人》。但其實在這個時期有好多作品都有弗洛伊德式的泛性論的描寫，像張賢亮的《男人的一半是女人》這樣的作品之所以風靡一時，在很大程度上是它開始有了露骨的性描寫。但是，它僅僅局限在男作家的描寫視閾中。真正打破了這種作家性別禁忌的是王安憶和鐵凝這樣的女性知青作家，前者從「三戀」（《小城之戀》《荒山之戀》《錦繡谷之戀》）到《崗上的世紀》，把性描寫推向了一個女性與女權意識表達的高峰。同樣鐵凝的《玫瑰門》和《麥稭垛》等也表現出強烈的女性與女權意識。80 年代後期，一批女作家開始用性描寫來提出女性寫作的視角問題，它大有延展到了啟蒙視角邊際的動機與可能。也就是說，女性小說中所呈現的女性意識的覺醒是與啟蒙話語同步重合的。像鐵凝的《玫瑰門》就是通過性的描寫來反撥傳統的社會政治視角切入。

　　無可置疑，80 年代後期，一些女性作家便開始用用性描寫來向男性政治文化視閾進行挑戰，從而從啟蒙主義的角度對封建倫理道德觀念提出了更深刻的詰問。像張潔的《他有什麼病？》幾乎是用主人公丁小麗放大了的處女膜作透視人們病態心理的顯微鏡，以女性文化視閾來替換男性文化視閾，同時，也為 90 年代的女權主義作品書寫大潮奠定了基礎。

　　在文學作品中最能集中表現女權意識的敏感區域是對於性的描寫，無論是西方女權主義批評，抑或中國新近出現的個體女權主義批評者們，都將聚焦對準這個敏感區域，以此來闡述自己的新見解。作為作家，一個充滿著活躍性思維的女作家，王安憶可以說是第一個自覺地用女權意識來營構她的小說世界的，雖然她自己否認自己的作品與女權主義無關。王安憶從「三戀」開始便有意識地拋開男性文化視閾的鉗制，用全新的女性感受去塑造人物。這種意識到了《崗上的世紀》則更為清醒和明晰了，這部作品的精彩之處並不在於小說敘述層面上的新意，重要的是它完全以女性心理的性態發展為線索，把兩性關係中一直以男性為中心的快感轉移到一個女性文化視閾的心理世界的真切感受上，小說中的女性的性對象楊緒國被完全剝奪了那種以男性為主導地位的性情感體驗，整個小說就是以李曉琴細膩的、逢勃的、從形而

下到形而上的性心理的情感方式和生命體驗過程為線索的，這是一個真真切切的女性心理世界，《崗上的世紀》可謂徹底解構了政治文化視角原先應該的軌跡。小說的主人公李曉琴是一個女知青，男主人公楊緒國是雖然是一個生產隊長，但卻是男性政治文化權力的象徵。李曉琴和楊緒國一開始的交合是一場用性賄賂的方式來進行的交易，但是最後被王安憶寫成女性性啟蒙的「崗上的世紀」，成為一個十分美好的性活動過程。我如果是一個導演的話，我會用一個高光鏡頭來表現它：月光下指縫間鑽出的青草、兩腿間竄出的青草，女人胴體輪廓的美麗剪影，一切都是唯美主義的鏡頭描寫。但是，這一切都是成為女性自我性心理的一個過程而已，也就是說，女性的性覺醒把那個政治權力文化的象徵人物楊緒國給屏蔽掉了，他的性別也被模糊了，作為對象化的男性世界顯得非常猥瑣可悲，甚至自覺地趨同於投身於女性文化的制約之中。可以說，王安憶從前的作品是在用趨同於男性文化視閾的態度寫作，那麼，「三戀」以後的作品則用一個女人的眼睛來觀察世界，認識世界了。她的中篇《弟兄們》從題目上來看就表現了作家的一種強烈願望——將女性文化視閾男性化，讓她們和男人一樣來主宰民族文化心理的進程。雖然這種美好的願望終究會淹沒在以男性為中心的封建文化體系的汪洋大海之中，但作者畢竟從女性文化的視閾中拋開了以男性為特徵的思維方式，成功地描寫了女「弟兄們」女權意識的心理流程。這些作品發表之後，人們似乎還不能體察到作者強烈的情感意識，只是被大膽的性描寫搞得眼花繚亂，把批評的焦點集中到它的藝術特徵和社會特徵的闡釋上，而沒從根本上看到作家在視閾轉移中釋放出的小說的更新意義——女權主義意識的自覺萌動。

隨著鐵凝小說不斷對自身的超越，作家終於感悟到了一個全新情感世界的誘惑，作為一個女人，她的情感體驗應該是有獨立品格的，只有真正把握住這個情感世界，她筆下的人物才能有新的意義。我們且不談鐵凝當時的一些中短篇小說中女性意識的自覺，就以她的長篇小說《玫瑰門》來說，可以十分明晰地看到作家對於自己筆下充滿著女權意識的芸芸眾生的塑造是何等地得意。這部長篇同樣涉及到性描寫，而且局部描寫是那樣的細膩和誇張，真有點驚心動魄。用一般的評論方式來衡量，這類作品總逃脫不了人→自然→社會的圈套。我不否認小說在這一層面上的意義，但是如果看不見作品中滲透得快要溢將出來的女權意識——也即從新的女性情感方式中獲得對世界新的體驗，那麼我們就枉讀了這部作品。作為女權主義「現在時」的「經典」

之作，鐵凝把筆下的女主人公們當作自己的外婆、母親、舅母、姊妹、鄰里來研究，絕對是從女性視角來觀察人物的內心世界（眉眉是一個由童年到成年女人的「成長視角」，她雖然不能與作家劃等號，但在某種意義上來說，她代表著作家的本體意識）。從外表上來看，作家是從「零度的情感」來寫人物，實際上人物形象傾注了作者十分強烈的情感體驗。這部作品展現的是女人的世界，主人公從生存的角度來體現自主意識，來展示其存在的價值。司漪紋這個爲充分體現自身存在價值的女人，無論在什麼時代都有其強烈的表現欲，外部的社會變遷對她來說並不重要，作品首先要展現的是她那種日益增漲的強烈的存在價值觀，作者沒有讓她走上五四以後林道靜的革命歷程，而是讓她在舊家庭的鐵屋子煎熬中分離出那種帶有病態的獨立人格和自我存在價值觀。更爲驚心動魄的是文化大革命的政治風雲變幻使她形成了一套自我生存哲學心理，這種生存哲學竟然使她苟活得何等的有滋有味。她鄙夷姑爸那種操守貞潔、氣節的活法，她狡詐虛僞，在出賣自家姊妹（雖非同母）後又眞誠地去看望；對姑爸的死，她是有一定責任的，然而，她比姑爸這些人更加仇恨她們的新鄰居和那個慘無人道的黑暗社會，只不過她能用持久的耐力和韌性來等待復仇的一天。她是一個復仇的女性，報復世間一切敢於阻擋自己道路的障礙。她殺戮了丈夫、公公、包括姑爸在內的仇視者，她鬥敗了自己最強大的敵人——羅大媽她們一家。她的報復手段是那樣的毒辣陰狠，使人瞠目結舌，她竟然用誇張的露陰方式去勾引公爹，實際上她的公爹是死於她的陰險毒計之下，似乎在中國近代小說的女性形象描寫中沒有再比這一幕更驚心動魄的了。她比眞槍眞刀殺人更陰毒，如果說她是一種性變態，是把愛情的結果當作仇恨的結果，似乎是不能窮盡這個形象意義的。我們只有從這個形象的內心深處來發掘她那種強烈的女權意識，方才能解釋她生存和行動的一切行爲方式。她有極強的權欲，家庭、財產以及對人的征服成爲她一生追求的目標，她耗盡了畢生的精力完成了對丈夫、公婆、姑爸、姊妹、兒媳，甚至最強大鄰邦的征服。當然她還千方百計地去征服第三代人，例如她竟不顧七十多歲的高齡穿著時髦地去和年青人爬香山，其心態可見一斑。當然她亦得到兒媳那使她活著忍受心靈重創的報復，含恨而終。但她的心靈世界曝光呈現出的完完全全是和男性化社會目光相對立的敘述視角。作家對她的描寫是客觀中性的，褻瀆和同情中甚而有某種褒揚的韻律，把這個充滿著仇恨女人的女權意識得以充分的張揚。至於姑爸、竹西、眉眉都是這部長

篇中竭力用心描繪的女人形象，作者試圖以形象本身的行為方式和心理歷程來呈現有別於男性文化視閾的女性文化特徵，尤其是竹西的生活哲學，更使人看到司漪紋血脈的遺傳性，當然也可以看到她與司漪紋的迥異之處。蘇瑋的生活方式也充分展示了新一代女性的文化特徵。〔註 19〕

　　凡此種種，均可看出當年王安憶和鐵凝們對於女權意識人物形象的有意關注，而這些形象又為當時與後來的文壇提供了什麼樣的價值和意義呢？我以為，從文化的角度來考察，這一時期的女性主義小說的書寫是推動啟蒙前行的，但是到了 90 年代，這種寫作變成了唯女權主義的價值觀，卻是大家所始料未及的。

結　語

　　綜上所述，我以為在整個 80 年代的文學思潮和文學創作中的確存在著一個啟蒙與反啟蒙的思潮線索，雖然它的表現形態是時隱時現、或明或暗的，但其總難擺脫思想史與文學史的糾纏。我在這裡所列出的十大問題，並不能概括 80 年代文學思潮的全部，也不能說這樣的論述就沒有疏忽與錯誤。然而，我始終以為這些問題確實是文學史不可忽略，也不能繞過的節點問題。

第五節　新時期風俗畫小說縱橫談

一

　　翻開一部部中外文學史，我們幾乎可以這樣斷言：一部偉大作品的構成，無不滲透著具有強烈民族風格的風俗畫描寫。這就是托爾斯泰所下的定義：「小說家的詩」是「基於歷史事件寫成的風俗畫面」。〔註 20〕難怪巴爾扎克把整個《人間喜劇》分成三大部分，而其中最突出的重點正是《風俗研究》，其內容最為豐富，包括的小說最多。這位巨匠把它們分成六個門類：《私人生活場景》《外省生活場景》《巴黎生活場景》《政治生活場景》《軍隊生活場景》《鄉村生活場景》。這部被恩格斯讚譽過的輝煌巨著之所以成為世界瑰寶，除了它

〔註 19〕以上的幾段文字曾經在 90 年代發表過，因為其觀點受到了一些女性批評家的曲解與批判，所以重複提出，就教於方家。

〔註 20〕《日記》（1865 年 9 月 30 日）。《古典文藝理論譯叢》第 1 冊，第 200～201 頁。

巨大的現實主義思想深度和塑造了一個個藝術典型之外，就是它以濃鬱的風俗畫色彩吸引了眾多讀者，形成其獨特的風味，正如他自己所說的：「我也許能夠寫出一部史學家們忘記寫的歷史，即風俗史。」〔註21〕我們以為，人們在讀一部作品的時候，除了透過其生動的藝術形象去發現和理解它的富有哲理的思想以外，在很大程度上是受著風俗畫面的美感力量所支配的，人們往往帶著一種獵奇的饜足去閱讀作品，企圖從中得到某種美感的享受（即快感）。因而，一部偉大的傑作除表現出思想的深邃、技巧的圓熟外，還在很大程度上取決於整個作品是否能強烈地體現出具有民族風格和地方特色的風俗畫面來，以及這些畫面的構成是否形成了一個有機的、和諧的、氣韻貫通的整體形象。其實，愈是舉世聞名，具有永恒生命力的作品，其風俗畫的藝術描寫就愈顯得突出生動。一個有藝術眼力的作家總是以他最寬闊的胸懷去擁抱那具有民族性的風俗生活，使自己的作品掙脫平庸的羈絆，成為自立於民族之林的佼佼者。

當 20 世紀 80 年代的帷幕剛剛拉開的時候，老作家汪曾祺就以重溫「四十三年前的一個夢」為新起點，開始了風俗畫小說的創作。人們用驚喜的眼光讀完了他的《受戒》以後，耳目為之一新；同時，它似乎開拓了作家們的視野，給文壇帶來了新鮮的活氣。隨著古華《芙蓉鎮》和《爬滿青藤的木屋》的發表，葉蔚林《在沒有航標的河流上》和鄧友梅《那五》等作品的問世，許多有作為的作家都逐漸致力於風俗畫小說的創作；風俗畫小說的創作由此得以穩步地向前邁進。直到近年來文壇出現的一些力作，都無不染有濃鬱的風俗畫色彩，這種勢頭正說明了民族風格民族傳統的作品進入新階段的必然。它預示著風俗畫小說不可限量的前景。無論是鄧剛的一系列「海味」小說，還是鄧友梅的一系列「京味」小說；無論是《南方的岸》，還是《北方的河》，無論是賈平凹突變期的《雞窩窪的人家》，還是張賢亮的更新的力作《綠化樹》，都可以清楚看到風俗畫面給其作品帶來的美感影響，不管作家是否有意識地去深化它，它所展現的歷史的和美學的價值是不容低估的。無可置疑，風俗畫小說的中興是黨的十一屆三中全會以後文藝政策調整的結果，正如汪曾祺所說：「試想一想：不用說十年浩劫，就是『十七年』，我會寫出這樣一篇作品麼？寫出了，會有地方發表嗎？發表了，會有人沒有顧慮地表示他喜

〔註21〕《中國大百科全書・外國文學》(I)，中國大百科全書出版社 1982 年版，第95 頁。

歡這篇作品麼？都不可能的。那麼，我就覺得，我們的文藝的情況眞是好了，人們的思想比前一陣解放得多了。百花齊放，蔚然成風，使人感到溫暖。」〔註22〕在百花齊放的新局面下，作家們愈來愈深切地認識到風俗畫對於作品的民族風格的至關重要，誰能設想一部沒有風俗旨趣的作品能夠獲得强大的民族風格的生命力呢？而失卻民族性，作品便不可能成爲世界性的傑作。難怪魯迅先生在半個世紀前就精闢地指出：「我的主張雜入靜物，風景，各地方的風俗，街頭風景，就是如此。現在的文學也一樣，有地方色彩的，倒容易成爲世界的，即爲別國所注意。」〔註23〕

　　窮本溯源，這類小說的創作並非始於今日，我國明清話本小說就多染有强烈的風俗畫色彩。而到了五四以後，像魯迅、茅盾、老舍等這樣的大家也致力於風俗畫的描寫，使其作品更具有民族色彩。當然，更有人把它作爲一種藝術的追求，諸如沈從文那樣的典型的風俗畫小說家也不乏其人。即便在當代文學史領域內，也還出現過一批風俗畫小說的丹青妙手，而且還形成過不同的流派，如被人們稱爲「荷花澱派」、「山藥蛋派」諸作家的創作中都各自展示出對於地方風俗描寫的不同功力。像周立波那樣有功底的作家，其成功的訣竅也不就是善於用濃重的風俗色彩去塗抹自己作品的生活畫面嗎？《山鄉巨變》的成功靠的是詩畫一般的風俗畫面與人物性格的有機融合。由此可見，這樣小說的寫法並非從新時期始，不過由於人們歷年來忽視了它對小說本身所起的巨大藝術作用，沒有把帶有規律性的東西總結出來，因而致使許多本應得到提倡和發揚的藝術經驗被歷史輕輕地抹掉了，這是件多麼令人遺憾的事啊。近年來，許多有作爲的作家在風俗畫的描寫領域內作了許多可貴的探索，已經形成了幾套不同的藝術路數，這是很値得探究的。

二

　　綜觀近幾年來的風俗畫小說創作，我們認爲大致可以把它們分爲三種類型：

　　第一種是比較注重典型環境描寫的。此類小說一般不擇取重大題材，而十分講究用細節去描寫風土人情，增强作品的情趣。在技巧上常把散文的寫作筆法融入小說創作中，大有「淸水出芙蓉，天然去雕飾」的自然美。其人

〔註22〕　《關於〈受戒〉》，《小說選刊》1981 年第 2 期。
〔註23〕　《致陳煙橋》（1934 年 4 月 19 日）。

物描寫似不追求鮮明的個性，大都是頗有寫意人物的韻味。這類作品主要是以農村集鎮題材爲描寫對象；鄉土氣息尤爲濃鬱，給人一種淨化的美感。諸如汪曾祺的《受戒》《大淖記事》，劉紹棠的《蒲柳人家》《蛾眉》，葉文玲的《心香》，姜滇的《瓦楞上的草》《阿鴿與船》等，都是這類作品的代表作。寫這類作品的作家在藝術觀上都有共同的特點。汪曾祺把自己的作品作爲「生活的抒情詩」來寫，劉紹棠的作品一向是以「田園牧歌」著稱的，而姜滇則在試圖追求一種詩畫統一的意境。在藝術結構上，他們都傾向於沈從文的「散文詩」說，不主張那種「太像小說」的刻意描摹，卻注重於平實的、不講究戲劇性情節的、而又散溢著詩情畫意的典型環境描寫，甚至主張小說「無主角」，而去追求「傳奇性趣味性」，以適合於中國一部分知識分子的傳統欣賞習慣。因而，他們的作品可說是在同一主旋律下跳動著的不同音符，悠揚委婉，嫋娜多姿的抒情色彩使他們的作品具備了共同的審美情趣。當然，他們各自的創作個性迥異，又形成了各自不同的描寫視點和美學追求，因此，呈現出的風俗畫面又是各具特色，斑斕多彩的。同樣表現詩情畫意，汪曾祺筆下蘇北縣鎮的風俗習尚顯得清淡平實，但又帶著淡淡的哀愁，抑或還染有聖化的神秘色彩；劉紹棠描摹京東運河一帶的風俗，既粗獷卻又有田園牧歌的情調；葉文玲則是把江南的風俗融入畫境和人物的雋永性格之中，宛若江南民歌小曲那樣纖細柔和，婀娜多姿；姜滇卻是努力把江南風景風俗融入時代和社會的背景之中，讓人物氣質與秀美高尚的風土人情相融合，形成一種特異的格調。可以看出，這類作品不大適於寫重大題材，尤其是近距離的。它更適合於表現那種容易被人們忽略，但又富有強烈的生活情趣的「瑣事」，經過藝術家的提煉加工，它們以綽約多姿的形態出現，給人以詩情畫意般的美感享受，如果沒有深厚的藝術描寫功力，是很難達到那種爐火純青的境界的。

第二種是注重以風俗描寫來強化人物性格的類型，這類小說特別注意對人物的描寫而並不注意環境的描繪。作者對人物的肖像、服飾、行動、語言和細節描寫十分考究，精雕細刻，一絲不苟。因爲這些細節描寫都有極濃的風俗畫色彩，其中滲透著人物特有的標記，那種時代的、社會的、階級的、民族的烙印大大豐富了人物的個性特徵，讀這類小說使你想起豐厚的生活原貌，使你一同進入那種生活的境界，實感性異常強烈。它的美感來自於性格的力量，然而個性的力量主要是通過習俗加以補充、加以體現的，人物性格的多層次和立體感的支撐點就是風俗習尚的描寫。同樣，這類小說也不是以

重大題材爲突破口的，而往往是以充滿著市井習俗的生活圖畫來結構全篇
的，從而折射出時代的更替，歷史的演變。這種類型的小說無論是在思想上
還是在藝術上都是師承老舍的傳統，而且其中最有成就的是一批「京派」作
家，以鄧友梅爲領銜，林斤瀾、劉心武、李龍雲等也都承襲過這類小說的寫
法。其中典型的代表作是《那五》《火葬場的哥們》《立體交叉橋》《古老的南
城帽》等。當然，在這方面成就最高，引起反響最大的當推鄧友梅。他的一
系列風俗畫小說使人驚訝，令人折服。我們以爲這段時間的創作將是鄧友梅
小說藝術的高峰階段。從《話說陶然亭》《尋訪「畫兒韓」》到《那五》，從《那
五》到《「四海居」軼話》《煙壺》《索七的後人》，他的技巧愈來愈純熟，也
愈來愈吸引眾多讀者，倘若不是那些充滿著時代感、社會感、階級感的風俗
習尚描寫，即便人物的命運再坎坷曲折，也不易達到這種高境界的美感效果。
可以看出，這些小說都有共同的基調──淋漓盡致地抒寫生活最底層的普通
人境遇，以傳統的風俗習尚（多以淳樸的民風習俗，以及某種民族的遺風）
來強化豐富人物個性，奏出了變幻莫測的人生交響曲，喜怒哀樂，情態萬千。
人物的生動性在於風俗畫的渲染，由此而產生強烈的現實感和鮮明的時代
性。這應當是新時期風俗畫小說的發展形態之一。

　　第三種是把風俗描寫滲透到環境描寫和波瀾起伏的情節描寫中去，使之
熔爲一爐的交織型寫法，既有詩情畫意的風俗畫面，又有悲壯慷慨的故事情
節。它是風俗與哲理的結合。既是「唱一曲嚴峻的鄉村牧歌」，〔註24〕又是奏
響了人生的悲壯之歌和時代的英雄交響曲。這類作品筆墨凝重，氣勢恢弘，
多以思想的力度和藝術的張力取勝。這就決定了作品在選材上毫不猶豫地多
選擇重大題材，這類作品給人一種蕩氣迴腸的史詩性美感，所透露出的民族
精神的魅力激發起人們的一種向上的豪情。固然，像這樣粗獷風格的作者頗
多，但也不乏雋永秀美風格的作者，當然介乎兩者之間的也大有人在。湖南
的一批後起之秀在這類小說的創作中尤爲令人矚目。他們雖未形成一個流
派，但其風格之相近是令人吃驚的，古華、葉蔚林、韓少功、譚談等都是可
畏的好手。有人認爲他們師承的是周立波的藝術風格，我們以爲並不盡然。
周立波的風俗畫小說纖細清新，透露出的是陰柔之美；而後來者卻多以雄渾
豪放的氣韻，或是兩者兼而有之的方法取勝，洋溢著的是陽剛之氣。古華就
是以剛柔相濟的寫法見長，他的《芙蓉鎮》悲喜交加，理趣並茂，與他的前

〔註24〕《芙蓉鎮・自序》，人民文學出版社1981年11月版。

輩周立波有著相當的差異。我們設想，倘使作者能有足夠的藝術力量和生活功底去把握這一時代的風雲變幻，把《芙蓉鎮》的整個佈局進行擴大調整的話，那麼這部作品完全可能成爲一部史詩式的傑作，因爲作品中的風俗畫描寫的滲透完全確定它的民族性的厚度。古華曾經把《芙蓉鎮》的創作叫做「寓政治風雲於風俗民情圖畫，借人物命運演鄉鎮生活變遷」。確實，這種把描繪政治風雲變化與風俗民情變遷結合起來的作品，應看作是新時期風俗畫描寫的重要發展。葉蔚林的《在沒有航標的河流上》是他的代表作，這部作品是思想和藝術結合得比較完美的一部作品。盤老五之所以被譽爲當代文學中少見的個性人物，除了人物的動機外，更重要的民族風俗（包括惡與善的兩重性）給「這一個」人物身上打下了深深的烙印，民族精神在他身上得到了完美和諧的統一。他酗酒、光屁股游水、打架，他救人於難、大義凜然、視死如歸的氣魄，並不是決定於他的「流氓無產階級」的劣根性和理想中的崇高共產主義思想動機，大概更多地是受著原始習俗的衝動和傳統的倫理道德的支配吧。整個作品對瀟水兩岸的風俗人情的描寫大大豐富了這個人物的個性，這是使之成爲一個有立體感的悲壯人物的基礎。同樣，韓少功的《風吹嗩吶聲》和譚談的《山道彎彎》的悲劇氣氛主要是依靠那種悲涼的、不合情理的習俗描寫來渲染的，悲劇意義的深化也是由此而產生。湖南以外的作家，也都立足於自己的生活基地，力圖在自己的創作中貫穿風俗畫的描寫使之產生強大的民族氣派。尤其可喜的是，採用這種寫法的都是一批有成就的青年作家，如張承志的《黑駿馬》《北方的河》那種奔騰豪放的氣勢與北方的強悍的習俗相融合，形成多麼強烈的民族風格啊。鄧剛的《迷人的海》和《龍兵過》用大海磅礴的氣勢、征服大海的性格與習俗相融合，形成多麼迷人的魅力啊。就連張賢亮這個以哲理見長的作家，也不放過對西北風俗畫面的描寫，以此使自己筆下的人物更加豐滿。更值得注意的是賈平凹經過了藝術轉換的二重奏後，在踏入新的藝術領域時更加注意使自己的作品呈現出風俗畫的韻味。他的《小月前本》《雞窩窪的人家》和剛剛發表的《九葉樹》，幾乎是一幅幅力透紙背的醇厚風俗畫面，理與趣的高度統一，含蓄而和諧，達到了相當圓熟的藝術境界。浙江的李杭育新近發表的《船長》與葉蔚林《在沒有航標的河流上》有異曲同工之妙，然其風俗畫的描寫力度甚至超出葉作。這都證明許多青年作家都把藝術的目光傾注到風俗畫上來了。有人認爲風俗畫的小說不能構成史詩式的鴻篇巨製的。而從這些作家的創作實踐中，我們看

到了希望，看到了所具備的藝術條件。我們認為，風俗畫小說是能夠反映重大題材的，它不缺乏描寫歷史厚度的力量，關鍵是看作者有無藝術的魄力和把握鴻篇巨製的藝術整體觀念。儘管目前還沒有出現史詩式的風俗畫小說，但我們相信，不久的將來，文壇上一定能夠出現這樣的偉大傑作的。

三

　　一部成功的風俗畫小說，並不在於風俗在作品中所佔的比重，而是要看它能否與作品所闡述的主題和人物性格的發展交融滲合，形成一種和諧貫通的氣勢。單有異域的風土人情、方言俚語的生活畫面並不能構成一部真正生動的風俗畫小說，充其量也不過是一部帶有趣味性的說明文而已。單純地描寫風景畫、風俗畫並不難。只有把深邃的主題和鮮明的人物個性與風俗畫面有機地糅合在一起，使其透露出時代的氣息、民族的精神，方才堪稱傑作。茅盾早在 20 世紀 30 年代就說過這樣一段精彩的話：「關於『鄉土文學』，我以為單有了特殊的風土人情的描寫，只不過像看一幅異域的圖畫，雖能引起我們的驚異，然而給我們的，只是好奇心的饜足。因此在特殊的風土人情而外，應當還有普遍性的與我們共同的對於運命的掙扎。一個只具有遊歷家的眼光的作者，往往只能給我們以前者；必須是一個具有一定的世界觀與人生觀的作者方能把後者作為主要的而給予了我們。」〔註 25〕誠然，一個作家倘不能以清醒的主觀意識去把握自己的作品，他絕不能稱為一個高明的作家；反之，那種只想把主觀意識直露地硬塞給讀者的寫作者，充其量只能算一個末流的蹩腳作家。只有把自己的主觀意圖巧妙地含蓄地暗示給讀者的作家，才堪稱藝術高手。高明的藝術家往往是把自己的觀念隱蔽在風俗畫面之中，傾注在人物性格的行動之中，而絕不是赤裸裸地流露在形象之外。

　　我們認為：風俗畫小說最忌用主觀的議論來切割整體流暢的線條美。倘若說前一段時期作家們在風俗畫的藝術描寫上還存在著較大的隨意性的話，那麼，近一年來，一些頗有見地的作家都盡力避免主觀議論出現在自己的風俗畫小說中，這樣既保持了通篇的流暢，又使其保留藝術的含蓄性，從張承志的《黑駿馬》開始，一直到最近的風俗畫力作《煙壺》與《雞窩窪的人家》等都力圖在風俗畫小說中保留其自然的原色，讓其自身產生藝術的張力。這樣，作家給讀者留下的想像空間就是豐富多彩的，由此而呈現出文學的多義

〔註25〕　《關於「鄉土文學」》，《文學》第 6 卷第 2 號，1936 年 2 月 1 日版。

性。然而，整個作品總的審美情趣的把握卻是準確的，使你不由自主地沿著作者規定的主題軌跡進入藝術情境。

誰也不能否認現實主義是要反映出時代和社會的變革，而有些人卻認為風俗畫小說不能反映時代和社會變革的敏感神經和脈搏，它是屬於革命現實主義以外的交叉地帶的作品範疇。我們認為這種論點是不符合新時期創作實踐的，也是違背藝術規律的。藝術作品是間接地折射出時代和社會的動蕩，而不能簡單地向作品投射自己的主觀意識。否則，它就是馬克思在《致斐迪南·拉薩爾》（1859年4月1日）中所批評的「席勒式」的「把個人變成時代精神的傳聲筒」的傾向。〔註26〕怎能說風俗畫小說不能反映時代和社會的巨變？古華的《芙蓉鎮》，葉蔚林的《在沒有航標的河流上》，梁曉聲的《在這片神奇的土地上》，陸文夫的《美食家》，姜滇的《水天蒼蒼》，史鐵生《我的遙遠的清平灣》等不都是通過風俗民情的刻畫，在不同程度上深刻地揭示了動蕩時代的一幕幕人生活劇嗎？像張承志的《北方的河》，鄧剛的《迷人的海》，劉艦平的《船過青浪灘》和李杭育的《船長》那樣充滿著大江大海恢弘氣勢和迷人氣息的風俗畫小說，它所揭示的主題內涵遠不止是讚頌人的意志和道德力量，難道我們不能在流動的風俗畫面裏觸摸到時代跳動的脈搏嗎？即使像鄧友梅《煙壺》，汪曾祺的《受戒》《大淖記事》這類反映歷史題材的風俗畫小說也在不同程度上輻射出時代沉浮的信息，這些小說似乎根本不摻入主觀傾向，然而，細細咀嚼，也都能清楚地看到時代和社會打在人物和風物上的深深烙印。在近距離生活題材的作品創作中，風俗畫小說更能發揮其藝術優勢而超出同題材的作品，更能受到人們的歡迎。同樣是寫改革，許多作品總是致力於塑造一個理想化的人物，而賈平凹卻是在風俗畫面中如實地摹寫了一個有實感的、帶著本色的人。《雞窩窪的人家》可說是當代農村題材、改革題材中的代表作，主題思想的內涵雖然埋藏得很深，但它留給我們挖掘的潛力卻很大，主人公的命運不正是說明了中國農民深刻的思想變遷嗎？在黨的新經濟政策的陽光普照下，我們欣喜地看到，表面上的「回流」現象正是預示著一場深刻的思想革命，它帶來的是幾千年來的小農經濟徹底的崩潰！改革的大潮衝擊整個社會，包括賈平凹筆下的這個連「文化大革命」的波瀾都不能深入的邊遠山區，只這一點，其主題的內涵就要比那種空喊改革

〔註26〕馬克思·《致拉薩爾》（1859年4月1日），《馬克思恩格斯全集》第29卷，第573頁。

的作品要深刻百倍。如果說《小月前本》還不夠成熟的話，那麼《雞窩窪的人家》卻是明顯地標誌著賈平凹的描寫藝術進入了爐火純青的階段（如果這個詞不算過譽的話）。在這充滿著濃鬱山區風土人情的風俗畫幅中，包裹著多麼深遠的思想內容啊，一股股媚人的藝術魅力裏挾著強大的思想衝擊力，叩開了你美感心靈的大門。由此而顯示出風俗畫小說寬廣的藝術坦途。

　　時代的變遷，社會的風貌從一幅幅風俗畫面中自然而然地表露出來，從而構成一種穩固的民族精神。這是每一個有眼力的作家希望企及的目標。梁斌在談《紅旗譜》創作體會時曾說過：「想要完成一部有民族氣魄的小說，我首先想到的是要做到深入地反映一個地區人民的生活。地方色彩濃厚，就會透露民族氣魄。爲了加強地方色彩，我曾特別注意一個地區的民俗。我認爲民俗是最能透露廣大人民的歷史生活的。」〔註 27〕《芙蓉鎮》的作者古華也強烈地感覺到風俗畫具有古樸的吸引力和歷史的親切感。的確，無論作家的藝術技巧如何變幻莫測，但只要你容納了風俗畫描寫，其藝術魅力就會陡增。共同的民族心理，決定了其共同的美學心理，它對於其他民族來說同樣也有巨大的吸引力。「有地方色彩的，倒容易成爲世界的」，任何一部作品，無論你採取什麼樣的技法，但萬不能缺乏民族的精神和氣質，正如魯迅先生所說：「他以新的形，尤其是新的色來寫出他自己的世界，而其中仍有中國向來的魂靈──要字面免得流於玄虛，則就是：民族性。」〔註 28〕這民族的「魂靈」是經過千百年歷史篩選和沉澱下來的精神氣質，一旦與時代、社會和風俗畫面相聯結，共通的民族心理就能產生足以使廣大讀者共振的美感效果。這種中國氣派的地方風物、人情、習俗根植在民族的沃土之中，具有強大的現實主義感染力，它是作家們取之不盡、用之不竭的藝術源泉。倘若當今的一位文學史家說的不爲過份的話，我們以爲他的論點是可以成立的：「民族風格的第一個特點是風俗畫。」〔註 29〕

四

　　風俗畫小說的美學價值、認識意義與教育意義都不可低估，然而展望它

〔註 27〕　《漫談〈紅旗譜〉的創作》，《中國現代作家談創作經驗》，山東人民出版社 1980
　　　　　年 8 月第 1 版。
〔註 28〕　《當陶元慶君的繪畫展覽時》，《魯迅論文學與藝術》，第 287 頁。
〔註 29〕　《西方影響與民族風格──中國現代文學發展的一個輪廓》，唐弢著《文藝研
　　　　　究》1982 年第 6 期。

的前景如何呢？我們以為當務之急是要避免以下幾種傾向，只有擺脫危機，才能不斷進取。

第一，要力戒把風俗畫面只是作為一種藝術的點綴來修飾作品內容的蒼白，造成性格與畫面的游離和肢解。其實，近年來帶有風俗畫情調的小說是很多的，據粗略統計就達一百多篇，但是由於有些作品沒有把風俗描寫與人物個性和諧地融合在一起，使整個作品變成兩塊拼湊在一起的不協調的藝術畫面，明顯可以看出其中的裂痕，這是風俗畫小說的大忌，這又多半是由於作者的文藝理論修養和藝術，功力不足所造成的。誠如張賢亮所說，即使是天才的畫家，「它們的色彩和線條雖然能喚起經常是沉睡著的美感，卻引不起那生動的、勃勃的激情和要去探索命運的聯想。只有人，只有一幅風景畫的畫面中出現了人，才會在剎那間引爆起靈感的火花」。〔註30〕

第二，避免那種一味孤立地去描寫地方風俗的傾向。有些作品把經過藝術提煉的，飽含著美學價值的風俗畫小說混同於地方風物志之類的說明文，這就抹殺了其應有的藝術價值，有這種弊病的作品往往是忽視了風俗畫小說的藝術內涵和社會意義。不能把自然形態的風俗描寫與其深刻的社會底蘊有機地、邏輯地聯繫在一起，就是失去了「魂靈」。沒有認識價值的風俗畫是僵死的、枯燥的、沒有生命的機械照相，毫無美學價值可言。

第三，反對那種對文學風俗畫的歪曲。有些拙劣的作品只是在語言上採用了方言俚語和裝飾了憑空杜撰的神話般的風俗描寫，就自詡為風俗畫小說，這種可笑的見解只能是對風俗畫小說的褻瀆。我們看到，有些作品拼命地採用冷僻生澀的方言和臆造的風俗來故作鄉土氣息，這是風俗小說發展的歧路，應堅決摒棄之。

作為風俗畫小說，它對作家提出了更新更高的藝術要求，它不應停滯在描摹靜態美的畫面上，而要努力使它具有動態的美；不應把風俗單純作為環境的渲染，更重要的是要將它溶化在人物的血液之中。民族的典型環境與民族的典型性格的結合，才能生下真正的藝術產兒。作家們應該把筆觸伸延到民族的靈魂中去，這才是風俗畫追求的最高藝術目標。

新時期的風俗畫小說正在發展之中，我們相信，我們呼喚，它一定能取得更大的成就。

〔註30〕 《滿紙荒唐言》，刊《飛天》，1981年3月。

第六節　新時期小說的美學走向

一、三次「性高潮」後的反思

當新時期文學撞開了性禁忌的最後一道防線時，人們歡呼著「潘多拉的盒子」被打開了。然而回顧這十年來小說創作中的大量有增無減的性描寫，我們不能不懷疑它的眞實動機。作爲一種欲望的旗幟，它是給人類帶來希望呢，抑或是精神的墮落與頹廢？

曾記得，80年代中期張賢亮以其「唯物主義啓示錄系列」《男人的一半是女人》中的性描寫震驚了文壇和社會。作爲對建國以來禁欲主義的衝擊，它的出現，無疑爲文學進入這一領地起著先鋒引導的作用，可謂第一次「性高潮」。

在第一次「性高潮」的波擊下，至80年代末，大量以性描寫爲特徵和基調的作品顯示了這樣一種文化內涵：性描寫作爲一種文化符號，在其背後隱匿著潛藏著人作爲一個生存著的「社會人」，他的生命衝動和生物本能是受其社會文化環境制約而生成的。莫言的「紅高粱」系列可謂激活了中國人的另一種生命狀態，那種敢恨敢愛，敢生敢死，敢縱敢欲的民族文化心理的激活，並不啻是流連於性描寫的外衣和軀殼，性描寫在莫言的筆下，不僅僅是他所要表現的文化內涵的表象，它雖然和張賢亮所要表達的那種直露政治文化意念有所不同，但其總體象徵的文化意味卻是一致的。王安憶的「三戀」和《崗上的世紀》乃至於像賈平凹的《黑氏》和《人極》等，同樣是想通過對性的病態和畸變的描寫來抨擊「文化大革命」時代整個文化對人性的壓抑和封建陰影對人道的戕害。當然《崗上的世紀》文化內涵有所改變，李曉琴在整個自身的性經驗的過程中，宣告了「女性視閾」的第一次特立獨行。性描寫在王安憶的筆下變得優美動人，浪漫靈動，愈是這樣，就愈顯現出其性描寫背後的巨大文化潛能。鐵凝等一批女作家的作品（如《玫瑰門》），亦展示出了各自的獨特視角。當然，在這一時期，將性寫得更爲透徹的作家還是那一批80年代末期的「新寫實」作家。劉恒的《伏羲伏羲》和方方的《桃花燦爛》等作品雖然在性描寫上已呈現出不受節制的苗頭，儘管他們一再保持著冷峻客觀的敘述態度，但是作品所透露出的強烈的人文話語姿態是那種「零度」的性描寫所無可遏制的。可以看出，第一次「性高潮」的描寫特徵是與五四反封建的文化母題緊緊勾連著的。作爲文學作品的性描寫，判別其高下優劣

的標準，是看它在表現人的自然本能和動物本能的同時，揭示不揭示作爲這種本能之上的社會屬性內涵與文化屬性內涵。也就是說，從形而下的描寫之中，我們可否看到形而上的理性世界的折光。那麼，我以爲第一次「性高潮」中的絕大多數作品，還是找到了精神家園的歸路的。

第二次「性高潮」的崛起，是以賈平凹的《廢都》的出版爲標誌的所謂「陝軍東征」文學現象。作爲一個嚴肅作家，賈平凹的本意是想揭示在一片文化廢墟上的人性墮落。然而大量而毫無節制的性描寫，非但沒有能夠更好地表現出作家的文化意圖，反而強化了對大眾的官能刺激。從中，我們既可看到西京文化人在墮落中的巨大詰問，即作者對這個世界「文化休克」（莊之蝶的「中風」象徵著這點）的無可奈何；同時，我們亦可看到這部小說在商業炒作中顯現出的媚俗弊端。不過，無論如何，我們仍可在欲望的描寫中看到遙遙彼岸的文化理性的面影。同樣，陝西作家陳忠實的《白鹿原》亦以其驚心動魄的性描寫震動了文壇，但小說卻又明顯注釋出了它的文化標記。可以說，賈平凹和陳忠實從兩個維度——現實和歷史——折射出了人性墮落與乖張。但伴隨其「東征」的另一些化名作家所寫的《騷土》《畸人》等作品；就明顯看出了它們商業炒作行爲的拙劣性。這次「性高潮」的特徵是：在商業化的寫作蠱惑下，作家們把握性描寫時，一是「度」的失衡；一是價值取向的模糊。所謂「度」的失衡，就是在性描寫中失去了節制，本來沒有必要渲染的地方，更加鋪張，非但沒能裨益於文化內涵的表現，反而將讀者導入了形而下感官興奮的誤區。所謂價值取向的模糊則是由於作家淡漠和遠離了人文價值判斷（包括人倫道德的價值取向），使得作品懸浮在性描寫的表層上，而得不到思想和精神的昇華。

第三次「性高潮」就是近年來出現於一批「晚生代」作家和「女權主義」作家筆下的性描寫。在這批大多是 60 年代出生 90 年代出道的小說作家中，應該說有許多人是極有才華的。但是，他們認爲自己的小說寫作就是「私人生活」的經驗，是完全排斥理性的，是一種「個人化」的寫作行爲。因此，泛性化的描寫成爲這些小說作家寫作的一個重要組成部分，暴露隱私成爲作品的特徵與癖好。然而，更爲觸目驚心的是，這些小說在性描寫的過程中，全面消解了作品的人文價值判斷，全面顛覆了小說的整個倫理道德的價值判斷，似乎一切進入「後現代」的藝術，是一定得讓它付出文明和文化的代價，才有可能獲得其藝術的通行證。

　　在「晚生代」作家的代表作品中，朱文的《我愛美元》即爲典型。在「與父同嫖」的小說話語結構中，作者消解了一切可能生成的意義，阻塞了一切可能產生的文化價值判斷，顛覆了作爲「公共遊戲」的規則，取消了一切可能走向道德秩序的人文路向。「人」被刪除了，「人性」被刪除了，「人的社會屬性」被刪除了，只剩下赤裸裸的獸性。當然，我們不是道學家，拒絕作家對性的描寫，問題在於：作家應有一雙「內在的眼睛」，充分關注著、把握著這個「性」的文化內涵。

　　作爲人的基本欲望，性是人類生存不可或缺的一部分，在人的社會屬性和自然屬性之間，兩者應是互爲因果的，它們中間有個文化環鏈。而「晚生代」作家將這個文化環鏈給拆除了，也就是將人的社會性與動物性進行分離，因此，一切文化的植被都被看成贅物，這就走向了一種極端。「反文化」在某種意義上來說，是有其進步意義的，但是，「反文化」並非意味著要把文化統統反掉，而是要你反掉文化中那部分阻礙歷史進程的糟粕，並非文化積澱中已被歷史所證明的那種人類公認的優良精神遺產。

　　在「晚生代」強調小說的「個人化」、「私人性」和「非公共性」時，我們不禁要問，作爲一種私人的精神消費，一旦你進入了公眾媒體，你還能說它是「非公共性」的嗎？倘使你的小說只以手稿形式自己欣賞，或是在你們的小圈子裏交流，或許它是不具備公共性的，但是，「晚生代叢書」、「後現代叢書」堂而皇之地以國家出版社的名目而流行於市，已說明它是一種公共媒體，它的傳播也就成爲一種文化符號的侵入。尚且，在一些宣傳媒體的商業化炒作與包裝下，在批評界的一些誤導下，突出和誇張了這些小說的性描寫成分，使其成爲一種性文學的商標，則更加劇了它對文化的一種致命的侵害。

　　隨著 90 年代「女權主義」寫作的倔起，在一大批女性批評家的鼓噪聲中，「女權主義」寫作者們在極端「個人化」的寫作中亦應和著「後現代」的理論語碼。她們的寫作基本語碼是以性描寫爲突破口，來尋找女性與世界的溝通與對話，來解構以男性視域爲中心的歷史話語結構。我們認爲，從女性意識的模糊到女性意識的覺醒，這是無可非議的反封建母題，用性描寫作爲突破口來引起療救的注意，這也是無可厚非的，問題就在於她們走向兩性戰爭時，和「晚生代」不同，不是缺乏文化的價值判斷，而是在其價值判斷上陷進了認識的誤區。這個誤區往往又是一種悖論。一方面，

她們在「仇恨男性」的性交戰描寫中，表現出了積極的反文化意向（試圖推倒「四條繩索」的壓迫），同時，把男性作為一種天敵，亦就從根本上破壞了人類文化的「生態平衡」，瓦解了人類兩性中存在著的高尚情感和性愛特徵。另一方面，她們在「同性戀」和「自戀」的歡愉中過份迷戀女性的「自我鏡像」，造成了性描寫中的畸形型態的擴張，這無疑是對文化的一種褻瀆，儘管它可能是帶有文化的前瞻性，但這種前瞻性是一種文化的墮落。也許，作為一種私人性的生活體驗，人們能夠允許其在個人的內心中保留屬於你的那一塊自我的「藍天白雲」，但這種性描寫一旦進入公眾視野，即使你寫得再美，藝術才華再高，也逃脫不了人們視之為醜的審美反映，也躲避不掉公眾對文化褻瀆的逆反心理。

林白和陳染以《一個人的戰爭》和《私人生活》作為女權主義的代表作衝擊著 90 年代的文壇。我們不得不承認她們橫溢的藝術才華，尤其是陳染，她在《私人生活》裏所表現出的從形而下到形而上的那種智性力連當今的男作家亦是望其項背的，其許多文化價值判斷都極富哲理性，甚至可作為教科書和人生箴言來咀嚼。但是，我又不能不指出，她的誤區仍然是在性描寫之中把人類的最基本的審美習慣都拋棄了。「以醜為美」雖然是人性的深度模式，但是，你千萬不能用你過於深奧過於病態過於奢侈的思想觀念和生活觀念去影響一代人。作為「私人生活」，你可以保留你那一片屬於你心靈的純淨天空；作為「公共傳媒」，你的文化侵入，將會給他者的心靈帶來永遠抹不去的陰影。你的小說寫得愈是優美，愈是勾魂攝魄，就愈是對整個文化造成「致命的誘惑」。我以為由於陳染們對人性的曲解所造成的性描寫中的「同性戀」和「自戀」的「噁心」，可能成為陳染小說的詬病，雖然這種性心理難以抹去，但是將來的文化亦未必就以此為趨勢，它可能只能被商業化的惡俗「包裝」所戕害，就如「蛇身人面」展覽一樣，去滿足人的「獵奇」心理需求。即便西方「後現代」文化對「同性戀」和「自戀」文化傾向，亦保持慎重態度，何況尚處在發展中的中國大陸呢。

面對當下異彩紛呈的性描寫，各種「圈子」和「個人」的寫作都有其不同的特點，我們的批評幾乎放棄了對其「言說」的職能，在剝離和分析這些作品時，也幾乎進入了文化的「盲點」。無疑，性描寫在整個小說創作中已成為銳不可擋又司空見慣的文學現象，如果對它的生存與發展，乃至將來的走向，不進行認真的梳理，我們將失去有價值的文化在小說中的應有地位。

二、「倣古」語言的反動和冒險的意義

其實，賈平凹在語言上的冒險早在他的散文體小說《商州初錄》時期已經開始。把半文不白的古代書面語言與充滿民間語言張力的村言俚語結合在一起，以一種堂奧怪異的語言風格呈現於文壇，這不能不說是鬼才賈平凹的睿智選擇。

可以說，五四新文學運動最偉大的功績之一就是白話文的流行，在那個摧枯拉朽的文學革命時代裏，正如胡適所言：「理本奧衍，與不佞文字固無涉也。在這十三個字裏，我們聽得了古文學的喪鐘，聽見了古文家自己宣告死刑。」（《中國新文學大系〈建設理論集〉總序》）亦如梁啓超亡命國外後深有體會地說：「自解放，務爲平易暢達，時雜以俚語，韻語，及外國語法；縱筆所至不檢束。學者競傚之，號新文體。老輩則痛恨，詆爲野狐。然其文條理明晰，筆鋒常帶情感，對於讀者，別有一種魔力焉。」（引文同上）一個世紀以來，五四白話文發展至今，可謂到了極致，它已不再是具有文體意義的書寫行爲了，從內容到形式，它完全成爲了漢語言的一種穩態的表達方式，注入到了民族文化心理的深層次部位。然而，作爲一種文學審美語言的表達，固態的、單一的語言表達方式會不會引起讀者的「審美疲勞」呢？從這個意義上來說，80 年代那場「尋根文學」運動中一些作家從語言角度來痛陳五四新文學運動割斷傳統文化的血脈，可能是有一定道理的。賈平凹、韓少功們不約而同地試圖從古漢語和古白話中尋找到現代漢語和現代白話所不能企及的語言審美領域，這一舉止的本身就帶有極大的語言冒險性。然而，藝術家沒有冒險精神，則只能是個庸才。

從 80 年代到 90 年代，十年間，賈平凹的語言冒險涉及到各種體裁，從散文到小說，尤其是長篇小說，已然成爲他創作生命的一個不可或缺的部分，尤其是他新近創作的長篇小說《高老莊》，更是將小說語言推向了返歸「古白話」與古漢語的境地。這種語言的反動和冒險，其意義何在呢？

毫無疑問，在即將逝去的 20 世紀裏，漢語言是完全朝著白話文傾斜的，作爲傳播工具，具有幾千年歷史積澱的文言文除了歷史考古專業得以運用，以及古典文學、古漢語教師作爲知識傳授而外，它幾乎就是不能流通的死亡的語言文字。相反，白話文觸發著現代漢語言迅速的發展，它隨著高科技的發展而發展，滲透於人們生活的每一個心靈空間。而作爲表現藝術的小說創作，語言的運用幾乎是它至關重要的命脈。試想，一部好的小

說，如果沒有語言張力和彈性的支撐，即使它的藝術結構和故事情節再好，也是貧血的、病態的，甚至是沒有肉身的骷髏。那麼，在藝術表現領域內，20世紀的現代小說發展到現在，可謂將白話文和現代漢語把玩到了極致，當然，它還在不斷發展。但是，語言藝術的復舊復古，有無可能拯救因審美慣性而形成的審美疲勞呢？從這個意義上來說，像賈平凹在《高老莊》中的許多大段大段「碑文」的運用，是有其審美作用的。作為一種刺目的審美存在，這些經過賈氏改造的半文不白的「古白話」、「古漢語」，既是全書的「亮點」，又是全書的「暗賄」。所謂「亮點」，是我們在一種新的（實際上是舊的）閱讀過程中獲得了一種審美的快感，這種快感的成分當然是多元的，其中最為重要的是在獲得使用舊工具進行語碼讀解時的那份怡然，那份通脫，那份戀舊；所謂「暗賄」，也就是在這次西安《高老莊》學術討論會上有的同志提出來的「尖銳問題：懷疑有多少人能去閱讀這些「古漢語」文字，即使是專業閱讀者也有可能跳過去！這樣的話，這些「古漢語」文字就是一片片「盲區」，就是死亡的文字。我以為這完全是個題外的問題，因為審美的受眾面大小，於小說本身的審美形態和釋放能量是無涉的。作為一種專門性閱讀，我以為它的好處只能停留在我們對它的切實的審美觀照之中，而不是之外。

作為題材內容的需求，《高老莊》所折射的是傳統文化與現代文化在20世紀末的偏遠鄉村「高老莊」這一特殊時空語境中的遭遇和撞擊。這兩大板塊文化撞擊所形成的文化斷裂，是顯而易見的，在這樣的內容要求下，「碑文」作為一種語言文字的象喻，其寓意是深刻的。「碑文」是一種歷史文化的存在，「碑文」是一種舊有的審美形態的存在，作為「死去」的語言文字，在與活的生活和現實的對照和撞擊下，它愈加鮮活起來，讀「碑文」，不僅僅是讀傳統，讀歷史，更是讀一種文化。作為藝術存在的文化，新和舊是沒有可比性的，它們之間沒有孰優孰劣，孰高孰低之區分的，所以，「仿舊」、「仿古」也不失一種藝術的風格。從這個意義上來說，賈平凹語言的「仿古」、「仿舊」不僅是審美的需求，而且亦是整個小說題材內容的需求，作為所要表達的是兩種文化選擇中的人的不同價值取向。值得深思和玩味的是，作品中的兩個男女主人公選擇的恰恰是兩個出乎人意料之外的不同生活道路，從鄉村走向都市的高子路選擇了回城，而出身於城市的西夏卻留在了鄉村，其中的象徵意義則是不言而喻的。你能從價值判斷上否定哪一個呢？！

　　從形式的視角來看，我以爲《高老莊》的「碑文」在有意無意中起著一個「斷章」的作用，形成了整部小說的情節節奏感。作爲兩種語言的「互文」形式，表層結構形成的差異和斷裂（包括用兩種不同字體進行區分），顯然造成了藝術結構的「間歇」、「休止」。所以，我認爲，《高老莊》）與賈平凹的其他長篇小說不同的是：《廢都》是一氣呵成，顯示了節奏的快速，與《廢都》的心靈悲劇渾然天成，而《土門》是分章節的，但即使分了章節，也還凸現了它的節奏感；如果追溯到 80 年代的長篇《商州》，可以明顯地看出當時作者借鑒略薩的「結構現實主義」的形式技巧的痕跡，每章開頭一節用一個與情節不相干的故事來切割傳統小說節奏的流暢線條。而《高老莊》）卻是採用以「碑文」來切割情節段落的技巧，更給人以一種新穎的形式感。同時，在形式審美之中，我們更可深深體味到作者良苦的文化用心。將內容化作形式，把形式融爲內容，這可能是藝術創作的一個最高境界。因此，這「死去的語言」的運用，便更具鮮活的形式意義了。在這次西安研討會上，我曾私下與平凹聊到這個話題，他以爲，他在寫作時並沒刻意爲此追求，如今回過頭來再讀，確實有那麼一層意思。

　　我不以爲《高老莊》就是賈平凹的最好作品，從文化內容的闡釋上，它甚至尚沒有《廢都》更爲深刻酷烈。但是，我以爲，作爲一種自覺的語言反動的冒險追求，它的全部意義所在，就是爲小說的藝術範式提供了新鮮的經驗。由於「仿古」、「仿舊」語言的凸現，小說語言運用的領域更加廓大了，藝術表現的審美區域也就相應拓展了。

　　拯救不再被運用的「死亡語言」，使其在藝術的範疇中永葆其審美的青春，這難道不是對文化的巨大貢獻嗎？

第六章 現實主義的嬗變

第一節 現實主義小說創作的命運與前途

一

　　文學似乎不再會引起所謂「轟動效應」了，那種某一創作傾向走紅入魔，贏得全體一陣掌聲的時代離我們愈來愈遠了。因而有人預言現實主義小說創作可能再度崛起，成為主潮，這似乎不可能成為事實。殊不知多元的藝術格局的形成本身就是對大一統格局的悖逆，它是文學發展繁榮的必然前提。然而，現實主義小說作為文學的一元，它在新時期的發展、變化卻值得我們去探究，從中或許能總結出一些有建設性的意見來。

　　新時期「傷痕文學」之初，原有的現實主義創作規範仍籠罩於小說領域，其作品只是在人性和人道主義的內涵上有所重新發現（儘管這種「發現」從今天的角度來看是幼稚的），而形式技巧上毫無突破進展，人們對「現代主義」的名詞是那樣地陌生和恐懼。直到七十年代末和 80 年代初，由於王蒙「意識流」小說的出現，由於「朦朧詩」的出現，也由於高行健的那本《現代小說技巧初探》的出現，中國的現實主義小說創作才第一次真正地受到了危險的衝擊。雖然在那場論戰中維護傳統的現實主義小說創作規範的人們使用了許多「重磅炸彈」，但終究沒能保住在「大一統」庇蔭下的現實主義小說創作的「貞潔」之身。至此，「不像小說」的小說和「不是小說」的小說便逐漸濫觴，迅速佔領了文壇的各個角落。那種一成不變的現實主義小說失卻了優勢，面臨著危機。在這種危機面前，有許多明智的作者開始了對現實主義小說創作

方法的修正與改造，由此而出現了一大批優秀的「新現實主義小說」（爲敘述方便，暫定這一概念），如陸文夫、高曉聲、趙本夫、張弦、張賢亮等人的作品。當新時期文學行進到 80 年代中期時，隨著「尋根」文學高潮的迭起，現實主義小說（那種經過重新修正與改造了的「新現實主義」）與變種的「現代派」小說幾乎是並駕齊驅地顯示著各自光輝。實踐再次證明，那種創作方法只要不是教條地運用和機械地模仿，都是具有生命力的，它們是推動中國小說前進的兩隻輪子。尤其像朱曉平《桑樹坪紀事》那樣的用傳統手法營造的現實主義小說，因突破了舊有的規範和角度，便獲得了新的效應。直到如今尚是閱讀熱點的莫言小說亦是在很大程度上保持著傳統的現實主義故事情節的規範，只不過在作品中多了一個敘述者「我」的「心理時間」，因此而廓大了小說的空間自由度。

在「尋根文學」與理論界的「方法年」和「觀念年」的熱點一過，一九八七年至一九八八年上半年除了「莫言熱」尚未冷卻以外，小說界形成了「圈子內文學」，此中倍受青睞的是馬原、洪峰、扎西達娃、殘雪、蘇童等等所謂「第五代先鋒小說家」。這部分作家在純文學的旗幟下，以新穎的敘事技巧和獨特的藝術感覺毫不留情地調侃和蔑視著「新現實主義小說」的創作，於是，「新現實主義小說」無疑是處在一個受挑戰的位置。加之一批純文學理論批評家們從語義學、語言學、符號學……等純技巧的批評角度加以褒揚，似乎又更掀起一場「先鋒派」文學創作的熱潮。在這樣的重荷之下，有人認爲報告文學的興起則是現實主義精神的「回歸」，加之紀實小說的崛起，足以和「實驗體」的「先鋒派」小說抗衡了。說實話，報告文學和記實小說的崛起只不過是滿足於讀者對新聞性的追求，與其說它們具有文學性，還不如說它們更具有新聞的感染力。那麼，「新現實主義小說」再度崛起的契機何在呢？近年來周梅森、李銳、劉恒、劉震雲、王小克、方方、葉兆言、池莉等等新生代作家（當然亦包括賈平凹、朱曉平這類「老作家」在內）的創作倒是給「新現實主義小說」創作平添了不少景觀，有人認爲「這是從『僞現實主義』中剝離出來的一種新架勢」，[註 1] 這種屬於生活原型的小說創作在現實主義創作進程中究竟有何發展？它將帶來的是什麼樣的審美視角？它與「先鋒派文學」究竟有何異同關係？……這一切都有待於我們去探求。

[註 1] 《農村出土活的原型——劉震雲作品討論會綜述》，《小說週刊》1990 年第 6 期。

二

　　儘管新時期文藝理論的第一大戰役就是為現實主義正名，但也很難再磨洗出那本來的金子般光輝。因而一旦有了一種新的表現形式出現，人們的「期待視野」就馬上轉換過去。那麼，現實主義小說創作是否就走向末路了呢？從一批又一批不斷崛起的「新現實主義小說」創作者的實質來看，我們以為其中最為鮮明的特點是。第一，他們以人道主義、人性、人情為旗幟，著力表現人的異化母題。正如劉再復所言：「儘管人道主義的傳統內容不很深刻，但是能意識到人道主義在中國的特殊遭遇、特殊命運並把這種遭遇和命運再現出來倒是深刻的。」〔註2〕綜觀新時期林林總總的現實主義小說創作，我們可以斷言，沒有一部作品不是在這一母題下產生的。第二，在描寫人物性格方面，從表層走向深層，從外向內（即從外部世界走向心理世界），從「英雄」走向「平民」（即所謂「視點下沉」），從「善」到「惡」，（即人性異化過程的心理現實）。第三，隨著時代的前進，作家們都在不斷調整自己的文化視角，改變自己的民族文化心理素質，以增強現代意識。然而那舊有的殘存意識時時地圍繞著整個一代文化人，於是，在整個社會處在一個向工業化邁進的歷史主義與舊有的倫理主義相悖逆的二律背反的現實進程中，現實主義小說創作者們在尋找著人的失落與人的悲劇。第四，在形式技巧上，逐漸在再現的主旋律中融入表現的音符。現實主義小說之所以還有生命力，就是有賴於幾代作家不斷地吸收和容納新的表現技巧，它是「新現實主義小說」不斷深化和發展的生命催化劑。

　　我們說，「傷痕文學」的起點亦就是從人道主義的再認識為基準的，它在當時曾激起過許多倍受壓抑的靈魂的呼喊，這無疑還不是文學自我的覺醒，它畢竟還在某種程度上依附著文學的教化作用這條「鎖鏈」的外力，制約著眾多尚未體味到人的覺醒的人們。隨著「反思文學」的出現，《人到中年》這樣的作品開始從人的異化來尋覓人的價值了，不過，作品更多地是從外部世界來認識這個問題的，因此，它帶給讀者的只是對具體特定的社會環境的「反思」，而未深入到人性的自覺高度來認識。「尋根文學」運動前後，一大批在歷史交匯點上受過生存磨煉的「知青作家」率先把人的價值與人性的自覺這一人道主義的核心內容折射在自己的作品之中，他們的作品往往是在民族與個體之間（「集體無意識」和「個人無意識」）的雙向對流中尋覓著人的價值

〔註2〕　《近十年的中國文學精神和文學道路》，《人民文學》1988 年第 2 期。

判斷。近年來劉恆、劉震雲、李銳、周梅森、趙本夫、王小克、方方、池莉等人的作品（也包括朱曉平、賈平凹、王安憶等老知青的作品）似乎已經完全脫去了現實主義那種懲惡揚善的說教氣，而致力於對人性的原色、原型進行大膽的開掘，那種強烈的生命的自我意識的噴發通過生命本眞的欲望、衝動、焦灼和痛苦的淋漓盡致的抒寫，構成了一種對人性的全新認知方式。即便是莫言的《紅高粱》系列也是對人性活力的張揚，這就是「新現實主義小說」的基本母題。性，幾乎成爲人性原欲張揚的描寫焦點，無論是劉恆的《伏羲伏羲》和《白渦》，還是王安憶的「三戀」，抑或是賈平凹的《浮躁》和張煒的《古船》等，都把性作爲人性價值的一種象徵進行深層的心理剝離和剖析，是對人性的另一面——自然天性（從科學意義上尋求答案）——的大膽揭示，尤其是這些作品在寫人的原欲時注重描寫了作爲「自然人」和「社會人」的生命本體所呈示出的「雙重性格」，這就很自然又很必然地把人道主義的母題推到本時代特定的人文環境之中去，使之賦有更新的歷史內容。從這個角度來看，現實主義小說主題的進化程序似乎是向人類學這一更廣闊的疆域拓展延伸。

一旦舊有的「典型性格」的桎梏被打破，作爲被描寫的對象——人——不再是用一個現成的概念就可以框範的客觀對應物了，他充盈著作者的主體性，同時亦洋溢著人物自身的主體性，他們的性格逐漸向多義的深層結構發展，愈來愈表現出多元世界的未知性，把一個過去很容易分解的方程序變成了一個帶有模糊數學意義的複雜現象。作爲現實主義的基本創作方法，它約定俗成地要描寫客觀的外部世界，而「新現實主義小說」則大膽地向主觀的心理世界突進。也許，「新現實主義小說」在描寫人物方面最大的反叛就在於它毫不猶豫地抹掉了「英雄典型」頭上的那道曾經使人肅然起敬的神聖光圈，取而代之的是「平民意識」狂飆式的侵襲，從陳建功的作品到方方的作品，甚至包括徐星的作品，構成了城市平民的交響樂；從高曉聲的作品到朱曉平再到劉恆，甚至包括莫言的作品，構成了中國普通農民的史詩性畫卷。大概一直到最近兩年，「新現實主義小說」才能打破文學應該表現眞善美的戒律，那種「以醜爲美」、「變醜爲美」的小說愈發使人震驚。但可似肯定，作者把醜和惡作爲描寫對象，本身就是想把它們昇華到審美的層次上來，從莫言的《紅蝗》中，從劉恆的《伏羲伏羲》和《狗日的糧食》中……我們看到的人物形象是何等的「丑」和「惡」，然而，

我們從這些被擠壓扭曲的靈魂悲劇中看到了個體生命的躁動和人性中的兩極（社會屬性與自然屬性）相生相剋的流程。如此裸露的表現和再現，在現實主義小說的創作中是罕見的，這種寫法應歸之於作者對生命的悲劇意識的深層理解與頓悟。

調整文化視角，這成為每一個作家的必修課，否則時代和社會將毫不留情地把你淘汰。田園牧歌式的創作已被現代工業文明的轟鳴所震撼，舊有的倫理道德規範已被騷動的時代情緒所脹破。作家們往往在兩難的境界中進行創作，表現出極大的困惑。當然，我們並不反對表現這種時代的惶惑，問題是在描寫惶惑時，作者不能忽視自身現代意識的主體把握。像賈平凹與王安憶在這方面就能顯示出高人一籌的主題把握，《浮躁》和《小鮑莊》在心理困惑描寫中能夠一眼看出作者跳出了人物的困惑，以強烈的主體意識籠罩整個作品，使讀者在尋覓人的失落與人的悲劇描寫之中，看到了作者以現代意識對每一個人物和事件的燭照。

三

我以為現實主義和現代主義小說創作的最顯著的區別就在於它們之間存在著的形式技巧的差距。因此，有必要將「新現實主義小說」創作的形式技巧的嬗變單獨提出來進行闡述。

如果說五四新文學運動之初，魯迅、茅盾、巴金等老一輩現實主義作家在「拿來」中「取精用宏」，部分地吸收了現代派的某些形式技巧，那麼，由於眾所周知的原因，我們的現實主義道路在後來卻愈走愈窄了：從趙樹理模式到浩然模式，我們是在死胡同裏跳舞。新時期文學剛剛起步時，因為封閉的「窗口」一直沒有打開，人們尚未覺得窒息。然而一俟海禁大開，內部亦開始發動，現實主義小說的創作便陷入了危機，致使其在 80 年代沉默了幾年（中間雖有力作出現，然畢竟沒有使人刮目相看），大約是阿城《棋王》的出現，人們才又注視起現實主義的小說創作來。為什麼阿城的小說竟能引起如此反響？他的小說基本上是現實主義的技法，則又為何能自成格局呢？有人認為是他渾厚的古典文學語言的功力所致。也有人認為是歸之於其老莊思想的結晶，我們以為最根本的一點是不能忽視作者在傳統的現實主義技法中揉進了表現主義的某些技法。從歷時效果上來看，作者是在給我們敘述一個完整的故事（也許不只一個），從共時效果上來看，作者

是爲我們展開了一個扇面的心理世界。物理時間與心理時間的交錯，既構成一個歷史的故事，又構成一個自我的內心獨白世界。這就使得讀者看到的不僅僅是一個單一的或雜多的故事，以及一個或眾多的人物形象，同時還能看到一個由自我構成的複雜的內心世界與外部世界的撞擊過程。像這樣的現實主義小說家的組合：如賈平凹在《商州》中採用的「結構現實主義」的形式技巧；如莫言在《透明的紅蘿蔔》裏運用象徵主義和心理現實主義的手法；如王安憶在《小鮑莊》中運用的荒誕手法……形成了富有更新特點的「新現實主義小說」創作隊伍的陣容。他們一方面並沒完全擯棄傳統的現實主義形式技巧，一方面又在再現的基礎上融入表現的手法，這些都大大豐富了現實主義的表現技巧。值得一提的是，同是「尋根文學」的中堅，在形式技巧上卻有著明顯的分化傾向。賈平凹、王安憶、鄭義、李杭育等作家是有節制的吸收表現的技巧；而韓少功、鄭萬隆、莫言等人卻是徹底背叛了自己原先的形象，毫無節制毫無顧忌毫無保留地走向了完完全全的現代派技巧的極端（莫言的小說還部分地保留著現實主義手法的痕跡）。韓少功以《爸爸爸》震驚文壇，有人驚呼看不懂，也有人連聲叫絕。以寫人性見長的作家（《月蘭》《西望茅草地》《風吹嗩吶聲》的作者）變得如此陌生。由於作者在這部作品中運用了魔幻現實主義的手法，致使文字的象徵符號隱匿和消失。那種純表現的技巧導致了閱讀障礙，使其失卻了絕大部分接受者，因此作者所要表現的那種冥頑不化的民族劣根性的剖示之目的沒能達到最佳效果。這究竟是不是個遺憾呢？相繼問世的《女女女》亦是如此，再後來，作者就很少有作品問世了，是否作者自己也在對這種形式技巧進行著自我反省呢？鄭萬隆的《異鄉異聞》系列，甚至阿城以後的《遍地風流》系列，大概都是想在文體學意義上有所建樹吧，然而這恰恰又是在輕鬆的轉換中失卻了本我。這種探索的意義何在？也許從一些作家的「自省」和「回歸」意識中可能得到一點啓迪。

我們亦不能不承認現代主義的形式技巧在 20 世紀所留下的不可磨滅的功績，它對表現本世紀人類生存意識起著舉足輕重的作用。但是，我們亦不能不看到，即便是再純的文學技巧，也終究要表達一種人類學意義上的內涵的，只不過現代主義是通過更爲間接的技巧加以表現罷了，即使是存在主義哲學指導下產生的荒誕作品也同樣得有主題的意向。就憑這一點，也可尋覓到它和現實主義可能相交的點。

　　從主題內涵上來看，劉恒的《伏羲伏羲》《狗日的糧食》，劉震雲的《塔鋪》《新兵連》，周梅森的《軍歌》《國殤》《孤旅》，方方的《風景》等等，亦都是表現人在特殊的人文環境中的生存意識的作品，他們的共同特點都是用原色去塗抹生活和人物，這種返樸歸真的意識又表現了這批作家試圖走向另一個極端的可能。他們在現代派技巧的狂轟濫炸的時刻感到了創作的「疲軟」。他們決心走自己的路，用劉震雲的話來說就是：「馬爾克斯是一個非常讓人羨慕的作家。他的《百年孤獨》的出眾之處，在於他對他生長之地的獨到體味與前所未有的博大的壓縮式（其他作家的哪一部作品不是展開式呢？）的涵蓋能力。至於俏姑娘坐床單昇天、死人亂在院子裏走動之類，無非是一種心領神會的作家睿智，而我們卻把這個當作根本，用它來指導我們的創作，馬爾克斯知道了會如何想呢？」〔註3〕顯而易見，他是不贊成把現代主義的表現技巧作爲效顰的根本手法的，這種拒絕不能不說是有一定道理的。但完全拒絕吸收現代派的表現技巧則是不明智的。記得在一次周梅森創作討論會上，我說你如果能適量地吸收一些表現的技巧，增加適量的閱讀障礙，其作品的效果就不一樣。我舉了他的長篇小說《黑墳》中那個小兔子在井下的怪誕夢魘給作品所帶來的更深刻的心理現實呈示的例子，認爲只此就爲整個《黑墳》平添了不少表現的意味，使整個小說在局部層次上展示出「有意味的形式」。從方方的《風景》來看，作品是竭力在表現城市平民最原生的生存狀態，從觀念上來說是新穎別致的，但是其手法似乎定格在較陳舊的現實主義形式技巧上，雖然這是對那種「先鋒小說」的「疲軟」現象的反叛，試圖以矯枉過正的方法取悅於讀者的口味調節，然而這種「倒轉」的意識卻是與歷史相悖逆的。並非說現代意識一定須得有一個表現的「外衣」，但歷史的進程告訴我們，現實主義需更新鮮的氧氣，而「新現實主義小說」的創作已或多或少地有機地融入了表現的技巧，倘使再往回倒車，很可能形成現實主義創作的再度衰敗。

　　劉恒的《狗日的糧食》《伏羲伏羲》《白渦》在主題的開掘上是驚心動魄的，在勾魂攝魄的內容背後，似乎還缺乏一點「有意味的形式」的開掘。無疑，劉震雲的《塔鋪》和《新兵連》同樣爲我們展示了一個具有悲劇意識的心理世界，但在整個閱讀過程中，那種心理時間和空間的自由度似乎受到了陳舊手法的閾限，倘使更換一些表現的技巧，或許整個作品的現代意識的顯

〔註3〕　《獨白》，《小說選刊》1988 年第 5 期。

示則更顯示出它的優越性，閱讀的效果也就大不一樣。人們對於更深一層的作品解讀將填補許多藝術的「空白」，使作品在多元的多義的心理世界中呈現出更有魅力的藝術效果。從現實主義發展的歷史中，我們不能不考慮到消化現代派形式技巧會給現實主義帶來的無限生機。當然，這種融合併不是生硬的模仿與嵌入，而是要將其有機地溶化在現實主義本體之中，以豐膠豐腴自身的血肉。

我以爲，現實主義和現代主義的文學道路並非是兩個永遠不可相交的直線運動過程，它們在各自不斷延伸的運動中終究會在同一個點上相融合的，這並不意味著最後的「大一統」。最起碼，兩者相交後所產生出的應該是一個充滿著生命力的「寧馨兒」，它無疑是小說家族新的一元。就「新現實主義小說」的創作來看，它們是在逐漸消融著這兩者之間的鮮明差距，打破徑渭分明的臨界點，使之成爲一種嶄新的文體，這才是「新現實主義小說」創作的目標，那種嚴格意義上的現實主義小說和現代主義小說逐漸會趨於消亡。兩者的互滲互補，將構成中國小說創作的新格局。

現實主義在新時期的歷史進程中似乎從來沒有受到過更多的青睞，誰讓它被左傾的陰影籠罩得太蒼白了呢。我以爲這次如果把那種凝固了的現實主義形式技巧的作品再度進行鼓吹和褒揚，並非是好事。任何在潮頭上進行的東西一定會受到致命打擊的。我們不能「捧殺」現實主義的進步，那怕是一個微小的進步。更不能爲了貶抑一種傾向而走向另外一個極端。我以爲還是讓現實主義在悄悄的行進中穩妥地向前邁進吧。它不需要鮮花，多一些荊棘則更有益處。

第二節　追尋現實主義的新足跡

在這個工業文明又裏挾著後工業文化特徵以及農業文明胎記的特殊結構時代裏，文學像一隻被放倒了的斗牛，脊梁上插著幾把帶血尖刀，汩汩的血液灑滿疆場，雖然如此，它仍然頑強地掙扎著，卓然以其悲壯的亮相博得幾聲零亂的掌聲。文學的根究竟在何處？恐怕在失卻了政治這個拐杖後，文學的前途就變得黯淡了。人文精神的討論似乎是在尋覓追蹤著文學的一種依附，然而，就連文化人本身都在懷疑這場關於人文精神的討論是否有意義？！在巨大的經濟怪獸面前，它又變得如此渺小和微不足道，如果說這是外部的

壓力，我們裝回阿 Q，倒也有精神的逃路可循。然而，人文精神的討論帶來的卻是文學觀念更多的分裂。在這世紀末的恐怖中，人，尤其是文學中人，變得渾渾噩噩，無所適從。寫什麼？怎麼寫？仍舊是困擾著小說家的現實問題。

　　大約近一個世紀以來，小說創作就固定了它的運行軌跡。自梁啓超的「小說革命」宣言以來，大凡小說創作就沒有離開過這個軌道，它以巨大的慣性，越過了廿世紀中國小說創作的時空，成爲無可否認的創作思潮：這就是小說的寫實性。在最初的理解中，它本來就暗含著爲政治服務的涵義。儘管本世紀出現過與之相牴觸的種種思潮和流派，但歷史無可辯駁地表明，寫實主義，直到發展到以後各個時期不同解釋的現實主義，都布滿了廿世紀小說創作的各個時空，寫實的情結已經成爲作家的血脈，它代代相傳，亦必須流入廿一世紀。

　　我們不去回顧現實主義的艱難歷程，那種回憶也許太沉重太痛苦，而就這十多年來的文壇曲折來觀照現實主義的發展，也許會對小說創作的盲目性有所警醒吧。80 年代中期，轟轟烈烈，如火如荼的「新潮」、「實驗」、「先鋒」小說像大潮一般湧來，當時有人預言，中國小說的黃金時代已經到來，產生巨子的時代已經到來。然而，仕空洞的喧嚣之後，「新潮」、「實驗」、「先鋒」爲我們留下可數的留世作品，悄然隱退了。當然，作爲一個文學運動的過程，我始終認爲它在文學史的進程中以其自身的衝擊力，爲中國小說提供了方法、思維、技巧諸方面的參照系。爲中國小說整體創作水平的提升起了不可抹煞的作用。當人們在大浪淘沙的海邊躑躅時，並沒有去揀拾那耀眼的貝殼的碎片，而是在尋覓往日的依稀可辨的足跡。於是，「新寫實」的浪潮又成爲文壇的一次大踴動。在「新寫實」的大蠶下，不僅站起了新一代作家，同時，那些往日從事「新潮」、「先鋒」、「實驗」小說的作者，亦迅速改變自己，向寫實靠攏。從中，我們可以清晰地看到寫實的誘惑力是恒久的。

　　無可否認，80 年代初清算了小說的政治功利性後，帶來了小說的技術革命和觀念革命。但這並不意味著寫實的滅亡。相反，小說義無反顧地向寫實（現實）靠攏。「新寫實」小說的崛起，其意義並非在於這個運動本身的價值，而在於它顯示出了小說無可迴避、亦無可擺脫的走向。翻檢古今中外的小說名著，可以毫不猶豫地宣佈：小說最終關注的是人，是人類的命運。作爲一個永遠顛撲不破的母題，它在人類社會的角色中，永遠扮演應一個與社會保持一段距離的批判者。於是，每一個時代都缺少不了它忠實的「守望者」──對

社會現實的寫實寫眞者。「新寫實」作爲一個並不遙遠的寫作所在，它起碼預示著現實主義生命力的所在。然而，一談到現實主義，如今的人們都有一種本能的厭惡感，這種厭惡感來自於四十年代至七十年代人們對現實主義的糟塌。可是，追溯歷史，現實主義最初的涵義並不是後來被改造成的那種庸俗的、充滿著政治功利色彩的玩藝。作爲一種寫實態度的創作，現實主義的寬泛是可包容更多內容的。早期的左拉式的自然主義，以及那些充滿著抒情筆調的浪漫主義傾向的寫作者，幾乎都被納入現實主義的範疇。亦只有這種寬容的、模糊的、無須嚴格界定的現實主義概念才使得西方十八世紀後的文學璀璨無比；才使得中國廿世紀初（五四小說）和末（80 年代以後）的小說顯示出斑斕的色彩；才使得拉美七十年代後進入「小說爆炸」時代。因此，我們不難發現，只要現實主義成爲一個「開放體系」的現實，小說必將進入一個發展階段。

當然，現實主義亦不是一成不變的，隨著時代的發展，它須注入新的內容。縱觀從 80 年代後期興起的「新寫實」到 90 年代的一批所謂返歸現實主義的力作，我以爲，它們只有在注入了新的內涵時，才能獲得新的生命。也就是說，現實主義這棵樹如果沒有新的生長點，它在新時代面前必然會枯萎。「新寫實」如果不是採用了新的觀念，對現實主義進行大手術的改造（如視點下沉、非典型化、非英雄化等）；如果不是進行了對現實主義小說的技術革命（如局部打破小說的有序格局、吸納現代派的某些變形手法等），它就不會引起如此廣泛深遠的影響。「新寫實」作爲一塊豐沃的創作土壤，它培養了一大批寫實作家，劉恒、劉震雲、方方、池莉……不管他們本人承認不承認，亦不管人們怎麼評說，歷史告訴我們的是：作爲一種寫實的現實主義只有在不斷更新其內涵的條件下，才能獲得自身的發展。如果說，北京、武漢等地作家是在改造現實主義內涵中謀求了自身的發展，確立了自己在文壇和歷史上的地位的話，那麼，90 年代初的「陝軍東征」現象亦是文壇引爲注目的話題。由此，我們不難發現，賈平凹的《廢都》，陳忠實的《白鹿原》等，從根本上回覆到了現實主義的寫作狀態，比起「新寫實」小說，他們的筆法對舊現實主義的依戀更爲明顯些。儘管賈平凹運用了「內心獨白」式的寫法（如與老牛的對話所形成的整體象徵意味），儘管陳忠實亦運用了「內窺」的視點和荒誕的移植，但是整個作品在整體的佈局和情感的表達上，仍沿用的是近於自然主義的寫實方法，從這個意義上說，回歸自然只是作家的一種情緒而已。

　　我以爲，只要有不同的作家在寫作，現實主義的根就不會斷，儘管有些人爲的小說運動給它帶來的是某些困惑和停頓。說到這裡，我不能不涉及到近年來小說創作領域內所顯示出的五花八門的新的創柞口號。「新體驗」、「新鄉土」、「新都市」……，當然，倡導者本身的動機是無可懷疑的，問題就在於，在這一系列的口號下，有無新的貢獻呢？倘使過於武斷地表述的話，我可以這樣斷言：在小說日益商品化的情形下；在小說被擠出「中心話語」進入邊緣，連政治都不屑與之聯姻時；在小說過完了西方現代派寫法的「電影」時，理論家們糾集一部分出名而又未出名的作家們，試圖再炮製一次「馬太效應」的轟動，結果是適得其反。綜觀這麼多「新」字旗號下的創作，簡直看不出任何新的意味來，它們絕大多數的創作只是退回到了舊現實主義的寫法上（從觀念到技術）。如「新體驗」的提法和創作實際就不能不使人聯想起了五、六十年代「下生活」所創作出來的一大批令人生畏而生厭的小說來，其中，充其量是就新在把作者本人融入作品中，這在「新新聞小說」中的理論中早已有之，不說是拾人牙慧，也就是把紀實手法納入其中，這在「新寫實」小說創作中，亦被借鑒過了。而重要的卻是那種有些做作的文風，很能使人想起七十年代的創作氛圍。難怪浩然同志亦試圖重新高漲這種風格的寫作，把《金光大道》展現給新一代讀者。其中，我們亦不難看出，現實主義如果退回到一定的限度，也是一種可怕的境界。君不見「金光大道」就是一種示威和暗示嗎？！

　　現實主義並不是要求對時代保持一種溫文爾雅的親和，它與時代，與現實社會永遠保持著一種冷峻客觀的批判力度，這樣才能永葆其生命的活力。劉心武把中國當代文學分爲「三大元」格局，其中一「元」就稱之爲「新現實主義」，這種概括可以說他是看清楚了文壇格局現實主義的無所不在。但劉心武將「新現實主義」分爲兩類：一類是以王朔爲代表的「解構現實主義」；一類是以劉震雲、方方、池莉爲代表的「雞毛現實主義」。作者都不逃避現實，但前者是以笑談的方式來解構現實；而後者則是客觀地反映小市民的眞實生活狀態。王朔是把一切化爲輕鬆；劉震雲們則是把一切化爲沉重。我以爲，劉心武似乎把王朔式的「嬉皮士」看作一種幽默，黑色幽默，正如王蒙認爲王朔是撕破了「僞崇高」的面具，「他和他的夥伴們的「玩文學」恰恰是對橫眉立目、高踞人上的救世文學的一種反動。」這種觀點似乎是在說明我們這個時代，乃是人類社會不再需要一種崇高的精神作聖火（一談到崇高好像就

在公演牧師和布道者的角色），不再需求強烈的悲劇意識。殊不知，沒有悲劇的時代則是一個悲哀的時代。毋須說張承志式的理想主義者的悲壯被爲之不屑了，就連「把一切化爲沉重」的「雞毛現實主義」也未必比王朔們的「痞子」小說更有深度和力度，難怪王蒙認爲「批評痞子文學的人有幾個讀懂了王朔」？也許我們沒能深刻地領悟到王朔小說字縫裏的那份對現實的無奈和絕望，乃至於對社會的某種嘲諷。但那齣製造封建偶像劉慧芳的電視劇《渴望》大概一般人還是能夠讀懂的吧？那種對舊現實主義的深刻眷戀，那種對「主流話語」的阿諛迎奉的媚態，可謂昭然若揭。作爲「新現實主義」，如果丟掉了它對社會和現實的批判鋒芒，它必然走向速朽。這可能是任何時代的現實主義的靈魂所在。缺乏悲劇意識的現實主義，它必然缺乏深度和力度。劉震雲、劉恒、方方、池莉如果在純客觀的描寫之中不傾注更深層的悲劇感，他們的作品同樣會腐朽，好在我們看到的這些貌似進入「情感零度」的作家們，在其字裏行間迸發出了憤懣的吶喊和啼號，他們並沒有把生活和生命詩化，而是以其批判和鋒芒予以鞭撻。

　　劉心武把張承志、張煒、梁曉聲劃爲「新理想主義」；而把賈平凹的《廢都》和陳忠實的《白鹿原》，以及林白、陳染、海男乃至蘇童、余華、葉兆言都劃爲「新保守主義」。這種劃分是使人難以苟同的，儘管每一「元」中劉心武還有再分類。起碼，像梁曉聲這樣的作家從觀念到技巧都屬現實主義的範疇，就連張煒的小說亦屬這一大概念之中。就不要說像《廢都》和《白鹿原》這樣的作品更具有現實主義的特徵了。更何況將蘇童、余華、葉兆言亦劃爲「新保守主義」，排斥在他閾定的「新現實主義」之外，這不能不覺得這種疏漏是難以說服人的。我們知道，這三位作者，尤其是前二位，在80年代後期曾是「新潮」小說的中堅力量，但是，90年代以來，他們拋棄了以前的寫法，逐漸回到了寫實的位置上來。從他們這兩年的作品來看，回歸到「新現實主義」已成必然態勢，他們的優勢就在於把「新潮」一族的某些觀念和陣法重新融入現實主義之中，形成了自身的特點。如果我理解的不錯的話，可能是劉心武將這三位作者的歷史題材選擇作爲評判其創作方法的尺度了。無疑，在他們的作品中，對歷史的描述尚缺乏批判的力度，他們盡力以中性的客觀態度來冷峻的處理畫面，但在這種氛圍中，我們不可能不體味到作者對歷史的反思，即使是只講求電影畫面效果的張藝謀在重現小說時，亦不能抹去那種沉重的歷史陰影給人的壓迫，亦不能從根本上推翻現實主義的美學原則——「悲劇的誕生」。[8]

　　廿世紀的一頭一尾都在追尋著現實主義新的足跡。如果說五四時期現實主義的實績是在「鄉土小說」領域內以其強烈的犀利的批判鋒芒獲得了爲世人矚目的偉大成就的話，那麼，90年代以來，隨著工商社會給人帶來的困頓和異化，作家們同「五四」作家一樣，又在尋找著失落的「人」。「人」的主題是永恒的，「人」的主題僅僅依賴於現代派的「荒誕表演」是不夠的，卡夫卡的「變形記」雖然深刻，但在中國，似乎還沒有那種現實和藝術的氛圍。無可否認的事實是，從五四的「鄉土社會」的描述爲主點的寫作視角，如今已移位於「都市社會」的人的心態和生存的描摹。作爲農民作家的劉震雲從「塔鋪」走出來，以大寫實的手法描寫了「單位」的「一地雞毛」，直指小市民、小知識分子的生活窘態，武漢的三位作家，方方和池莉無疑是描寫都市市民生態的好手，那麼，劉醒龍這樣描寫「村支書」、「鳳凰琴」的農村題材的作家也開始了都市生活的「傷心蘋果」和「暮時誦課」等的寫作。鄉土作家的大遷徙，既是說明作家希望面對更斑斕更複雜的生活來展示自己的才華，題材「換手」預示著這批作家在重新尋找視點，那怕是用舊視點去和陌生的新生活進行對撞，這樣可能激活創作力。《廢都》就是這樣的產物，其實這是賈平凹面對中國士大夫階層的「文化心態」所表現出的無奈與悲歡。又是說明作家在舊有的鄉土題材中已喪失可存在的優勢，那種相對平靜的生態環境窒息了作家的思路，它似乎已被現實主義所窮盡。鄉村的生活果真已沒有發現新質的可能了嗎？死水般的生活難道找不到它的魅力所在了嗎？或許這是許多鄉土作家們不願作更深刻的現實主義思考的結果吧。即使是鄉村題材作品，我們可以看到這樣一個事實，許多作家們獵奇的故事傾斜，寫匪、寫傳奇式的故事成爲一種泛濫，而真正面對歷史的思考（像《白鹿原》那樣）和對現實人生與社會進行批判（像《平凡的世界》《鳳凰琴》《窮縣》《七品縣令和辦公室主任》等）的作品愈來愈少。其實，中國尚未走出農業社會的陰影，幅員遼闊的鄉土仍然可以養育新一代的鄉土現實主義作家，那裏還是有無盡的寶藏可以供採掘的。當然，我並不是說視點的移位是件壞事，問題是每一個作家都應該找到屬於自己的位置，如果你以爲自己能夠在「都市放牛」一回，也無妨試一試；如果你已經在屬於你的那片沃土中開花結果，又何必再行移植之苦呢？

　　現實永遠在向作家呼喚；現實主義永遠無所不在，問題就在於我們如何去踏勘現實主義新的路徑。當然，我們決不排斥更多的作家去尋覓探索其他創作方法的新路徑，因爲文學已經步入了一個無序的多元格局。

第三節　新寫實主義小說對西方美學觀念和方法的借鑒

一

　　發軔於 80 年代中期勃興於 80 年代後期的新寫實主義（或稱新現實主義）文學運動正在方興未艾地發展著。同時也吸引著文學創作界、評論界以及廣大讀者的注意力。

　　新寫實小說創作的發展呼喚著評論界的關注與投入。儘管，前一時期關於新寫實小說的討論不無分歧，不無爭論，但無論如何，從理論的角度深入研究和闡述正在發展中的新寫實主義小說，畢竟已成爲亟待解決的問題。

　　爲了從理論上說明新寫實小說的淵源和借鑒關係，讓我們先來對新現實主義在世界文學運動中的發展狀況做一簡單的回顧。

　　在整個世界文學的發展格局中，每一次美學觀念和方法的更易，都必然帶來一次文學的更新，這種歷史性的運動使得文學在一次次的衰亡過程中獲得新鮮血液而走向復蘇。尤其是本世紀以來，西方美學觀念和方法變幻之莫測和迅猛，眞有點使人目不暇接，不能自已。誠然，當每一思潮推出一種流派或文本時，難免裏挾著美學觀念和方法的偏激與失誤，但無論如何，它必然是激活這一時期文學創作的最活躍的因子。

　　作爲一種美學觀念和方法，本世紀二十年代出現於德國、美國，後又遍及英法和整個歐洲的「新現實主義攝影」（亦稱「新即物主義攝影」）給西方藝術界吹進了一股新鮮空氣。它鮮明地反對藝術作品中的虛僞和矯飾，摒棄形式主義抽象化的創作方法，要求表現事物的固有形態、細微部分和表面質感，突出其強烈的視覺效果。因此，它主張取材於日常的社會生活和自然風光，揚棄唯美主義的創作傾向，而趨向於自然主義的美學型態。也許，我們今天可以從這個流派的藝術主張及其運動本身中找出許多弊端，但是，這種美學觀念和方法的出現，本身就是一種藝術的進步，它無疑是推動著西方美學和藝術前進的動力。從它對古典主義、浪漫主義、現代唯美主義，甚至現實主義的挑戰中，難道不能看出「新現實主義」美學觀念所具有的強大生命力嗎？

　　本世紀四十年代在葡萄牙興起了「新現實主義詩歌」運動，「新現實主義」美學觀念由詩歌領域而影響到小說領域，形成了強大的衝擊力。葡萄牙的「新

現實主義」美學觀念顯然是與其二十年代後形成的現代主義詩歌運動相抗衡的，它竭力提倡詩歌反映現實生活，揭露黑暗，關心人民的疾苦，尤其是著重描寫下層勞動人民受壓迫的生活狀態。從這個意義上來說，將藝術搬出象牙之塔，使之回歸堅實的大地，是「新現實主義」文學藝術的一個重要標誌。

眞正在西方社會引起了巨大震動的美學運動，乃至於給世界文學藝術帶來了深刻影響的，是在二戰結束後崛起的意大利「新現實主義」運動，儘管這個美學流派首先起源於電影界，但它後來波及到整個文學領域，尤其是使小說領域的創作發生了革命性的變化，這是先前的倡導者們所始料未及的。這次美學觀念和方法的更易，實際上標誌著意大利的又一次「文藝復興」。

首先，就「新現實主義電影」來說，它的美學原則（亦即柴伐梯尼提出的「新現實主義創作六原則」）是：「用日常生活事件來代替虛構的故事」；「不給觀眾提供出路的答案」；「反對編導分家」；「不需要職業演員」；「每個普通人都是英雄」；「採用生活語言」。就此而言，它不僅向傳統的好萊塢電影美學提出了挑戰，開創了電影發展史上擺脫戲劇化走向電影化的新紀元，而且也給西方美學，乃至世界美學帶來了深遠的影響。正如溫伯托‧巴巴羅教授在《新現實主義宣言》中一再強調的「新現實主義」的寫實風格那樣，「新現實主義」的重要標誌之一就是回到生活的原生狀態中來，儘管諸多「新現實主義」作家的美學觀念不盡相同，但是，在這一點上卻是沒有歧義的。

作爲由「新現實主義電影」而波及整個文學領域的這種美學觀念的大遷徙，意大利的「新現實主義」運動一直持續了十幾年，其中小說領域內呈現出的變化成就爲最。它一方面汲取了電影界藝術嘗試的優長面；另一方面又尋覓著小說的「新現實主義」美學特徵。如在追求生活的原生貌，描寫小人物時，十分注意小說的「紀實性」和「文獻性」特點；採用第一人稱敘述手法來強化「眞實感」；注重細節描寫，採用方言、俚語、口語，以打破文本與閱讀者之間的距離；以及對人性悲劇的開掘，都爲後來的世界性小說美學的發展提供了不可忽視的理論依據。

當然，作爲意大利「新現實主義」美學運動，它亦不可能與其傳統和歷史完全阻隔，究其源頭，它和 19 世紀末 20 世紀初的意大利「眞實主義」美學運動有著淵源關係，而眞實主義又與法國的自然主義有著血緣關係。在客觀、忠實地再現生活的原生狀上，它們有著驚人的相似之處。

作爲世界性的美學運動慣性，再現和表現的藝術美學觀始終處在一種對

抗性的運動中，兩種態勢的消長當然是與社會哲學思潮分不開的，兩者的此起彼伏構成了美學史的浪形發展線條。本世紀六十年代在法國這個現代主義的溫床上同樣產生了「新現實主義」（亦稱「新寫實主義」）的造型藝術，當然，值得注意的是，這種「新現實主義」是融進了「現代」表現成分的再現藝術，但是，它在表現生活原生態上卻和所有的「新現實主義」者一樣持中性客觀之立場。正如它的理論創始人雷斯塔尼闡述的那樣：「新寫實主義是不用任何爭論，而忠實地記錄社會學的現實；不用表現主義或社會寫實主義似的腔調敘述，而是毫無個性地把主題呈現出來。」〔註4〕這種美學觀念甚至將其創作方法推向了「再現」的絕境，如以塗滿顏料的裸女平躺在畫布上蠕動形成的造型，就是這種美學觀念走向極致的表現，這究竟是其藝術的進步，還是倒退呢？由此，要特別提出的是，爲了對這一藝術流派表示不滿，而在七十年代產生的另一個藝術流派「變異現實主義」的美學運動。正是由於它對純再現或純表現的藝術表示出反感和厭倦，所以七十年代的「變異現實主義」發展了「新現實主義」的美學原則，以寬容的胸懷吸納了「現實」和「現代」的美學觀念和方法，將兩者加以融合，在不違背再現的美學原則下，與現實拉開距離，融會 20 世紀以來諸「現代派」的表現成分，如誇張、變形的手法。由此，使我們想到了同時期「拉美爆炸後文學」對於西方文學的借鑒，其要義就在於拉美文學在美學觀念和方法上融傳統的再現與現代的表現爲一爐，而形成了本民族文學的新特點。這種有機的結合，無疑是給中國 80 年代後期的「新現實主義」小說提供了美學觀念和方法的抉擇依據。

可以毫無疑問地說，在西方，每一次美學觀念和方法的更迭和反動，都意味著藝術的進步和騰飛。「新現實主義」作爲活躍的藝術因子，無疑是推動著歷史前進的巨大美學動力。

二

中國新文學運動的發軔期顯然是選擇了西方的傳統現實主義的美學觀念和方法作爲創作主體的。然而，作爲一代新文學的先驅者，無論是魯迅，還是茅盾，他們雖然並沒有在理論上提出現實主義的新意來，然而在其創作的實踐中，卻不拘泥現實主義的美學觀念和方法，如魯迅的《狂人日記》《兄弟》

〔註4〕 Willy Rotzlen：《新寫實主義》，《物體藝術》，吳瑪悧譯，遠流出版社 1991 年版，第 48 頁。

《野草》等就明顯地帶有象徵主義和現代表現成分。而茅盾早期的《蝕》三部曲和短篇集《野薔薇》中的表現成分亦甚濃鬱。更不必說浪漫主義詩人郭沫若了，他在古典浪漫主義的詩情中融入了「現代派」的表現成分。所有這些，說明了五四時期現實主義的規約性在中國的文壇上並沒有嚴格的綱領，許多優秀作品是不能完全用傳統的現實主義理論去規範的。

這裡須得順便提及的是幾乎和中國新文學運動同時的日本文學中所出現的「新現實主義」思潮，這是一九一六年由「三田派」、「奇跡派」和「新思潮派」所供奉的美學信條，其代表人物是日本現代文學中的著名作家夏目漱石、芥川龍之介、菊池寬、久米正雄等。其美學思想是努力表現現實生活，直面人生，揭露社會矛盾和社會弊端，客觀地描寫出社會的面貌。其實，這種美學觀念基本上是沿襲歐洲批判現實主義的路徑，並非與傳統的現實主義有本質上的區別，之所以在日本標以「新現實主義」旗號，則是爲了表明和「耽美主義」文學及「白樺派」文學的美學觀念相徑庭。這和中國五四時期的許多「人生派」小說是一脈相承的，其美學的淵源明顯是批判現實主義。

中國的現實主義理論體系直到三十年代「左聯」成立以後，才由一批理論家從「拉普文學」理論中閾定出一整套規範，但這一規範卻難以運用到具體的文學創作中。而隨著三十年代前後的小說視點的轉移和下沉，人們把丁玲創作的小說《水》作爲中國現代文學史上的「新現實主義」力作。如果將這一創作現象進行重新審視，我們以爲這個提法並不科學。首先，它並未形成一個有傾向的創作群體；其次，亦無創作上的美學綱領；再者，它所運用的美學觀念和創作方法完全是舊有的現實主義體系。在中國，無論是哪次現實主義的論爭都未能逾越「寫什麼」的理論範圍，所謂「現實主義的深化」也好，「廣闊道路」也好，都很少涉及過「怎麼寫」這個具有美學觀念和方法的根本轉變的命題。只有到了 80 年代，中國的理論界才眞正觸及了這個關鍵性問題。我們並非是說美學觀念不包含「寫什麼」，而是說它更強調「怎麼寫」。

不必去描述 80 年代以來的小說技術革命，就八七年前後在中國文壇上興起的「新寫實主義」小說創作而言，無疑是凝聚著中國幾代作家的深刻思考的藝術結晶。在 80 年代的短短十年中，中國的作家和理論家在美學觀念和方法的不斷更迭中，幾乎是跨越了西方一個多世紀的歷程。它總結了中國新文學運動七十年來的全部經驗，完成了美學史上的一次大的飛躍。

在「新現實主義」小說之前，中國文壇經歷了「尋根文學」運動和「新

潮文學」運動，這兩極美學觀念和方法的衝撞所閃耀出的炫目火花，便使得中國的一批小說家在冷靜的思考中，攫取了「新現實主義」的美學觀念和方法，來更新中國文學，以取得創作的活力，乃至取得與世界文學進行對話的可能。

　　如果說西方本世紀歷次「新現實主義」美學思潮都是在對「現代派」藝術表示出強烈反感和厭倦的背景下展開的對寫實美學風格的回歸的話，那麼在每一次美學流派的運動中對舊現實主義的美學理解卻並無實質性的進展。換言之，也就是「新現實主義」中的美學新意並不突出，即便是像意大利的「新現實主義」對世界電影產生過如此巨大的影響，但必須指出的是，它的美學觀念主張並沒有逾越現實主義（包括批判現實主義）內容的界定，作家們站在人道主義的立場來反映普通人的生活，來揭示社會生活，這些和傳統的現實主義並無區別。所不同的是，作家在強調真實性時，更趨向於表現生活的實錄和原生狀態，所謂「把攝影機扛到大街上去」的口號便是他們走向現實主義另一個極端的表現。而在整個創作方法上，「新現實主義」的各流派基本上是完全拒絕現代主義表現成分侵入的。在這一點上則和中國 80 年代後期掀起的「新寫實主義」小說創作浪潮截然不同，因為 80 年代的中國在經歷了現實主義幾十年的統治後，又經過了現代主義的洗禮，所表現出的美學態度有極大的寬容性，當然，這也和世界美學發展的潮流有著密切的關係，四十年代的「新現實主義」的倡導者們是絕不可能以高屋建瓴的美學姿態來把握人類美學思潮發展的歷史進程的。因此，當 80 年代中國的「新寫實主義」倡導者們在重新把握這一美學潮流時，便滿懷信心地要表現出現實主義的新意和新質來。這種新意和新質就在於他們在其美學觀念和方法的選擇中，著重於將現實主義和現代主義的美學觀念和方法加以重新認識和整合，將兩種形態的創作方法融入同一種創作機制中，使之獲得一種美學的生命新質。由此可見，採取這種中和、融會的美學方法本身就成為一種新的美學境界。我們之所以在前文順便提及了西方（造型藝術的）「變異現實主義」與以往「新現實主義」的美學觀念主張的不同點，就是因為它更有生命力，而關鍵就在於它能以寬容的胸懷融會兩種對立的美學觀念和創作方法，使藝術呈現出的新質更合乎美學史發展的潮流。同樣，中國的「新寫實主義」小說的倡導者和實踐者們亦從未拒絕對於被歷史和實踐證明了的有著強大生命力的現代主義美學的吸納和借鑒，並沒有一味地回覆現實主義（包括批判現實主義）的

美學傳統。換言之，他們對於現實主義的超越就在於不再是機械的、平面的、片面的沿襲現實主義的傳統美學觀念和方法，而是對老巴爾扎克以來的所有現實主義美學觀念加以改造和修正。倘使沒有這個前提，亦就談不上現實主義的「新」。

首先，在現實主義的眞實性上，中國「新寫實主義」的倡導者們與一切傳統的現實主義者的美學觀念有著相異之處。在他們那裏，眞實性不再摻有更多的主觀意念，不再有精心提煉和加工的痕跡，而更多的是對於生活原生狀態的直接臨摹，帶有更多的那種生活中的毛茸茸的粗糲質感。作爲藝術作品中的主觀意念基本上處於隱匿狀態，這是和意大利四十年代的「新現實主義」的重要區分標誌。意大利的「新現實主義」雖然在創作方法上也強調直接表現不事加工雕飾的生活原生狀態，但它卻有著異常鮮明的主題內涵，作家的主觀意念是一目了然的。而中國的「新寫實主義」者卻在創作實踐中盡力使自身進入「情感的零度」。當然，一部作品不露出任何「表情」的痕跡，則是曠世所絕無的。問題的關鍵就在於怎樣隱敝好創作主體的意念，使之不侵入、不介入小說自身敘述的流暢線條，這是中國「新寫實主義」者們努力追求的美學觀念和創作方法。這一點，正是恩格斯在一個世紀前就提出的那個現實主義的要義：觀點愈隱蔽則對作品愈好。隨著時代的發展，人們認識事物的本質就愈迫近眞理。對眞實性的認識，中國的「新寫實主義」者們當然亦不滿足對於生活表象眞實的臨摹。揭示人的心理眞實，成爲本世紀後期西方社會普遍關注的焦點，現代主義的藝術創作爲之打開了這一美學通道。在這裡，對於眞實的人的描寫不再局限於對人的外部描寫，而是更注重對於人的內宇宙的開掘，這種對人的心理深層意識的放大性描寫不僅是人類文明的一種進步，而且也是美學發展的一種進步。有如劉恒的許多小說就像海明威利用「冰山」理論塑造人物那樣，它的意義全在於表現一個完整的人。爲此，中國的「新寫實主義」者們不僅從人的外部世界的描寫中獲得普遍的可讀性文本效果，同時也選擇了對人的內宇宙，包括潛意識世界的深層探索。這樣，使其不僅僅在一個層面獲得美學的自由，而且使得這種文本更具有立體的美學效果。由此可見，這裡的現實主義既有左拉式的自然主義和老巴爾扎克式的批判現實主義的形態，又有喬伊斯式的意識流和馬爾克斯式的魔幻色彩和形態。由此，眞實性不再成爲一成不變的靜止固態的理論教條，而呈現出的是具有流動美感的和強大活力的氣態現象。你能說哪一種眞實更接近

藝術的和美學的眞實呢？中國的「新寫實主義」者們打破的正是眞實的教條和教條的眞實，從而使眞實更加接近於美學的眞實。

其次，在對待現實主義的典型說方面，和一切「新現實主義」的流派一樣，中國的「新寫實主義」亦是持反典型化美學態度的，這一點當然不能不追溯到中國半個世紀來對恩格斯典型說的曲解和實用主義美學觀的強加過程。由於對那種虛假的典型人物表示厭倦和反感，像方方和池莉這樣的女作家便乾脆以一種對典型的藐視和鄙夷的姿態來塑造起庸俗平凡的小人物，這多少包含著作家的一些對典型的褻瀆意識。與西方「新現實主義」諸流派亦主張寫小人物不同的是，方方們並沒有將筆下的小人物作為「普通英雄」來塑造，而是作為具有兩重性格的「原型人物」來臨摹。這又和批判現實主義者筆下的「畸零人」有所不同，雖然有時他們亦帶有「多餘人」的色彩，然其並非是被社會和作者、讀者所拋棄的人物塑造。正因為他們是生活眞實的實錄，是帶著生活中一切眞善美和假惡醜的混合態走進創作內部的，所以，人物意義完全是呈中性狀態的，無所謂貶褒，亦就無所謂「英雄」和「多餘人」。從所謂的「新寫實主義」的創作中，我們看不到「英雄」存在的任何痕跡，在具體的描寫中，一俟人物即將向「英雄」境界昇華時，我們就可看到作者往往掉頭向人物性格的另一極描寫滑動。這種美學觀既是中國特有的社會哲學思潮所致，又包孕了中國「新寫實主義」小說作家在一個多世紀的美學發展中的必然選擇，這種選擇的正確與否，在中國美學發展中尚不能做出明確的判斷來，但就其創造的文本意義來看，我們以為這種選擇起碼是打破了現實主義典型一元化的美學格局，從而向多元的人物美學境界進發。

再者，是對現實主義的悲劇美學觀念的顛覆。就西方歷次的「新現實主義」的美學運動來看，對待現實主義悲劇美學觀並無本質上的改變，它們基本上是採用了亞里士多德「引起同情和憐憫」以及朗吉弩斯「崇高」的悲劇美感來渲染作品，使現代讀者沉涵於古典悲劇的美感情境的陶冶之中。而中國的「新寫實主義」是在 80 年代經歷了西方文化哲學思潮的強大衝擊後，尤其是在尼采、弗洛伊德、薩特的哲學「血洗」過中國思想界後，面對著退卻的思潮，站在即將跨入二十一世紀的現代中國人的心理場上，他們對悲劇的理解試圖賦予其現代性，使之呈現出人類對悲劇的新解。對尼采悲劇美學觀的採擷，中國「新寫實主義」者們基本上是擯棄了尼采悲劇中的「日神精神」而直取「酒神精神」之要義，悲劇讓我們相信世界與人生都是「意志在其永

遠洋溢的快樂中藉以自娛的一種審美遊戲」；酒神的悲劇快感更是以強大的生命意識去擁抱痛苦和災難，以達到「形而上的慰藉」；肯定生命，連同它的痛苦和毀滅的精神內涵，與痛苦相嬉戲，從中獲得悲劇的快感。在這樣的悲劇美學觀念的引導下，劉恒的《伏羲伏羲》、王安憶的《崗上的世紀》、方方的《風景》、池莉的《落日》等等作品才顯得更有現代悲劇精神，因為這樣的悲劇不再使人墜入那種不能自拔的美感情境之中而一味地與悲劇人物共生死，陷入作家規定的審美陷阱之中，而它更具有超越悲劇的藝術特徵，作家對悲劇人物的觀照不再是傾注無限同情和憐憫的主觀意念，「崇高」的英雄悲劇人物在創作中消亡。作家所關注的是人的悲劇生命意識的體驗過程，以及在這一過程中咀嚼痛苦時的快感，這就是我們理解《伏羲伏羲》這類悲劇時觀察作家「表情」的關鍵所在。一般來說，在中國「新寫實主義」小說創作的文本中，我們看到的是大量的「形而下」的悲劇具象性描寫，卻很難體味到那種「形而上的慰藉」，這恰恰正是作者們刻意追求的美學效果。從接受美學來看，讀者參與可以就其藝術天分的高下而進入各個不同的閱讀層面，但這絲毫不影響小說「形而上」悲劇美學能量的釋放。

同樣，弗洛伊德的心理學給中國「新寫實主義」小說的悲劇美學提供了新的通道。對於我們這個「集體無意識」異常強大的民族來說，無疑，潛意識層面的開掘給現代人的心理悲劇帶來了最佳的表現契機。而中國的「新寫實主義」者們有效地吸收了本世紀以來所有現代主義對弗氏理論的溶化後的精華，從潛意識的角度去發掘現代人的悲劇生命流程。從這個意義上來說，悲劇心理學的美學觀照呈現出的人的悲劇動因則再也不是現實主義悲劇的單一主題解釋了，而是呈多義、多解的光怪陸離狀態。藝術家並不在悲劇的結局中打上個句號，因此，悲劇美的感受就不能在某一悲劇的疆域裏打上個死結。由此來看《伏羲伏羲》和《崗上的世紀》這樣的作品，生命的心理悲劇流程就像一道光弧，照亮了「新寫實主義」小說的一個描寫領域。

當然，像「尋根」和「新潮」小說那樣一味取用薩特的哲學觀而創作的「荒誕悲劇」作品，在中國「新寫實主義」小說這裡並沒有得到充分的張揚，也許是「新寫實主義」小說家們從根本上忽視了這個「存在與虛無」的美學觀。在「新寫實主義」小說那裏，「他人即地獄」，現實是醜惡的、荒誕的，藝術就是要超越現實痛苦的存在主義悲劇觀念並不完全適用。雖然「新寫實主義」小說亦表現現實中的醜惡和荒誕，但其超越的並非是生活現實本身，

而是盡情地在和現實生活痛苦的嬉戲之中來完成悲劇精神的超越。回到現實生活的苦難過程之中，成為「新寫實主義」小說悲劇創作的宗旨之一。

三

就西方「新現實主義」的創作方法來看，除了上述的七十年代的「變異現實主義」在方法上注重形式美的變異外，其他諸流派在這個領域內均無建樹，而創作方法若沒有新的突破，現實主義也就難以體現出它的新意和新質來。作為現代主義的美學潮流，它為什麼在本世紀呈現出如此強大的生命力，這在閉關鎖國的中國確是一件使人難以理解的現象。80年代初風起雲湧的「現代派」創作熱潮亦證明了現代主義美學在中國的文學土壤上有著較大的存活力和生命力，一直到「新潮」小說的雲起雲飛，歷史將一次次證明現代主義的美學觀念和方法並不是洪水猛獸，它是人類藝術文明的新結晶。同樣，作為運動了幾個世紀的現實主義也是人類藝術文明的寶貴遺產，倘使拋棄它，也同樣是對藝術的褻瀆和對文明的摧殘。唯此，中國的「新寫實主義」小說的倡導者們在具體的創作方法和技巧上採取的是兼容並蓄的藝術策略，也就是說，在現實主義的基本敘述框架中，融會和吸收了現代主義的諸多表現型的技術成分。這種敘述模式的轉換給現實主義的純再現型技巧注入了新鮮血液，使之更有其生命的活力。這種非驢非馬的「雜種」，並非是毛澤東提出的藝術「兩結合」的美學觀念所能簡單闡釋的，它所呈現出的是藝術技巧的雜多，奏響的是美感的「多聲部」，是眾多美學方法技巧的精彩樂段的有機組合。這一點就連拉美文學之父豪爾赫‧博爾赫斯也清楚地意識到了，他以為現代小說就是要全方位地來觀察世界，描繪氛圍和網結人事，打破依靠因果、性格的刻畫來平面敘述小說故事的模態。如果追根溯源，第一個將現代派小說技巧植入現實主義作品的偉大作家當是陀思妥耶夫斯基，他的小說被巴赫金評論為「複調」小說，這才使現實主義小說有了新意和新質，難怪既有人將他作為現實主義大師，又有人將他認作現代派的鼻祖。由此可見，中國的「新寫實主義」小說創作所採取的這種美學方法技巧的轉換，於中國的文學藝術發展來說，應是一種進步的表徵。

我們曾在《新現實主義的小說的掙扎》一文中強調過中國「新現實主義」小說在敘述模式轉換中所採用的結構形式。首先是打破了小說故事的情節鏈和因果鏈，也就是說，往常現實主義的那種貫穿於小說始終的中心故事情節已被拋棄，代之的是一些散在的瑣碎的故事情節的「亂序狀態」，但這並不是

現實主義的大故事套小故事的藝術匠心所在，亦非那種刻意追求的「散文化」手段，而是作者故意營造的小說敘述氛圍，他們像拆散機器零件一樣，將一個個情節和細節的單元鋪排在讀者面前，讓你自己去拼合組裝成你所需要看到的期待故事，但有一點是可以肯定的，這就是在讀者的重新組裝下，這些零件仍可作為一個較完形的故事展現在你的面前。雖然它造成了「閱讀障礙」，但這絕不是如同現代派的小說那樣不具備情節故事的還原功能。當然，有一些「新寫實主義」小說走得較遠，它們直接破壞了小說時空的「有序格局」，使之呈現出更強烈的不規則「亂序格局」，這種語碼的破譯和歸整顯然比一般意義上的「新寫實主義」小說更有難度，須得讀者細心把握每一個情節和細節，作出較為吃力的判斷，方可以還原故事。歸根結底，它的美學觀念決不是以世界不可知為哲學基礎所可以解析的。

如果說作為敘事文學的敘述模式發展到今天已呈三種態勢：（1）敘述者〉人物（亦稱「後視角」或「非聚焦」、「零聚焦」，也就是現實主義的全知全能視角）；（2）敘述者＝人物（亦稱「同視角」或「內聚焦」，也就是所謂「複調小說」的理論基礎）；（3）敘述者〈人物（亦稱「外視角」或「外聚焦」，這是採用「局外人」的觀察點來消滅敘述者的方式）。那麼，中國的「新寫實主義」小說基本上是擯棄了第一種敘述模式，而趨向採用第三種模式，這就是為什麼許多評論者一再強調「新現實主義」小說所進入敘述的「情感的零度」的緣由。其實，從表面上來看，許多中國的「新寫實主義」小說作家都試圖用這種敘述模式來達到對那種「有意味的形式」的探索，然而，你從小說的具體敘述語境中卻還是能找出那個「隱形的敘述者」來。如在劉震雲的《故鄉天下黃花》中，你很可以從那種充滿著反諷結構的語境中找出一個戴著人格面具的「敘述者」來。由此可見，第三種模式的「外視角」雖然是區別「新寫實主義」和舊現實主義創作方法的重要標誌，但卻不能將其看做是「毫無表情」的敘述。我們以為早期的自然主義和現代主義不可能達到的美學目的，在「新寫實主義」小說中同樣也不能實現，也許這種文學永遠不可能產生，因為作者選材的本身就預示著「表情」的誕生。

值得注意的卻是，在「新寫實主義」小說創作中有少量的作品採取了第二種敘述模式，這種具有「複調」意義的小說為開掘現代人的心理闕作出了有益的示範。譬如航鷹在寫作《老喜喪》時，完全用各個人物的「內心獨白」來構成一個完整的外部世界，同時也構成一個完整的情節故事，這種戴著鐐

錄的嘗試，無疑是受了巴赫金「人物主體性」理論的影響，在「有意味的形式」中，使得一部本是徹頭徹尾的現實主義小說，變得更有美學的韻味。這不僅僅是在於航鷹掙脫了舊我的束縛而走向美學的自由，更重要的是，她所提供的文本，對於「新寫實主義」小說的創作具有一定的開創意義。

中國的「新寫實主義」小說在繼承現實主義對細節的具象描寫中，也有機地融進了現代派的諸多表現手法，如象徵、隱喻、荒誕、神話、幻覺、通感、意識流……技巧的運用，這就大大豐富了「新寫實主義」小說的表現力，這就使得許多讀者在閱讀這類作品時，如果僅以一種尺度去衡量作品，就會發生歧義。如方方的《白霧》發表後，就有兩位理論家在《人民文學》上爭論不休，一個認為作品是現實主義的，一個以為作品是現代主義的。當然，各種論爭並不妨礙對作品的解讀，但是，看不到「新寫實主義」小說作者們對於兩種形態的寫作技巧的融會和糅合，則是對「新寫實主義」美學方法的「誤讀」。和現代派的表現技巧相比較，「新寫實主義」小說作家們小心翼翼地排斥了那種狂轟濫炸式的切割、變形和誇張對故事的破壞，有節制地吸收了可以與現實主義「雜交」的現代主義表現因子，遂使現實主義呈現出新意和新質來。羅蘭‧巴爾特把作品分為「可讀的文本」和「可寫的文本」兩大類，前者是指以傳統現實主義法寫成的作品，後者是指用現代手法寫成的作品，對它的解讀是要求讀者共同參與的。如果只選取前者，那麼小說就失卻了現代美學的韻味；而只取後者，明顯地又失卻了作為小說本質的可讀性。因此，失卻任何一方都將是現代小說的悲哀。而「新寫實主義」小說的美學選擇恰恰是彌補了兩者之間的缺陷，它能否標示著現代小說進人二十一世紀的美學趨向呢？！

誠然，中國的「新寫實主義」小說創作和理論歸整仍在不斷的繼續和完善之中，但我們相信它的藝術生命並不是短暫的，因為它是人類文明發展到本世紀末的深層藝術思考和美學抉擇。它絕不是帶有極大偶然性的只有流派意義的小說創作現象。

四

新寫實主義作為一種文學運動，產生於 80 年代中後期對現代文藝思潮的借鑒和融會的浪潮中，絕非偶然。時至 80 年代中後期，新寫實主義小說在借鑒、融會西方美學觀念和方法上，確實已經具備了外部和內部的條件。

首先，它發生於新時期改革開放進一步深化的大背景下，是新時代的讀

者和歷史觀對文學重新選擇的結果。一個不言而喻的事實是，在改革開放的條件下，西方大量哲學、文學思潮和生活觀念的湧入，使得我國的社會生活從政治、經濟到人的價值觀念、倫理道德觀念發生急劇而又深刻的變化。十一屆三中全會之後，黨的關於改革開放的總政策不僅給我國的政治生活、經濟生活帶來巨大的變化，促進了政治民主化的進程，使得學術的多樣化逐漸成爲可能，使一向沉悶、發展緩慢的經濟得到了空前發展的活力，而且人們的衣食住行以至穿戴打扮等方面，都打破了單一化規格化的格局，而呈現它多彩多姿生動活潑的狀況。改革和競爭也打破了慣有的時間概念，大大加快了生活節奏。而隨著實際生活發展的變化，隨著中西文化的交流融會，關於人的價值觀念、倫理道德觀念直至文化觀念也相應地發生了迅猛的變化。長期以來，在怎樣看待人和人的價值，又怎樣對待愛情、婚姻、家庭上，都明顯地存在著封建主義和資產階級的思想影響，在文化的價值取向上，也存在著許多「左」的簡單化的政策影響。唯有改革開放的政策，方能像強勁的東風，吹散了長期彌漫在這一領域裏的重重的迷霧。

　　但是，光有社會生活和文化價值的變化，光有種種新思潮的湧入，顯然也不能說明新寫實主義小說浪潮興起的內在動因。討論任何文學思潮的消長變化，都離不開作爲創作主體——作家的變化。大家知道，在新時期的作家群體中，最爲活躍且最爲引人注目的當是一批卓有才華的中青年作家。這批作家在經歷上在學識修養上，與解放前戰爭年代湧現的前輩作家們的一個顯著不同，便是在改革開放的總背景下，在傳統文化的基礎上，有更多機會接觸西方現代的社會思潮、文化觀念、思維方式和藝術表現方法等等。這樣，便使這些年輕作家在批判地吸收西方現代文學養料方面多了一個參照系統，有更多的機會在借鑒、融會中完成新的創造。

　　如果我們對新寫實主義小說創作的作家群體稍加考察，便不難發現，站在這面文學旗幟下的作家們大都是一些年齡在四十歲以下，八七年前後在文壇嶄露頭角的青年作家。他們當中，固然不乏插過隊、當過兵的角色，但更多的卻屬於更年輕的一代。不管是從現實主義根基上逐漸走向新寫實主義的作家（如劉恒、劉震雲、方方、池莉、李曉），還是從新潮作家逐漸向新寫實靠攏的作家（如蘇童、余華、葉兆言），他們都是中國新時期以來最易從西方現代派文學中吸收養料並借鑒、融會到自己創作中來的作家。運用現代意識，並適當借鑒現代派表現技法，以創作適合於目前中國新讀者的閱讀需要的作

品，乃是他們共同追求的目標。這共同追求的目標，正是形成新寫實主義文學浪潮的根由之一。

從文化融會角度看，新寫實主義文學浪潮本可說是傳統現實主義文學與西方現代主義文學相互借鑒、相互融會和互補的結果。儘管，在完成這種借鑒和融會過程中，每個作家成就不一，儘管新現實主義本身也還存在著諸多不足和缺陷，但在如何對待這一新的文學浪潮的問題上，我們願意摘引魯迅先生在著名的《文化偏至論》中說過的一段話作為本文的結束語：

> 明哲之士，必洞達世界之大勢，權衡較量，去其偏頗，得其神明，施之國中，翕合無間。外之既不後於世界之思潮，內之仍弗失固有之血脈，取今復古，別立新宗，人生意義，致之深邃，則國人自覺至，個性張，沙聚之邦，由是轉為人國。〔註5〕

第四節　平民本位文化與反智寫作

提起新時期以來文學中的現實主義潮流，我們常常會想起「新寫實」。今天來看，「新寫實」小說的影響的確不可低估。80 年代有個說法，叫「現實主義的嬗變」，其實，真正的「嬗變」是從「新寫實」開始的，也正是從「新寫實」起，我們才擁有了一種不同於傳統的現實主義寫作，這一點，從 90 年代所謂的「後寫實」小說，可以看得更清楚。

這裡需要說明一下：所謂「後寫實」，我們特指沿襲了「新寫實」的某些風格但與之相比又有些明顯變化的 90 年代現實題材小說。90 年代現實題材寫作代表作家有兩類，一類如張欣、劉醒龍的「新都市」、「新鄉土」小說，另一類，則如晚生代中的何頓、朱文、述平以及韓東的一部分小說。對前一類，沿用傳統的「現實主義」稱號大致不會有什麼異議，對後一類，情況則比較複雜，說是「現實主義」吧，那種傳統的現實主義精神在它那裏又找不到，說不是吧，它又有許多現實主義的外在特徵，如現實生活反映、寫實特徵等等，基於這種困難，我們只好用一個十分含糊的術語給它命名：後寫實。

我們還是追根溯源說起。「新寫實」之所以會在 80 年代晚期異軍突起，

〔註5〕魯迅：《文化偏至論》，《魯迅全集》（第一卷），人民文學出版社 2005 年版，第 57 頁。

與當時的文學困境有關。「文革」後的文學第一個本能選擇是回歸：回到現實主義批判傳統，乃至回到人道主義傳統，這由「傷痕」、「反思」、「改革」等等文學潮流完成，文學向兩個維度突進：一是歷史苦難，回歸對弱小人物的人道主義關懷傳統，一是現實生活，重樹對當下生活的關注與干預傳統。

隨後，所謂「紀實文學」興起，文學對外部世界的關注視角一步步拉近，最後怪圈般回到了新聞記錄式的現實生活最新報導，文學從癡迷於「社會轟動效應」的效果，而逐漸走向了自己的反面，於是再也「深化」不下去了。其實這種寫作的危機在當時就由另一股文學潮流——所謂「先鋒派」（或又稱「實驗小說」、「現代派」）表徵了出來。正是反感於文學醉心對外部共同關注對象的新聞式追逐，先鋒文學才打出了「回到內心」的旗號，當時文學界流行的「向內轉」說法，與此不無關係。先鋒文學打破了現實干預的一維視角，而多方位展示了人的幽秘心理和心靈，同時，它對文體的探索，對語言的解放也功不可沒。只是到了 80 年代晚期，先鋒文學在語體開掘與意義、感覺個人化的路上越走越遠，在疏離了當下的同時還一步步疏離了讀者，終於走向了自身的末路。

傳統現實主義——也就是批判現實主義，「深化」不下去了，「先鋒文學」的探索與實驗也難以為繼（事實上也已後繼乏力），文學在內外兩個向度均遭逢危機，它不得不去尋找新的突破。正是在這種背景下，「新寫實」猶如一針強心劑，一下子使陷入困頓中的文學又勃興起來，成為許多作家（引人注目的是，其中很多先鋒作家）的轉向性寫作選擇。

平民本位寫作的確是「新寫實」的一大內在特徵。從這個角度，對諸如「取消深度」、「消解意義」等等批評可能更好理解。其實，「新寫實」小說作為平民本位寫作，與「深度」、「意義」、「價值」等等知識分子本位文化術語有錯位之處。以知識分子的眼光去向它要求「深度」與「意義」，無疑會導致誤讀。即使「新寫實」有什麼「深度」或「意義」，那也是從屬於平民本位文化系統，必須從平民本位角度去理解。換一種說法，「新寫實」是寫給平民百姓而不是知識分子看的。當然，這樣說可能誇大甚或理想化了「新寫實」的平民本位程度。因為，作為知識分子文化活動的產物，「新寫實」尤其是前期的某些典範作品，仍然有遮掩不住的知識分子價值傾向，像池莉、方方對底層小人物生活的關注與肯定，劉震雲對卑瑣人格心理的反諷，蘇童「楊柏系列」中對知識分子當代命運困境的無奈揭示……，均不知不覺流露出小說主

體背後寫作主體的居高臨下目光。但到了後期的「新寫實」小說中，這個目光漸漸黯淡下去，乃至完全消逝不見，平民視角主宰了文本的裏裏外外，平民的悲喜哀樂成為主體性內容，知識分子的干預視線被大量的日常瑣屑流程淹沒、消解掉了，甚至成為一種多餘的存在。

當下不論是在張欣、劉醒龍的回歸傳統現實主義小說中，還是在何頓、朱文、韓東等「後寫實」小說中，對知識分子漫畫式的諷刺與輕蔑的確比比皆是，但有一點需要區分：前者其實是以知識分子目光進行「反智寫作」，而後者的「反智寫作」則更多帶平民本位文化色彩，當然它也有不同體現：何頓是比較純粹的平民視角，知識分子自然無法在平民本位文化中佔據主角地位，朱文、述平等則有文化流氓無產者（或如時下某些評論家的稱呼：文化痞子）傾向，朱文的粗鄙化寫作故意將知識分子痞化，述平等則將知識分子視為現代都市文化街頭一個冷漠的「多餘人」看待。兩人的「反智寫作」中均暗含一種文化虛無傾向，而這是為何頓所無的。事實上，我們說的「後寫實」傾向，主要指的也就是這種文化虛無傾向。

作為知識分子中一員，我讚同知識分子的自我調整與重新定位，以及在此過程中的門戶清理，因此我肯定「反智寫作」的意義，但，當此種寫作走到了取消知識分子文化維度的地步時，我無法接受，尤其是當它成為一種主導性時代潮流和小說創作潮流時，我不能不產生憂慮。需要補充一點：「反智寫作」不僅存在於張欣、劉醒龍以及「後寫實」小說中，還非常奇特地體現在「二張」的作品中。在「二張」那裏，「反智」——反對自身之外的知識分子，認為他們已經墮落、叛賣、變節——成為自我肯定的前提，他們通過一種「天下皆濁唯我獨清，世人皆醉唯我獨醒」的姿態，來將自己打扮為永遠不會墮落的英雄、「永遠不倒的旗」，永遠和下層平民百姓站在一起並肩戰鬥的唯一優秀知識分子——「大地之子」。這種「反智姿態」在我看來也是大有疑問的。不過，與「後寫實」相比，「二張」的姿態中畢竟還保留了一個鮮明的知識分子視角（儘管已經「鮮明」得過了頭），儘管是一種未經自我反思、自我批判的視角，但從我的情感來說，仍要我在「二張」與「後寫實」中一定作一選擇，那我寧願選擇「二張」——雖然從學理上我明白，這種非此即彼的選擇是不成立的。

由於「反本質化」，這種現象學表現有其新穎之處：這成為人的存在體現，一下子將人還原到了活生生的具體生存。當然，它也不是無可指責之處，如

日常現象的漫漶似有將另一「現象」──人，淹沒之勢，同時「中止判斷」之後，日常現象並未如胡塞爾、海德格爾所說的回到「澄明本真」之境，相反，它們僅僅成為平面現象的堆砌，而這種淺薄現象學寫作，其實是反現象學的。

「回到事物本身」，這在當年的現象學運動裏，曾是一個非常誘人的口號。當然，它只能表明一種努力意向，永遠不可能實現。因為，在「本質／先驗」雙重還原之後，「事物本身」是什麼樣子，誰也不知道。當下的現象學寫作，既有王世城所指出來的重要意義，同時也必然會有它的局限。我們還是不忙對這種寫作作出「一刀切」的價值裁斷吧，對它保持關注，靜觀它的發展，同時說出我們對它的看法與期待，這種姿態可能更適合我們。

近一二年來，一批山東、河北的作家，即如李貫通、劉玉堂、趙德發、何申、關仁山等人的小說創作，引起了人們的關注和興趣，於是便有了「現實主義回歸」的說法。提出這個觀點，我覺得從某種程度上講有一定的依據。但是現實主義真的「回歸」了嗎？事情好像沒有這麼簡單。現實主義在中國的命運，是眾所周知的，它是否真正施行過，是一個問題，即使施行，也是非常短命的，尤其是批判現實主義在中國很難立足，三十年代剛剛興起來，就被左傾文學思潮取而代之。到了 50 年代以後，真正意義上的現實主義，一旦與主流話語對撞，馬上就被消滅掉了。80 年代末的「新寫實」，我認為是對舊寫實主義的一次回歸，但尚且沒有回到 19 世紀以後包括自然主義在內的寫實精神中去。因此，從這個意義上說，「現實主義」也許是個常提常新的話題。

講現實主義，或「現實主義回歸」，必須有所限定。至少要在文學內部的變化規律上考慮，從寫作者的審美立場的選擇上考慮。前幾年「個人化」寫作已經對接受主體形成了一種閱讀的審美疲勞，而現在另一部分面對現實生活的作家，包括寫鄉土題材的、寫社會基層問題的、寫市民生活的作家，他們從「潛在」的寫作中，開始構成一種新的寫實性思潮，並產生了新的文學審美時效，從而與個人化的「私語性」寫作形成了「公開」的審美對抗，這是正常的文學現象。

山西的王祥夫，因為他的《雇工歌謠》等而被稱為「新山藥蛋派」，這就暗示了這批作家的「寫實」的「現實主義」屬性。但這批小說是不是要回到趙樹理的「寫實」呢？恐怕不是。趙樹理認為他的作品是地攤文學，是趕廟會時的唱本式讀物。他使用的是民間話語方式，但他的民間話語至少是不完

全的，他的作品意識形態味很濃，意識形態話語在他的寫作中占主導地位。
而最近一批致力於新的鄉土文學寫作的作家，既不願意走趙樹理那種打著民
間話語旗號而歸附於意識形態麾下的老路，同時亦覺得生活現實的壓迫又不
得不求助於現實主義的批判力度來重構人生。於是，在他們的作品中呈現了
一種新的景觀，我認為他們的寫作方式，似乎更接近莫泊桑與左拉：從冷峻
和客觀的描寫中，透出生活的悲涼和艱辛。

　　在中國民間文化裏很早就滲進了統治階級的意識形態，因而載道意識在
民間文化中已經形成了歷史慣性。趙樹理身上就是典型的表現。為什麼他能
成為「講話」的代表作家呢？他就是以民間文化作為媒體，表達「大眾化」
的政治需求，他的「下鄉」和寫作，都是帶著具體的意識形態的，而不是站
在純粹的民間立場，單純表現民間的聲音。在中國現代以來，純粹的民間話
語是難以獨立存在的。

　　至於談到知識分子精英話語與主流的意識形態話語之間的相異之處，尤
有必須廓清的地方。我認為其根本區別就在於，一個是從人本位出發，一個
是從官本位出發。一談到人文關懷，有人就覺得你是對政治意識形態的介入，
這是分不清兩種基本出發點造成的誤解。在許多鄉土小說裏，民間意識和知
識分子人文意識相互結合，它力圖排拒主流意識形態話語的侵入，不過往往
排拒不了，主流意識形態還是在不斷地向裏面滲透。比較起來，在這批寫實
作家中有三類情形：一類是民間話語與知識分子話語融合的作家，如李貫通、
王祥夫、柳建偉、張繼；另一類是民間話語中比較多地滲進了意識形態話語
的作家，如劉醒龍、何申、關仁山、談歌；再一類是既疏離了主流意識形態
話語，又疏離了知識分子話語，用比較完整的民間話語寫作的作家，如劉玉
堂、劉慶邦、尤鳳偉、楊爭光等，當然他們有時候也會在民間立場與知識分
子立場之間搖擺。

　　把寫實小說與「新寫實」小說作對比，我認為人文關懷是一個不容迴避
的尺度。換句話說，人文關懷應該是今天的寫實性作家對「新寫實」進行反
思的著眼點。「新寫實」小說對人的生存本能寫得很多，但它放棄了人的生存
背景的關注，因此達不到人文的深度。而劉醒龍等人寫社會的艱難、時代的
艱難以及人在現實環境中選擇生活的艱難，其中帶有一定的人文激情，無疑
是對「新寫實」的深化。但他們的不足也很明顯，這就是對生命本體的關注
還不夠，除了少數人外，他們中多數人的作品，過多地把視點集中在具體的

現實問題上，所以說，他們很容易流入「問題小說」的窠臼。確實是他們這批作家思想力和審美力尚未達到之處。也許就因爲他們對人的心靈開掘不夠，所以他們儘管寫了很多的「艱難」主題，但缺乏悲劇感。過去「新寫實」就是迴避悲劇性的，加強悲劇意識，應是今天寫實小說寫作的題中應有之義。面對這樣一個文化轉型期，面對世紀末，缺少悲劇性品格的小說作品，所謂「現實主義回歸」，免不了要大打折扣。

寫實性作家們，不如批判現實主義作家自覺堅守道德立場。巴爾扎克也好，托爾斯泰也好，陀斯妥也夫斯基也好，他們是堅持人性的道德理想的，道德理想主義在他們的小說中不僅是人物評判的內在標準，而且是他們寫作的主題。現在作家對人的靈魂關注不夠，實際上也反映了他們在道德堅持上缺少批判現實主義作家的勇氣和識見。如柳建偉的《都市裏的生產隊》，小說寫的是市委要建房，有一塊土地是生產隊的，這個生產隊的隊長是個坐過大牢的人，他精通權術無所不能，省市首長都要和他打交道，他使得生產隊能夠在都市裏保留，可見他的能耐之大。作者寫這個人物的複雜性，實際上是要對他進行道德判斷的，但在小說的具體描寫中卻被消解了。而作者在其創作談裏，卻寫下了對這個人物的鞭撻和靈魂的拷問。這種靈魂的拷問不在作品中表現出來，也許是受了「新寫實」的影響。這種做法與其說是客觀的「零度化」表現，不如說削弱了作品道德批判的力度。

有人或許會認爲，對於改革中的 90 年代中國鄉村裏的複雜人物，應該用新的道德價值標準去評論。但即使是新的，也有個評價的標準，你不可能有意模糊它、放棄它。即便陀斯妥也夫斯基式的靈魂拷問，也可以看出作者流露出來的道德理想向度。在道德判斷上，作家要處理好形而下與形而上的關係：應該從形而下的欲望描寫中進入形而上的價值追求和對人的靈魂的拷問。如果放棄這一點，他的寫作就不會達到剖解現實的深刻性。

劉醒龍早期的《村支書》、張繼的「四平村長系列」、關仁山的《大雪無鄉》等等，他們形而下的故事寫得很動人，也能融進人文人道和人性的關懷，但理性的思考只有一些零散的碎片，這樣他們的故事終究只能停留在生動可讀上。說到底，這是因爲他們哲學視野較狹窄，無法在小說中表現出理性的深邃穿透力。些作家在創作方法上，比較全面的不多，大多作品在技法上都顯得單薄，其原因在於他們的審美經驗不足，而且長期的寫作已經形成一種慣性，比如談歌，他的審美情趣、寫作技巧基本上還停留在 70 年代。因此，

要求他們提高有一定的難度。然而總體上看，不能因為他們是生活型作家，或者是走「現實主義道路」的作家，就可以降低作品的藝術審美水準。所以說，今天的「寫實」小說不能用趙樹理的要求看待，也不能用所謂的大俗大雅的要求對待。回到趙樹理，在 90 年代怎麼說也是小說的退步。

自 50 年代以來，以意識形態要求來代替中國傳統的倫理道德，造成了不小的文化缺陷。到了今天，財富的權力改變了鄉土的中國，而費孝通過去的「鄉土中國」的概念恐怕已不太合適了。即使在他今天的中國鄉村經濟調查和理論構架中，他也著重於經濟對文化的制約，而多少忽略了意識形態統治對鄉村文化的強力滲透，也沒有看到行政強權對鄉村文化的分化瓦解。這些在鄉土小說作家的筆下已經描寫到了，但不知是不是有意為之？從心理學上講，是有意後注意，還是無意後注意？

新寫實與新狀態小說，是一對可以關聯研究的概念和文學現象。其實，「新狀態」即無狀態，即小說進入了無規無格無形無序的時空狀態。

整個 80 年代，文學都在苦苦地尋覓著自身的內涵和外延。在東西方文化的撞擊中，中國作家幾乎把世界近兩個世紀的文學種類和樣式都像過電影似的「炒」了一遍。從日本到拉美，從前蘇聯、東歐到西歐；從「新感覺」到「魔幻」、「結構」、「心理」現實主義，從「現代派」到「後現代派」，從「新小說」到「新新聞主義」……文壇上的作家和理論家們的興奮點始終在追逐著在中國未曾發生過的模仿性文學活動，於是，便有了從「朦朧詩」開始的文學旅行。之所以說這是一次艱難的「文學旅行」，是因為：一、「旅行」本身的行為就遭到反對；二、「旅行」時打出的旗號亦遭至各種非議。從這十年的文學實踐來看，這種「旅行」雖然未免有些「走馬看花」，但這一過程卻豐富了中國作家的閱歷，所以，至今的中國作家不再是 80 年代初時的那樣呆頭呆腦，幼稚得可愛了。而在「旅行」中提出的諸如「尋根」、「新潮」、「先鋒」、「後現代」、「新寫實」等等口號雖然遭到過各種各樣的非議，但它畢竟扛著這樣的旗號走完了旅程。儘管我們對這些旗號下的作品可以說三道四，但我們卻不能否認它在這段文學史過程中的存在價值。

當文學走完了這段艱難的「旅行」歷程後，90 年代的中國文壇立刻出現了「疲軟」現象，「新寫實」在最後的輝煌逝去時，似乎不再有重振的可能，整個文壇籠罩在世紀末的情緒之中，小說創作處在零散而又無規律的狀態之中，於是，人們期望能在一種新的旗號下，聚集一批作家，來打破文壇的沉寂。由此

而製造出的「新體驗小說」和「新狀態小說」都是心造幻影的結晶。殊不知，所謂「新體驗小說」根本沒有任何的「新」內涵，就目前所提供的文本來說，是地道的現實主義手法，充其量就是融入了一些紀實的成分而已。「體驗」對於任何寫作者來說，都是必不可少的，而「新」卻不知是指創作方法，抑或是指作家主體意識，不過，不管是指什麼，這似乎是句廢話，「體驗」何以爲「新」、「舊」？倒使人很容易聯想起「下生活」的主張，似乎作家每天都不在生活，須得重新去體驗一番。而「新狀態文學」被解釋爲「新的文學狀態」，是「超越以往的新與舊嚴重對立的狀態」。不過，「新狀態」的倡導者們卻清醒地看到了「文學旅行」結束後，中國文學所面臨著的新／舊兩難選擇的困惑，試圖在這條夾縫中殺出一條血路，他們自然不滿足於「新體驗小說」所作出的理論姿態，亦更不屑於「新體驗」所提供的那種不倫不類的文本。因此，在其宣言中，他們首先感到的是中國文學所處的無奈地位：「『新』的一切，都是當下生活的鮮活狀態，而所謂的『舊』，早已孕含在廣泛的層出不窮的新意之中；在這裡，『傳統』往往很『新』，而『先鋒』卻常顯得很『舊』；老作家不斷遭遇新問題，而新作家則又不時地提起了老話題。」〔註6〕在開不出任何新藥方的時候，將兩種不同狀態的創作納入同一時空之中，這也確實體現出倡導者們在中國文學彷彿走到盡頭時的無計可施情狀。同時，你又不能不佩服「新狀態」的倡導者們看到了世紀末中國文學的這種亂序格局，要使亂序走向規整，作爲一種策略性的口號，它的包容性似乎更加闊大些。

　　然而，「新狀態」的理論之核在哪裏呢？我以爲，作爲一種理論的倡導，如果缺乏理論之核的概括，是很難站得住腳的，儘管理論可暫時不要求完善，甚至存在著嚴重的缺陷；儘管理論之核的邊緣可以是模糊狀態，但總須有個大致的範圍。只是一味地用「不是什麼」的否定性價值判斷是不能解決問題的。在「新狀態」的宣言中，我們似乎可以找到這樣幾個關鍵詞句，不知能否成爲「新狀態」的理論之核呢？

　　首先，「新狀態」是「融入作家對自我生存有體驗和狀態的描述」。換言之，就是將作家自身的生存體驗的情感狀態如實地有機地反映到作品之中去。這種方法可能其他形式的創作亦是不可缺少的。我理解的是，「新狀態」的倡導者們可能是要求作家把這種不同於「舊」時代的生命情感體驗，

〔註6〕　《文學迎接「新狀態」──新狀態文學緣起》，《中國當代文學史時文論選》，中國文聯出版社2006年版，第577頁。

隨機而即時性地表現於作品之中。它即不等同於浪漫主義式的抒情，亦不等同於現代主義式的獨白，而是把作者——敘述者——人物的三者關係融為一體。這樣，整個敘述狀態就有別於其他的敘述模式了，同時也反叛了「零度情感」的「新寫實」。作家擺脫「啟蒙者式的全知全能敘述者了」，是「通過自我體驗的過程來呈現現實的生存狀態」。其實，這些小說敘述狀態的更「新」已在 80 年代的「新潮」和「新寫實」小說中一次性完成了。「新狀態」如果僅僅是想把一批新老作家重新推向「先鋒」的位置，卻也大可不必強調這樣的主張，因為許多作家是不適應這種寫作方式的，何況「新狀態」一再強調的是「無論新與舊，無論中與西，無論老中青，都要真實地面對新的年代、新的生活，中國文壇正以從未有過的寬大胸懷和自然狀態跨越著我們的世紀之顛。」〔註 7〕所以，「新狀態」的包容性又不允許它有更多的理論規範。

其次就是「新狀態」強調「書寫 90 年代中國社會經濟和文化變遷所導致人和生存和情感的當下狀態（著重號為筆者所加），無論是『與往事乾杯』還是渴望未來都是通過呈現當下狀態來體現的。」作家對現實狀態的感情，當然須得呈自然流動狀態。而這一「當下狀態」卻是很難把握的。倡導者是力圖「拓破主題表現的寓言模式」，說明了對「新潮」和「新寫實」的那種略有雕琢的帶有距離感的寫作態度的否定，但這種創新的意向究竟落實在哪一種理論形態的基點上，似乎尚沒有說清楚。也許，倡導者留下的創作理論空白正是需要作者們去填充，待文本完成後，再進行理淪的規整。這恐怕也是一種策略的需要吧？

就目前「新狀態」所報出的文本來看，似乎尚不能表明這些作品有何「新」意，也不能完全區別於作家以往的作品。如王蒙的《戀愛的季節》、劉心武的《四牌樓》、王安億的《紀實與虛構》，朱蘇進的《接近於無限透明》等，基本上沒有擺脫作家創作的原有模式。這裡值得一提的是王安億的《紀實與虛構》，這部小說所採用的敘述方式是以往沒有的，「紀實」與「虛構」的兩大板塊結構，可以看出作者的這種嘗試完全是受了「新新聞主義」和「評論小說」的影響，把虛構的小說故事與紀實的資料融為一體，再加上理性的評論，所有這些敘述結構方式的嘗試，都烙上了西方文學敘述模式的印記。而「新

〔註 7〕《文學迎接「新狀態」——新狀態文學緣起》，《中國當代文學史時文論選》，中國文聯出版社 2006 年版，第 577 頁。

狀態」倡導者之所以將此作爲典範之作，就是因爲王安憶的敘述方式恰恰體現出了對「人的生存和情感的當下狀態」即時性表現。而在「新狀態」的倡導者敏感地注意到的新作家那裏，如陳染、韓東、何頓、魯羊、張旻等人，似乎還看不出更多有別於「新潮」或「新寫實」內涵的實質性變化來。這也許是倡導者推出一批新的「先鋒」作家的策略而已。

其實，「新狀態」的倡導者是非常清醒地認識到目前文學的事實狀態的：「它已無『潮』可趕，它只能在歷史傳統、外來文學和現實生存的全方位開放的狀態下努力去挖掘和發揮母語的文學表現力，以漢語及漢語文學走向輝煌狀態爲最大心願。」正因爲如此，所以我以爲「新狀態」以其博大的寬容性去擁抱一個開放的、多極化的文學世界，卻不能用一個較寬泛的理論構架去實現它建構體系的夢想，這是非常正常的、合理的。它只能作爲一個包容性很強的理論口號來召集一批作家重新找回1989年以前的那種良好的創作感覺和生動的創作狀態。僅此，「新狀態」提出的意義是有其歷史性價值的。

在這世紀交替時代，在這人文精神失落的年代，在這文學極度疲軟的時候，文人還能做些什麼呢？找出一些口號和話題來刺激一下創作，或許能激活些許創作情緒。而文學的路究竟在哪裏？下個世紀初一定是一個輝煌的黎明在等待著我們嗎？「新體驗」、「新狀態」是在爲下世紀文學作奠基禮嗎？誰也說不清。但有聲總比無聲好，爆發總比沉默好。

第五節　90年代小說走向再認識

新時期以降，小說中興的事實似乎是無可非議的，它帶來了文學的繁榮，更觸動了文化轉型的敏銳神經。小說在這十多年裏，不僅僅是一個巨大的語言實驗場，同時也是各種文本演示的展覽館；更重要的是，它幾乎成爲每一個文化動作行爲的「助推器」。文學作爲文化的重要表徵，它總是首先反映出社會文化觀念的裂變，而文化觀念的裂變，在中國大陸不是首先反映在人文學科的理論界，而是首先由小說的形式，在藝術領域內予以形象的表達。當然，本文並非是要研究藝術與理論的關係，但我們不能不看到這樣一種事實，即：小說經過了文本的實驗，乃至經過了「後現代」和「晚生代」的洗禮，其文化內涵被視爲贅疣；小說從悲劇走向黑色幽默，走向「玩文學」，直到取

消深度，其文化批判精神被視爲非藝術；小說從英雄的塑造走向精神侏儒的玩味，直到顛覆理想，其人文精神被視爲笑料……凡此種種，我們只能提出詰問：小說僅僅是一種語言的遊戲與故事的迷宮嗎？小說脫離社會形態，只是休閒的玩物嗎？抑或只是媚俗的「商品」嗎？小說從美到醜的過程，難道是人類文明進化的最後歸宿嗎？這些表面上看似是小說美學精神的裂變，實則是中國文化精神的「分裂症」，是足以改變中國人二十一世紀的文化精神和行爲的最活躍的文化因子。因此，面對當前文壇學界瓦解小說，解構文化之風，倘若再熟視無睹下去，我們這個民族的文化和文學還有什麼希望呢。

一

眾所周知，80 年代中期開始，一場「小說革命」悄然而至，它就是小說的文體革命，這場運動的意義就在於：小說擺脫了沉重的負載，從政治本位、階級本位的模式中掙脫出來，逐漸從「文本」的視角來重構小說的意義。這場小說的文體革命加快了中國小說現代化過程的步伐，它打破了以往小說單一的敘述方式，從語言和敘述的層面超越了近百年來小說呆板的語言模態和敘述模態，甚至可以說是超越了中國自古典文學以來的慣常表述形態。文學的「向內轉」預示著中國小說多元敘述方式的新選擇。馬原、洪峰、蘇童、余華、格非、孫甘露……等一批新銳作家所作出的不懈努力，可說是爲「先鋒小說」的歷史地位奠定了堅實的基礎。雖然當時亦有許多批評家指出「先鋒小說」一味玩弄語言、語義、語境的弊端，然而，由於這場小說革命的實績顯赫而又佔據了當時小說創作的主潮，又由於它給了小說「爲政治服務」以致命的重創，把小說引人了另一個開闊的世界，因而，它在文學史上的進步意義是無可抹煞的。

也許，中國人的思維已經習慣了糾枉過正的偏狹理論，因此，每一個運動都會自然而然地滑向其另一極端。「先鋒小說」過後，取而代之的似乎是「新寫實小說」的勃起，〔註8〕作爲始作俑者之一，回眸這場運動的緣起，本是想糾正一下小說「向內轉」的慣性，不致使其滑向敘述遊戲的陷阱。然而，誰也沒有料到，「新寫實小說」這匹脫繮的野馬卻桀驁不馴地踏進了文化誤區的

〔註 8〕1988 年《鍾山》與《文學評論》雜誌社邀請了北京、上海、江蘇等地的諸多批評家雲集太湖，會上由江蘇的一些批評家提出了「新現實主義」的口號，隨之由《鍾山》雜誌社開設了「新寫實小說大聯展」專欄。

陷阱。從「文本」到內涵的全面解構，小說從政治的軌跡中解放出來後，卻走入了文化虛無主義的怪圈。小說正面臨腹背受敵的困境：一方面是「今日先鋒」文學的純語言操作的敘述情結的壓迫（它從西方「敘述學」、「語言學」那裏借得了「複製」小說作品的「新機器」）；另一方面是小說在商品大潮的擠壓和誘惑下，向媚俗的大眾休閒讀物靠攏。倘使說當今「晚生代」的青年作家在不斷改變「新寫實」小說之原義的話，他們的思考如其說是在小說哲學層面或美學層面上，還不如說其更多地是局限於對物質的思考和經營策略上的盤算。「新寫實」的「反文化」、「反英雄」、「反典型」作為一種「本文的策略」，最終結束了久已生成在中國作家深層心理結構中的為政治服務的情結。從某種意義上來說，90 年代初的「新寫實」並不是「先鋒小說」反動力，恰恰相反，「文本」，乃至技巧對西方小說的有節制的汲取和模仿，似乎更有益於中國小說從舊機制的「胎盤」上剝離出來。據此，只能說它是「先鋒小說」的一種更有策略性的延續，它更易於被大多數中國的寫者與讀者所接受。正因為如此，它的合理性和合情性更能迷惑人，乃至後來它在解構文化的熱潮中扮演著推波助瀾的角色，亦使人渾然不覺。

　　如果說「先鋒小說」和「新寫實小說」從文本的探討逐漸走向文化虛無主義的陷阱（這裡須得說明的是，「新寫實小說」目前正面臨著分化，一部分作家堅持了它初始時約定俗成的創作規範；另一部分作家開始了對其原義的瓦解），表現出對小說文本及文化內涵的百般無奈，因此才尋覓到這條文化叛逃的道路的話，那麼，「後現代主義」的倡導者們則是把虛無主義推入了文化的深淵。「後現代」的理論者們雖然很少能夠在中國小說界找到其相應的文本，即使找到一些範本，亦是強拉硬套、穿鑿附會。但就其理論來說，它借福柯、德里達、詹姆遜，乃至「東方主義」論的賽義德的理論為衣缽，在「反文化侵略」的旗號下，學舌於「西方話語」。它與當下喧囂一時的「新國學」、「新儒學」（始作俑者主要是東南亞及港臺華人理論圈中人）匯合成一股強大的文化保守主義狂潮。表面上看來，他們高擎的是弘揚民族文化的旗幟，以「重估現代性」為其理論的聚焦，然其要害則是從根本上推翻五四以來所建構的文化價值體系——以啟蒙為中心的文化批判精神。所謂「重估」，就是退回到五四前的中國傳統文化價值體系中去。趁著文化轉型時的價值無序、中心缺失之機，將舊的文化加以重新「包裝」，推銷給悵然無措、欲望無限、站在世紀末十字路口的中國人。他們打著「中華牌」來否定五四，也就是推翻

本世紀建立起來的具有現代（這個「現代」當然是以魯迅等爲先驅的學人在否定傳統文化價值，以西方啓蒙主義文化爲參照所確定的文化座標）性的已成中國知識界較恒定的文化價值型態。這些理論的暴漲，使我們聯想起 80 年代興起的兩股小說熱潮，一個是「尋根文學」運動，另一個是「無主題變奏」的文化無奈的表述。前者試圖以「尋根」的文本來弘揚民族地域文化，彌合由五四新文學運動形成的「文化斷裂帶」。然而，十分有趣的是，這批由作家發動的理論運動，恰恰在其文本的悖反中悄然冰釋。因爲「尋根文學」所提供的小說文本不但沒有超越五四文化批判的價值定位，反而更深刻地揭示出舊的封建文化價值體系對人和人性的戕害。「尋根文學」亦正是在這種文本的悖反中獲得了它在新時期小說史上的歷史地位。作爲文學，尤其是小說，倘若背離了對人的文化價值的定位，而僅僅是一種語言的遊戲，則無論如何也是不能深刻的。後者在劉索拉的《你別無選擇》與徐星的《無主題變奏》中試圖推翻以往一切的人文價值判斷。如果尋覓 90 年代文化虛無主義的文本，或許更早的源頭就在這兩部代表作上，儘管 80 年代中期有許多理論與創作大腕過高地評價了這兩部作品，尤其是劉索拉的《你別無選擇》。但正如許多批評家指出的那樣，並沒有因爲這兩部作品的出現，「後現代主義」思潮就能在中國的土壤上紮根、開花並結果。從文化的無奈與失望到文化的虛無，僅僅是一步之遙，當劉索拉和徐星們爲我們提供了虛無的證據時，似乎中國文化已再也沒有選擇了，它進入了「無主題變奏」的時代。這種失望如果說還帶有些許悲涼的話，那麼，他們怎麼也沒想到 90 年代的「後現代」論者竟然與新保守主義聯盟，企圖退縮到舊的文化價值體系中去。對於「後現代」理論的描述和總結，高遠東先生作了精闢而詳盡的長文，他認爲：「『後現代』言論的貢獻在於對 90 年代社會轉型時期各種文化矛盾、紛繁的世相、價值變故等複雜現象的傳神記錄，對於先鋒派文學和藝術的會心領悟和意義的闡發，以及歪打正著的對『五四』以來權威主義啓蒙方式的修正，但當它試圖把『後現代』知識遠景和先鋒派的藝術烏托邦擴展爲針對啓蒙主義思潮的歷史批判時，其『反權威、反文化、反主體、反歷史』的價值取向卻根本無法找到與啓蒙主義對話的渠道和進入啓蒙主義的問題，其『重估現代性』的解構實踐很大程度上是在描述社會和文化轉型現象的同時用一種新的理論語言復述 80 年代啓蒙主義的自我批判，只是立場和觀點更加中立和懸浮，對中國現實和歷史的理解更加抽象，對『文革』之類民族災難的理解到了無關痛癢的程度。」

〔註9〕高先生對「後現代」理論的定性是精當的，然而其定位卻有所偏差。「後現代」理論的立場和觀點並不是「中立和懸浮」的。它之所以「對『文革』之類民族災難的理解到了無關痛癢的程度」，正是因為它們站在啟蒙主義的對立面，試圖徹底摧毀五四以來的人文價值判斷的必然結果。

　　新時期以來小說創作及小說理論將經歷的從「人本」到「文本」再到對五四以降的人文精神的全面揚棄的過程，絕不是什麼翻新或簡化了的文化、文學觀念的演示和表述，從某種程度上來說，它以全新的包裝加入了文化保守主義思潮的大合唱，否定五四的啟蒙主義精神，否定五四所確立的文化批判精神。從某種意義上說，表象地服膺於「後現代」的商品市場規律，實則上是在深度上取消「人本」的意義。作為現代文化守望者的人文知識分子如果沒有西西弗斯式的精神，甚至像堂‧吉訶德式的與風車作戰的勇氣，恐怕是難以扭轉中國文化之困境的。

二

　　五四以來，小說的美學精神無疑是注重於悲劇美的釋放，究其根源，主要是它對應了五四文化批判精神的要義。只有在十七年時期和「文革」時期，悲劇的美學精神才在被徹底消解之列。當然，新時期又重新發掘了「田園牧歌」式的中和浪漫之美，但這並未和五四文化批判精神相對抗，即便是高擎著彌合五四文化斷裂帶，弘揚民族文化精神大旗的「尋根文學派」的諸多作家亦不知不覺地踩著五四文化批判的足跡，以悲劇的情懷去塑造了大量諸如「丙崽」式的時代精神的畸形兒。悲劇作為一種現代文化批判的自覺，已然植入作家的創作美學情感之中，成為一種較穩固的創作與欣賞心理定勢。但是，80年代中期以後，一種全面顛覆悲劇的小說創作思潮猛然而生。有許多批評家將這一美學轉移的肇始者說成是莫言，由於他的「三紅」（《透明的紅蘿蔔》《紅高粱》《紅蝗》）而改變了五四以來的現代悲劇的美學精神。我原先亦是基本認同這一觀點的，〔註10〕而且預言這一悲劇美學的轉移，將會帶來一場小說的美學革命。然而，今天重新來審視莫言的作品，以及和他同期的小說，以及莫言如今的創作，乃至王朔們及「晚生代」們90年代以後的創作，卻改變了我以前的看法。不錯，莫言式的小說爆炸，確實給小說界以強大的

〔註9〕高遠東：《未完成的現代性》（上），《魯迅研究月刊》1995年第6期。
〔註10〕見拙作《褻瀆的神話：〈紅蝗〉的意義》，《文學評論》1989年第1期。

衝擊力，究其原因，是作者在悲劇人物的塑造中注入了「醜」的添加劑，弘揚了悲劇內容中的酒神精神，即生命本體能量的釋放。但是，莫言的小說無法改變的是它深深蘊藏著的文化批判精神，其悲劇美學精神轉換的根本目的就在於作者急於改變的是那種中國人窩窩囊囊的生存狀態，來激活「我奶奶」那種蓬蓬勃勃、豪邁狂放的，充滿著鮮活生命質感和力感的，敢生敢死、敢愛敢恨的生命文化衝動。從表面上來看，悲劇精神被「異化」了，但從本質上來說，作者的文化批判意識卻更加強化了。可以說，莫言改造、修正、深化了一度被淺化、簡化、扭曲了的悲劇內容。莫言以前的小說和現如今的小說，都離不開悲劇的核心內涵，即現代文化批判精神，今後也不可能離開這個母題。《豐乳肥臀》奠定了永遠的莫言──在「異化」、「醜化」的表象中，闡發他永不懈怠的文化批判功能。

然而，王朔們的創作卻是在實實在在消滅了現代文化批判精神的基礎上，邁出了從本質上顛覆悲劇的實踐過程。「反調」在莫言那裏只作為一種審美形式的手段，而在王朔們這裡卻成了「躲避崇高」的審美內容，在諸如「文革」一類的具象描寫中，對對象的「失語」，表現為消解對其文化批判的功能，只把它當作一種語體的敘述和語言遊戲的需求來對待，在小說的具體描述中，文化的張力消失了，人文的視角消失了，人性的反彈消失了。平面化的人物，平面化的描寫，給我們帶來的只是蒼白貧血的雷同面孔──就像現代巨獸複製出的一個個「只讀」的機器人。「後現代」理論大師們在中國複製的機器人從內容到人物更是空洞無物，被抽去了文化底蘊的文本，被消解了文化批判內涵的悲劇，就像未經燒烤而不放鹽的食物，即便原料再好，這與茹毛飲血的獸類饕餮有何無異？本來，在王朔的《動物兇猛》之類的作品中，悲劇的巨大陰影就在於那個時代將青少年一代變成了行屍走肉式的「畸零人」，而正是由於作者抽去了那個時代文化的具體內涵，將它擱置在狹小的個人心理體驗之中，就使得整個作品呈現出「鬧劇」的特徵。好看，好玩，迎合現代玩世「看客」的心理，尤其是電影《陽光燦爛的日子》，題目的「反諷」卻不能掩蓋內容的貧乏，悲劇的內容在現代「偽平民化」和商業化的寫作中被傾刻瓦解和顛覆了。因而，在悲劇的廢墟中，不瞭解「文革」的下一代青年，從「鬧劇」中獲得了審美快感的錯位，難怪許多年輕人看了電影《陽光燦爛的日子》後，還慨歎自己「生不逢時」。連大的文化背景都可改變，人物的悲劇性命運改變還不是更易如

反掌嗎？在大量的 90 年代後的作品中，「晚生代」的這種「躲避崇高」式的鬧劇作品佔著主流地位。不必諱言，崇高作爲悲劇美學內涵的核心，它應是人類不斷走向文明的理性標幟，踐踏崇高，就意味著消滅悲劇，消滅悲劇亦就是消滅人類的人性理想。

　　無疑，「新寫實」小說從它的一開始就建立起了它強大的文化批判體系，所不同的是，同樣是悲劇的內容，它所表現的並不是過去悲劇美學形式中的那些直露的表述方式，而更多地是利用「反諷」的方法，甚至於用「黑色幽默」的方法來表現其悲劇的深度模式。和王朔以及「晚生代」諸作家們的「黑色幽默」所不同的是，方方、劉恒、劉震雲等人的「黑色幽默」更多地是建立在人文批判的價值尺度基礎之上。尤其是劉震雲這樣的作家，無論是《官場》《一地雞毛》等中篇創作，還是長篇《故鄉天下黃花》的創作，都有一種強烈的人文衝動作創作的原動力，其文化批判的力度是以前，乃至五四以後的眾多作品無法比擬的。這種現代「守望者」的人文精神在這個時代，本身就構成了強烈的悲劇特徵。

　　然而，也不必諱言的是，在拜金主義的誘惑下，尤其是在影視媒體的誘惑下，許多優秀的小說家開始轉向，他們爲影視而寫作，爲了迎合視覺感官的享受，爲了獲得銷量，亦不惜放棄創作的初衷和文化批判的意念。本來是悲劇性的靈魂拷問，到頭來卻完全變作一場熱鬧好看的「節目」，作家不但失去了主體的「自我」，也失去了藝術的良心。許多當年擔綱「新寫實」中堅的作家，目前的創作已逐漸開始磨去其現代文化批判精神的棱角，以適應「大眾文化」、「商品市場」的消費需求。由此我想起了五四以後的「鴛鴦蝴蝶派」，張恨水們的「通俗文學」的概念與今日之「通俗」、「大眾」是有其本質區別的。竊以爲，張恨水們的小說在形式上採取了取悅大眾的文本，但在內容上還是合著五四文化批判精神節拍的，五四的先驅者們將其打入「另冊」則是一種偏狹的文化態度。就其作品的整體內涵來看，它們卻時時透露出人性的力量和人道的理想。比之今日之純粹的感官刺激與庸俗挑逗，或是什麼小女人、小男人之流的閒適情趣，卻要高尚了許多。「鴛鴦蝴蝶派」的大多數作品都是悲劇，雖然其形式和內容都有雷同、概念化之嫌，但起碼作者的人文精神的悲劇情懷是真摯感人的。從這個意義上來說，「新寫實」中的一些作家和一些曾經熱衷於悲劇寫作的小說家們逐漸轉向背叛「過去」，背叛「悲劇」的行徑，確是一種歷史的倒退。

「黑色幽默」作爲一種寫作方式，其存在的基礎應建立在對整個文化的批判功能之上的。一旦抽去了這一基礎，它將會變得滑稽可笑。西方的「黑色幽默」是建立在作家對那個畸形社會對人性的極度否定和摧殘之上的，那種荒誕感是人類文明精神理想的一種「異化」形態表現，而決非是個人內心獨白的結果。當然，個體是反映整個社會的窗口，但是如果單單囿於個人的體驗，而放棄對整個時代和社會的追問與探詢，小說是毫無意義的，它與心理學的測試報告又有何異？「黑色幽默」作爲現代悲劇美學形式不可或缺的因素，卻也是萬萬不能離開其整個社會背景作爲依託物的。一旦離開，非但悲劇不存在了，小說也不存在了。

三

毋庸置疑，「文革」後將「高大全」式的英雄人物迅速掃除出文學界，重新發掘人，證明人的生存本相，呼喚人性的復歸，應說是對五四文化精神的「二次焊接」。如果說這種對人物塑造的重新定位是 20 世紀中國現代文學應有的主潮的話，那麼，悄然瓦解這一體系的小說思潮是哪股力量呢？

從英雄回歸到人，從人走向侏儒，這似乎已成爲本世紀末小說人物塑造的必然趨勢。80 年代末我曾在一篇文章中指出：「大約是從《紅高粱》開始，悲劇英雄逐漸被中性描寫所淡化，亦更被部分的貶意描寫所『醜化』了。我們尚不能判斷作者是否有意識將英雄『聖化』、『淨化』、『美化』的觀念扭曲過來，使現代悲劇從階級本位回到人的本位上來。但從作者的描述中，我們看到了審美價值判斷的變異———一種超越倫理道德的『醜態』是由整個生命意識所支撐。」〔註 11〕可以說，莫言之所以在英雄人物的臉上抹上了一把白粉，摻合進「丑」的成份，是對「假大空」英雄模式的褻瀆，以此達到糾枉過正的效果。然而，眞理往往多走一步就會變成謬誤，毫無節制的發展下去，當然會導致整個觀念體系的傾斜與崩塌。我以爲莫言的長篇小說《酒國》是失敗之作，其要害不是作者塑造了一批侏儒，而是在這個侏儒的王國裏，文化批判精神的喪失與沉淪。而劉心武的長篇小說《風過耳》所塑造的一批侏儒更加面目可憎。問題不在於作家塑造什麼樣的人物，關鍵是作家的文化批

〔註 11〕這篇拙文原先由吳方先生發於 1989 年《文藝研究》第 5 期，後因故未發；經轉輾，發於《文學自由談》1989 年第 6 期作了較大刪改。原題目爲《向現代悲劇逼進的新現實主義小說》，後改爲《近期小說悲劇觀念的蛻變》。收入本人與徐兆淮的論文集《新時期小說讀解》。

判鋒芒直指中國知識分子，其價值判斷的失誤並非是對中國知識分子自我批判的定位不確，而是作者像堂‧吉訶德與風車作戰一樣，找錯了文化批判的主體對象。我們過去批判「假大空」的理想主義，是要回到人類的文明境界中來，並非是要消滅人類的理想。而如今一在文學界談及理想，似乎就是一件不光彩的行為，就是不懂藝術的象徵。因而，小說創作迅速從「形而上」滑向「形而下」，走進另一個極端，似乎成為一種時尚。

如果說莫言、劉心武的這種美學轉變是偶有失誤，很快又有所調整的話（如莫言的《豐乳肥臀》又退回到《紅高粱》的美學範疇），那麼，王朔從《頑主》以後，就徹底背叛了他《空中小姐》的創作模式，逕直走人了「不規者」的道路。有人認為，王朔的「不規」是對傳統文化的挑戰，是對主流話語的挑戰，是對當代社會的批判。王朔筆下的「痞子」形象和「頑主」系列，真的是「一種批判力量」嗎？恰恰相反，他的許多人物形象是媚俗的，是與傳統文化和主流文化合謀、合力摧毀五四文化精神的。且剔開那些「頑主」不論，一個「劉慧芳」的塑造，就足以證明其在弘揚民族文化的大纛下行標榜封建主義之實，那早已被魯迅先生描寫並抨擊過的「四條繩索」居然在 90 年代堂而皇之地重新以四朵桂冠戴在他筆下的人物頭上，其光環熠熠動人，賺得了幾億中國人的眼淚。五四的文化啟蒙沒有被「四人幫」的法西斯文化專制所徹底摧毀，卻在王朔們機巧的輕描淡寫中給徹底瓦解了。悲哉！哀哉！然而這卻被許多中國的文學大腕和批評家視為幸事與進步。從這裡，我們亦可看出，五四新文化運動的弊端在歷史過程之後顯現出來的深深遺憾──文化啟蒙太不徹底，太貴族化所導致的世人不覺悟和知識分子本身的不自覺。

王朔宣稱：「我作品中的人物都是精神流浪式的，這種人的精神也需要一個立足點，他可以一天到晚胡說八道，但總有一個時刻是真的，我選擇了愛情作為這個時刻。我不知道還能有什麼時候更值得真實起來。你說在事業上真實？在理想上真實？這簡直有點不知所云。」〔註12〕不錯，王朔筆下的人物都是無所依託的「精神流浪兒」，他是不相信真實存在的，尤其是理想，即使對愛情也無真實可言，雖然他的一大批作品都裹著「戀愛」的外衣，但其主人公都是些毫無人性、毫無感覺、毫無激情的「頑主」，他們以藝瀆愛

〔註12〕　《源與流：王朔創作問答》，《喧囂的經典‧審讀王朔：口誅的浪漫》，李然、譚談編著，遼寧畫報出版社 2000 年版，第 299 頁。

情爲主，徹底否定了人性的存在。犬儒主義的陰影、精神上的斯多噶主義的
籠罩，像幽靈一樣始終徘徊在他的小說之中。我以爲金惠敏先生在將王朔與
池莉的比較中，得出的結論是精闢的：「池莉和王朔找到了共同的話語，即
對古典式愛情的解構、對愛情詩意、幻想、狂熱、堅貞、純潔、神聖和人性
的解構，雖然在話語操作上，他們採取了不同的策略，池莉用生活消解愛情
的理想和憧憬，王朔用冷血沖淡愛情的執著和狂熱；最後，撲滅了愛情的毒
焰，池莉找到了生活的溫馨，世俗的美好，而王朔陷入情感的荒漠，除了虛
無之外一無所有。」〔註 13〕這就是「新寫實」與「後現代」之區別，我們不
能說王朔比池莉更深刻，只能說王朔在理想沉淪的道路上走得更遠。在他的
小說中，根本就不給人類以希望，只有無窮的虛無，「他所倡導的瀟灑之愛，
歸根結底，是對主流價值觀念的否定，進而也是對某些永恒價值觀念的否
定。」〔註 14〕可以說，王朔對「主流價值觀念的否定」，不是對殘存的又很
強大的封建主流價值觀念的否定，而是對五四以來建立起的還很脆弱的現代
文化價值體系的否定，他「對某些永恒價值觀念的否定」，實質上是對被千
百次歷史大浪淘洗過的人類文明精華的否定。王朔筆下的「不規者」並沒有
向「社會的主導價值、流行觀念尋釁挑戰」，而是領導虛無主義的新潮流，
盲目地向「現代」挑戰，最後，並沒有解構傳統文化，甚至認同傳統的封建
文化，反而向五四文化批判精神進行了猛烈的進攻和徹底的清算。其實，王
朔並不是眞正地否定一切，他有時還向拜金主義屈膝，向主流文化獻媚，向
傳統文化飛吻。

　　王朔似乎用反諷、調侃的方式，塑起了一座座「痞子」的豐碑，他對文
學，尤其是對小說的藝瀆，已經到了無以復加的地步。在他眼裏，文學除了
賺錢，「一點正經沒有」，如果說《一點正經沒有》所折射的文化心理還有可
鑒之處，那就是我們看到了一個眞實的王朔心理世界。正如金先生所言：「王
朔就把對文學的否定性評價發展爲小說的核心主題，文學遭到輕慢和藝瀆，
文學事業被當成『一點正經沒有』的玩鬧。」〔註 15〕正如作者坦言：「看看我
國現代文學寶庫中的經典之作大師之作，哪一篇不是在玩文學」；「文學就是

〔註13〕金惠敏：《王朔與中國後人道主義》，《通俗文學評論》1994 年第 4 期。
〔註14〕金惠敏：《王朔與中國後人道主義》，《通俗文學評論》1994 年第 4 期。
〔註15〕金惠敏：《王朔與中國後人道主義》，《通俗文學評論》1994 年第 4 期。

排泄、排泄痛苦委屈什麼的，通過此等副性交的形式尋求快感。」〔註16〕一俟「玩文學」、「副性交」作為王朔的創作宗旨後，他的小說就完全失去了理性的控制，其價值的判斷徹底走向虛無。他找不到新的價值標準，只能在否定現代文化價值座標中徘徊，甚至有時還需借助封建文化價值的亡靈，來安撫那顆排泄時痛苦的心靈。

我始終不能明白的是，既然金先生已經「證明王朔對人道主義（包括文藝復興人道主義，啟蒙人道主義和海德格爾、薩特等人的存在主義人道主義）的叛逆」，又何以得出了「王朔是『文革』的批判者，是人的褻瀆者，他對『文革式』人道主義和新時期前期人道主義——二者具有本質的承繼關係——的解構，隨著歲月的流逝，其歷史進步意義將徐徐顯露出來」〔註17〕的結論呢？無疑，人道主義作為啟蒙的一面大旗，不僅文藝復興時期高舉著；五四新文化運動亦同樣高擎著。作為中性客觀的真理，它的存在才顯示出人類的文明，而「文革」時期根本就將人道主義消滅得乾乾淨淨，何談人道乎？王朔的所謂的「後人道主義」亦無人道可言，只能稱為「後虛無主義」，他的立論是站在否定人道主義的基礎之上，根本就沒有絲毫新的人道主義的理論與實踐可言。否定「文革」當然是對的，但「文革」根本就無人道，而是獸道，況且，即使是「獸道」，王朔也並沒有否定其人文精神的背景，他送給中國人民的「劉慧芳」不就是最好的例證嗎？！

顛覆舊的封建傳統文化的任務尚遠遠沒有完成，我們卻非得將五四以來尚未健全的現代化文化批判精神予以重創，中國這艘巨大的文化母艦將會駛向何方？

20世紀將盡，針對世紀末海內外華人文化圈裏一股強勁的否定五四文化批判精神的思潮，針對「後現代」和「晚生代」對五四以來美學精神的顛覆，我以為，瓦解五四、顛覆文化之風，是新的商品經濟社會與沉渣泛起的文化保守主義合力向五四文化精神挑戰的結果。對待這一滾滾而來的文化潮流和小說創作潮流，熟視無睹是不行的，堂・吉訶德和阿Q的戰法當然也是不可取的，只有充分釐定本世紀以來這股潮流的來龍去脈，才有可能對症下藥，改造、重建五四文化批判之風範。

〔註16〕王朔：《我是王朔》，國際文化出版公司1992年版。
〔註17〕金惠敏：《王朔與中國後人道主義》，《通俗文學評論》1994年第4期。

第六節　現實主義的異化

一

　　目前，文學創作中存在著一種傾向，似乎捨棄文化意義，割捨烏托邦的理想境界，將小說寫得愈平面化愈缺少作家主體性就愈時髦。這種「局外人」的冷漠使我們的作家陷入了缺乏基本價值判斷的標準，作為對「建國十七年文學」的反撥，那種反文化反理想的「新寫實」運動在歷史過程中起著衝擊「假大空」的糾枉過正作用。然而，隨著商業化寫作的誘惑，作家們在物化了的世界裏變得愈來愈缺乏人文精神的投入，愈來愈缺乏主體的人性審美力量，喪失了放棄了一個靈魂拷問者的基本態度和義務。物欲橫流、獸性膨脹衝昏了這些作家的頭腦，再加上後現代論者們倡導的「元敘事」理論，將西方啓蒙運動和中國 20 世紀以來的人文基本話語破壞得體無完膚，我甚至懷疑這兩者的合謀會導致中國文學走向世紀末的衰敗。

　　如果說「新寫實」是一次小說革命的話，它無疑是推動了文學對下層平民的文化關懷，然而，當初叱吒風雲的一些人物，今天卻表現出逐漸對其筆下人物的無限冷漠的傾向。我們並不是要求作家回到「僞現實主義」的道路上去，而是要尋回批判現實主義的武器，重新介入生活、介入描寫客體的靈魂、介入對人物主體的情感批判，總的說來，就是找回批判現實主義的精靈，對整個社會和時代擔負起應盡的義務和責任。這裡所說的作家主體的介入，既不是「僞現實主義」的「假大空」的鬼魔，亦不是所謂「新體驗」的商業化採寫。而是作家主體面對人類痛苦和幸福所作出的即時性反映，沒有這個價值判斷，作品就陷入了照相現實主義的泥沼，作家亦就沒有存在的必要。如果說 80 年代後期西方「新新聞主義小說」在新時期小說歷史發展過程中起過積極作用的話，那也是技術層面的勝利。如果追溯到意大利的「新現實主義」把攝影機扛上大街的運動，把這種革命化的運動都看成是與文化意義相牴觸的文學現象，則完全是個誤解。從貴族圈裏走出來，沉到下層平民當中去，這本身就是個文化態度。任何作家都不可能進入純客觀的情感的零度，任何作品也不可能成為一幅機械的圖畫。即使是被稱作自然主義大師的左拉，其筆下也滲透著強烈的人文批判精神。而我們的許多作家卻自以爲將小說中的文化意義剔除就能獲得文本的勝利，就能獲得商業化寫作的特許證，實乃中國文學的大悲劇！

　　如今的文壇可謂是「新」潮迭起，花樣翻新，目不暇接，熱鬧非凡。在眾多的大纛之下，眾多寫家都奔著一個目標——爲商業化寫作、爲文本寫作，而不惜犧牲一個作家最基本的良心和人格。作爲人類精神產品必不可少的基因構成——文化意義的必然選擇，被這世紀末的狂飆吹得一乾二淨。當然，也有少數作家正以悲壯的吶喊在呼喚著烏托邦的理想人文境界。在強大的壓力下，他們不能自己，只能求助於宗教意識的傾注來解釋人生，給別人也給自己尋找一條可以逃遁的路。對此，魯迅先生早已說過：「文藝是國民精神所發的火光，同時也是引導國民精神的前途的燈火。……中國人向來不敢正視人生，只好瞞和騙，由此也生出瞞和騙的文藝來，由這文藝，更令中國人更深地陷入瞞和騙的大澤中，甚而至於已經自己不覺得。世界日日改變，我們的作家取下假面，眞誠地，深入地，大膽看取人生並且寫出他的血和肉來的時候早到了；早就應該有一片嶄新的文場，早就應該有幾個兇猛的闖將！」﹝註18﹞在這一片鼓譟聲中，我們面對一束束鮮豔的罌粟，會想起鴉片的巨大危害嗎？！會去追尋人類文化精神的聖火嗎？！

　　現實主義作爲一個變幻著的永恒話題，始終是文學不可逾越的屏障。整個20世紀，中國文學盤桓在各種各樣翻新的現實書寫之中，儘管也出現過多種旁枝逸出的唯美流派和方法，但現實主義的幽靈始終徘徊在中國文壇，它亦必將隨著高科技時代一同伴隨我們步入21世紀。且不論它的發展前途和命運如何，就其在現階段存在的必然性和合理性，我以爲是不可低估的。

　　在中國社會擠進了全球一體化的經濟運行軌跡時，我們不能不看到這樣一個嚴峻的事實，即文化和經濟的極大反差和落差所形成的中國社會現實的畸變，給中國作家提供了一個描述光怪陸離、色彩斑斕、眼花繚亂的活生生的現實世界的可能性：一方面是飛速崛起升騰的現代經濟，拉動著城市的突飛猛進，鱗次櫛比的巨群高樓像雨後春筍般慫恿著紙醉金迷，聲色犬馬的都市生活走向無邊的奢華；另一方面是封閉貧困農牧自足形態經濟抑制著中國農業文明的發展，爲溫飽而覓食，而把終生精力消耗在單一重複的機械勞作上的農民們，在廣袤的共和國國土上並沒享受到田園牧歌的詩意，他們更渴望大都市的現代文明，物質的滿足將成爲他們長時期的奮鬥目標。於他們來說，精神的需求尚是一個遙遠的夢境。誠然，即便是在大都市中，也還面臨著許多難以克服的社會弊端，許多諸如工業資本主

﹝註18﹞　《墳‧論睜了眼看》，《魯迅全集》第1卷，第254頁。

義時代，以及後工業資本主義時代的文化弊病同時湧入了這個社會機體中，呈現出了千奇百怪的社會現象：一方面是廠長經理們的揮霍奢糜，另一方面是下崗工人的水深火熱；一方面是資本家們原始積累形態的貪婪剝削，另一方面是「剩餘價值」理論下工人做牛做馬的場景；一方面是電子時代高科技深入到日常生活之中，人們盡情充分地享受物質帶來的幸福，另一方面卻在精神信仰的危機中求諸於唯心的理念……凡此種種，一幅幅異化世界的現實生活圖景可謂生動之極，爲生存在這個世紀末（90 年代）的作家們提供了比一百年總和還要豐富得多的素材。然而，我們的作家們又是如何面對這一紛繁而駁雜的現實世界的呢？他們不是沉緬在「敘述」的「技術革命」中，就是對現實世界作出一些主觀性的膚淺的概念性描述。實乃中國文學的一大悲哀。

文學家背對嚴酷的生活，或放棄對現實生活的描寫契機，或淺化現實生活的內涵，這只能說是一種文學道德上的犯罪。

正因爲建國以來歷次文學運動和政治鬥爭給中國的現實主義寫作帶來了無窮的災難，我們在反思現實主義創作時往往帶有極大的盲目性，所以，至今我們尚不能確認現實主義是何物，所以，我們便很難進入真正的現實主義書寫過程中。是「左聯」以降的一套又一套的社會主義的理論條文和框架把我們束縛得連常識性的問題都搞懂了，使我們在現實生活面前無所適從。而新時期以來，對建國以來被歪曲了的現實主義的反撥而形成的所謂「新寫實」，正回到了舊現實主義的原點（左拉式的寫實，即所謂「自然主義」）。但正當它試圖進一步昇華時，卻又被這物質時代的種種合力閹割了。

90 年代以「現實主義衝擊波」爲主潮的現實主義寫作，它究竟爲我們提供了些什麼呢？顯然，這個話題似乎顯得很沉重，但卻是個難以迴避的現實存在。

但是，須得說明的是，我這裡所說的「現實主義衝擊波」只不過是個借代，泛指的卻是 90 年代大量出現的寫實作品（主要是小說），既有狹義性的嚴肅小說創作，亦有廣義性的包括擬報告文學式的小說創作在內的諸多爭獎作品。這個寬泛概念下的文學作品（主要是指小說）之所以更能進入「主流話語」和「權力話語」之中的根本緣由在哪裏呢？

首先，當我們廓清了附加在現實主義身上的種種定冠詞的時候，我們發現，現實主義並不是一個完全沒有立場的寫作形態，沒有立場的寫作是永遠

不能出現的。情感的零度，純客觀的態度，相對那些虛假的、純粹爲政治服務的寫作來說，它有進步性。然而，一俟作品背離了它所應有的公正立場，也即作家主體的道德立場，作品還有什麼靈魂之依託呢？90 年代以來，所謂寫實主義作品的向度呈無邊的開放型：一種是以犧牲眞善美爲代價的立場位移，諸如在敘寫一切醜惡現象時，抱以最冷漠的平靜態度，甚至以社會進化論來替代永恒的美學；一種是以虛無主義、存在即合理的哲學來消彌對社會醜惡的文化批判，由此而形成的大量的寫實主義作品趨向於取消作品哲學性的深度思考，用平面化的寫作來完成對生活表象的描述，甚至用調和的態度來取消是非曲直的價值判斷，將人物的命運推向不可知不可測的唯心主義價值體系中；還有一種更爲可惡的寫作型態，那就是帶著十二分的功利性投入寫作，其動機性是十分鮮明的，作者在構思人物、情節，甚至細節時，就早早編製好了一套程序，這個程序必須適應某個評獎機制的要求，這種寫作完全退回到了文革時期的寫作狀態，其作品之濫，已達到了令人髮指的地步，甚至粗糙到連《豔陽天》《金光大道》都不如的寫作境地。

　　綜上所述，我以爲在現實主義的書寫過程中，作家對本世紀眼花繚亂的理論闡釋可以棄之不顧，但是，對現實主義中不可逾越的永恒定律是要持謹愼態度的。

　　正因爲現實主義的「反映論」被一幫極左分子推向了絕境，以至後來的人們一度恥於談現實主義，恥於在作品中表現出作家的立場與態度。其實，作爲現實主義，最最不可替代的就是作家人性和人道主義的立場，這種立場是超階級性的，也即寫作方法大於世界觀的觀念，一切以人性和人道爲準繩，這就預示著作家要克服世界觀的偏頗，首先想到的是高於一切的作家立場——我的書寫是否符合人類的通行標準：即人性和人道的尺度。否則，這種現實主義的寫作就是盲目的。就此而言，當我們回眸這些年來的創作時，發現大量的文學作品在時代的病痛面前閉上了眼睛，描寫揭露醜惡現象時，只能是淺嘗輒止。有人認爲這是深入生活不夠，我卻以爲恰恰是人性和人道主義立場的衰落，當然，這種沉淪是由於這個物質時代的種種原因造成的，但它決不能成爲眞正現實主義寫作的遮陽傘。就連進入後現代主義文化的歐美社會在重返現實主義之途中，也始終標舉著這一人類永恒不變的旗幟。我們似乎沒有理由來拒斥和褻瀆這一人類最嚴肅，也是最神聖的立場。儘管這樣的道德立場在現今的中國文壇最不值錢，但它的生命力卻是永恒的。

　　既然我們須得堅持人性和人道主義的立場，那麼，我們在現實生活的描寫中就得支持文化批判的姿態。我們的社會尚不是一個完美的社會，正因爲在世界大同沒有到來之前現實主義就不能放棄其文化批判的功能，因此，堅守文化批判就成爲當下和未來現實主義寫作的必然。作爲作家，他（她）不可能完成政治家的歷史使命，但他（她）絕對有義務指陳社會的弊端，爲人類的心靈淨化作出自己的貢獻。儘管多年來我們一直把批判現實主義歸爲資產階級「浪子」文學的行列中；儘管在 50 年的當代文學發展中一提「批判」和「干預」就令人毛骨悚然。但是，作爲現實主義不可或缺的要義——你要堅持人性和人道主義立場，你就不可能放棄自身的文化批判態度。這似乎是一個老調重彈的理論問題，但就是這些常識性的問題常常被人們所忽略，尤其是被年輕一代的作家所鄙視，這才是一種作家心靈深處的精神歷史的斷裂。

　　綜觀當下許多標榜爲寫實主義的作品，我們不難看到以下的幾種情形：

　　　　一些作品在粉飾太平時忘卻了生活的本眞，置現實於不顧，惟「主義」至上，這個「主義」就是功利主義。爲什麼這些粗糙的作品能夠橫行，除了體制問題之外，便是作家們徹底出賣了自己的人性和人道，文化批判的態度徹底化爲一種私欲的滿足，這也是「拜金主義」、「拜物教主義」的另一種翻版。

一些作品在描述現實生活世界時，可以明顯地看出作家的遊移態度。一方面是以人性和人道主義的目光去同情和憐憫被污辱與被損害者，另一方面又不得不爲一個圓滿的太平盛世畫上一個美麗的句號。因此，調和折衷就成了這些作品致勝的法寶。這種不痛不癢的現實主義文學，只能停滯在蜻蜓點水式的生活表層，它不能進入人們的心靈世界。用「仁慈」來化解嚴酷的社會生活矛盾是難以彌合心靈創傷的；用抹平傷痕的方式是難以解決日益分化的階級矛盾的。

　　還有一些作品，在「新寫實」的慣性之下，只對現實世界作出最細緻的描述，以爲用羅中立（《父親》）式的鏡頭就可完全表達出自身的人文立場。殊不知，在這個物化主義的時代，這種近乎於機械主義的客觀描述，只能是一種被動性的表述。也許在某些人的眼中，它能激起瞬間的意念衝動，但是時過境遷，它卻難以被眾多的受眾所接受。這種「技術層面」的「革命」絲毫不能改變和激活人們以現實生活的認知方式，相反，它只能把人們引領進敘述的「迷宮」之中而更加懵懂。

　　當然，就當下現實主義形態來說，或許還遠不止這些。即使如此，我們也可以從中看出它爲什麼遠離民間的眞正原因所在。其實，就現實主義而言，茅盾在那個極左的時代裏，用極左的目光卻看出了一個現實主義顚撲不破的眞理：「在社會經濟和階級鬥爭的歷史發展的多個階段上，往往相應地出現了內容和形式都更豐富或具有新的特點的現實主義文學，而以 19 世紀的批判現實主義爲其最高峰，也就是說，批判現實主義可以看作現實主義創作最完美的階段。到批判現實主義爲止，我們可以總稱爲舊現實主義。」（茅盾：《夜讀偶記》，百花文藝出版社 1959 年版）具有諷刺意味的是，這個「舊現實主義」作爲批判現實主義的發展高峰，它不僅在後資本主義時代的文學中仍佔有十分重要的地位，而且在社會主義國度中的社會主義現實主義的極左教條潰滅之後，更加突顯出它的魅人風采。在我們這個多元化的社會機制中，批判現實主義的精華不更能激活作家的寫作欲望嗎？放棄了文化批判，現實主義只能是一種膚淺的表述；放棄了人性和人道的立場，亦可能把現實主義引入歧途。從這裡，我方才能夠眞正理解胡風「創作方法彌補世界觀不足」的眞諦所在。

　　正因爲文化批判力的消解，再加之大眾文學中普泛的廉價喜劇和美學需求，悲劇的美學要求已被束之高閣，「崇高」的美學範疇已然被「滑稽」的鬧劇所替代，人們神聖感的消失，便帶來了悲劇在這個時代的瓦解。然而，一個沒有悲劇的時代卻是一個悲劇的時代，它從另一個側面證實了作家良知的消亡。作爲深度意義上的現實主義內涵，擯棄了悲劇的美學形態，就意味著它的膚淺化和平面化。從這個意義上來看 90 年代的創作，除去歷史題材的作品以外，作家在切近社會現實的過程中，從一開始就沒有意識到悲劇於自身的創作內容有著血脈的關聯。因此，我們將無法考證在大量的創作中關於死亡的話題，即便是在書寫過程中遇到了「死亡」，那也是一種純形下或純形上的描述，絕沒有完成一種從形下到形上再到形下的二度循環，即從形象到理念再到形象的悲劇昇華過程，這種大手筆的悲劇美學提升成爲這個時代現實主義描寫的悲劇癥結所在。

　　我們這裡所說的悲劇描寫不僅僅是亞里斯多德所要求的「產生同情和憐憫」的美感，這種美感或許含有更多的道德倫理成分。更重要的是，我們在悲劇的描寫中應當深刻地揭示出那種「歷史的必然」（恩格斯語）。就此而言，當下的現實主義作家或恐早已把這種悲劇美學觀棄之如敝履了，何談運用

之？就連做老巴爾扎克式的「書記員」的角色，亦被一浪又一浪的僞新潮所拋棄。難道「悲劇」的帷幕在中國文壇的世紀末降落下來了嗎？當我們偶然在一兩部電視劇中看到「悲劇的誕生」，便感到興奮不已，這能說是「現實主義衝擊波」的力量嗎？難道眞如福柯預言的那樣「人死了」嗎？從「上帝死了」到「人死了」，這確實是一種人類文化發展到高科技階段的悲哀。然而，我們就不能克服這種文化的弊端嗎？看來，悲劇的重新誕生，才是拯救人類靈魂的一帖清醒劑。

由於新時期以來對建國後 30 年文學中的「典型」說進行了無情的批判，也由於物質時代「英雄」的毀滅，人們對那種虛假的「典型」塑造持嗤之以鼻的態度。但是，就當下的現實主義題材的創作來看，我以爲正是缺乏恩格斯對「典型」的概括精神：「據我看來，現實主義的意思是，除細節的眞實外，還要眞實地再現典型環境中的典型人物。」（恩格斯：《致瑪·哈克奈斯》）在細節描寫中，我們大量的寫實作品，其描寫的力度是相當大的，甚至是相當「逼眞」的，逼眞到毫髮畢現，逼眞到帶著生活毛茸茸的質感。然而，這些「高技術化」的描寫，只能局部強化作品的「眞實」感，但它們卻是死的「仿眞」藝術。其中最關鍵的問題就在於我們已經不知道如何「眞實地再現典型環境中的典型人物」了。因此，在我們諸多的寫實作品中，出現了兩極分化的人物描寫：一種是人物面目不清，完全是以符號化的象徵物出現在作品之中的形象，另一種則是回到了「三突出」的典型塑造的模式當中去，人物和那些程序化的情節線索揉合在一起，使人馬上聯想到「高大全」的形象。這種驚人的退化正說明了現實主義的無奈和被利用。

典型環境中的典型人物，既非批判現實主義倡導的「多餘人」形象和「小人物」形象，這些形象可以寫，但不是惟一，則更要看作者怎樣去寫，亦非極左思潮產物下的「高大全」式的英雄典型的塑造。他（她）應該是巴爾扎克筆下的一種反映出「歷史的必然」的形象描寫：「『典型』這個概念應該具有這樣的意義，『典型』指的是人物，在這個人物身上包括著所有那些在某種程度跟他相似的人們的最鮮明的性格特徵；典型是類的樣本。因此，在這種或者那種典型和他的許許多多同時代人之間隨時隨地都可以找出一些共同點，但是，如果把他們弄得一模一樣，則又會成爲對作家毀滅性的判決，因爲他作品中的人物就不會是藝術虛構的產物了。」（巴爾扎克：《〈一樁無頭公案〉初版序言》）既然是現實主義的寫作，你就不能逃脫對人物的刻畫，而目

前我們此類作品中對人物描寫表現出來的低能和弱智，其重要的原因就在於我們的許多年輕作家讀現實主義的名著甚少，不瞭解傳統就意味著淺薄，那種一味地憑「靈感」，而無傳統作品作參照系的寫作狀態，是一種最危險也是最無知的寫作。人物是不能隨心所欲來創造的，殊不知，他一旦離開了「典型環境」的描寫，他就中止了生命力，雖然我們不指望自己的作品成爲傳世的史詩，但是，作爲現實主義人物描寫的最基本法則，我們還是要遵循的，否則，你就不能冠以「現實主義」之名。

　　依然是老巴爾扎克的箴言：「任何一個史詩式的主人公，他不僅能夠眞正立起來，自爲地行動，而且他還同時是我們發自靈魂深處的感情的一個人格化的人物。這樣的人物就好比是我們的願望的產物，是我們希望的體現。他們身上的生動豐富的色彩就表現出了作家所再現的實在人物的眞實性，並且他還高於實在人物。沒有這一切就談不上什麼藝術，也談不上什麼文學。」（巴爾扎克：《〈古物陳列室〉、〈鋼巴拉〉初版序言》，1839）不要以爲現實主義是拒斥理想的產物，相反，現實主義的力量正是孕育在對「歷史的必然」的希望之中。就這個意義上來說，在人物塑造過程中，作家對其自然而然的主體性介入還是必要的，並非是冷漠的客觀再現。這不是一個以現實主義爲高潮的文學時代，但在這多元化的文學時代裏，現實主義的本義卻在逐漸被曲解，被異化。我不知道是文學史的一種進步呢，抑或是一種倒退？本文匆匆寫就，掛一漏萬，其目的是抛磚引玉，將現實主義的討論引向深入。儘管我們知道其最後的結局是無解的，但它有益於現實主義的成長和發展。

二

　　前幾年在讀《受活》時，我就開始寫一篇關於閻連科創作手法發生本質變化的文章，結果只寫了一個二千多字的開頭就擱置下來了，那時，我對《受活》表達的內容是十分推崇的，而對其荒誕主義的技法表達是持懷疑態度的。後來陸陸續續讀了《丁莊夢》《風雅頌》《日光流年》，又讀了《四書》，則感到一種冷颼颼的震驚，一直想寫一篇評論文字，再後來看到閻連科舉起了「神實主義」的創作大旗，就覺得這個新的提法似乎與《四書》的創作主題與表現方法並不能夠吻合，但是，經歷了這幾年觀察閻連科的創作路向，便理解了作者的這種提法的艱難與苦衷，尤其是這次在杜克大學東亞系召開的「閻連科『神實主義』創作研討會」上，作者自己在解釋

「神實主義」的內涵時，特別強調他在一系列作品創作時對「眞實」的理解，這給了我啓迪——他認爲最高的眞實來自於創作中迸發出來的那種情不自禁的「內眞實」的表達。而羅鵬教授卻用三種不同「眞實」觀，即：「超現實主義」、「超現實的主義」和「超主義的現實」來表達三種不同類型的「眞實」，也的確有助於我們對閻連科一系列作品的解讀。無疑，我更加讚同的是《四書》具有「超主義的現實」的韻味。我十分能夠理解一個中國作家爲了規避某種不必要的干擾，無奈地選擇一種只有在貌似戲謔、變形的喜劇形式中，作者才能曲折地表達出其所要傾訴的思想，因爲在中國現實與思想的直接裸露是一種扼殺自己作品的行爲，所以這種主張明顯帶有某種規避批判鋒芒的意圖，但是，作品所呈現出來的那種荒誕的批判，要比直接性的批判表達還要深刻得多。作爲一個作品的解讀者，我以爲「神實主義」是閻連科爲了表達那種無法言喻的「內眞實」時所尋找出來的理論概括的詞語，然而，一旦用「主義」來表達就會引來不同意見的攻擊。我本人完全能夠理解作者此時此刻的創作心境，但是，作爲一個作品的閱讀者和批評者，我仍然認爲「神實主義」還是不能完全和準確地表達出《四書》的內容與形式所呈現出來的全部內涵。雖然作者所闡定的「神實主義」的概念已經被許多評論家所認可，但是，我仍然堅持用「荒誕批判現實主義」這個名詞來概括這部頗有爭議的作品。

就我個人的閱讀經驗而言，我將這部書定性於「荒誕批判現實主義」，其理由如下：從其內容上來看，作品要表達是那個荒誕瘋狂年代裏眞眞實實發生過的歷史事件。無疑，它的主題指向是控訴那個被歷史所遮蔽的曠世荒誕政舉下對人性摧殘的惡行，從這個角度來看，它從頭至尾都漫溢著濃濃的批判現實主義的氣息和元素，就像 19 世紀許多批判現實主義作品痛斥資本主義在原始積累中的種種醜惡一樣，作者的意圖旨在批判那個專制時代將人變爲「神」鬼的史實；而從另一個角度來看，它在許多情節與細節的描寫中穿插了超越現實的誇張、變形、幻想和幻覺的創作技法，致使它又飽含著非現實主義的元素與荒誕主義氛圍。這兩組水火不容的寫作元素摻合在一起，既不是馬爾克斯的「魔幻現實主義」路數，也非博爾赫斯的「心理現實主義」剖析，更不是略薩「結構現實主義」的機巧，而是由確確實實的眞實歷史事件作爲寫作藍本的超現實創作，它的全部價值就在於用變形的藝術法爲遺忘歷史的中國人提供一個正確認識那段歷史的價值取向。

用閻連科的說法就是「神實主義絕不排斥現實主義，但它努力創造現實和超越現實主義」。〔註19〕更確切地說，作者的邏輯理路是這樣的：

> 神實主義，大約應該有個簡單的說法。即：在創作中摒棄固有眞實生活的表面邏輯關係，去探求一種「不存在」的眞實，看不見的眞實，被眞實掩蓋的眞實。神實主義疏遠於通行的現實主義。它與現實的聯繫不是生活的直接因果，而更多的是仰仗於人的靈魂、精神（現實的精神和事物內部關係與人的聯繫）和創作者在現實基礎上的特殊臆思。有一說一，不是它抵達眞實和現實的橋梁。在日常生活與社會現實土壤上的想像、寓言、神話、傳說、夢境、幻想、魔變、移植等等，都是神實主義通向眞實和現實的手法與渠道。〔註20〕

按照閻連科對「神實主義」的解釋，它應該具備的幾個元素是：一、追求一種「不存在」、看不見的眞實和被一種虛假眞實掩蓋了的眞實；二、疏於當代通行的現實主義，仰仗於作者對人的靈魂與精神的「特殊臆思」（這個「臆思」很有意思，應該是超垷實哲思的表現，也就是「神賦予的現實」，這恐怕就是所謂的「神實」）；三、不同於「有一說一」的現實主義創作方法，而是融入了「在日常生活與社會現實土壤上的想像、寓言、神話、傳說、夢境、幻想、魔變、移植等等，都是神實主義通向眞實和現實的手法與渠道」。〔註21〕這就是在藝術方法上所攫取的魔幻主義手法。所以，就個人的閱讀經驗而言，我並不完全同意作者對此書的理論概括。如果要我進行定義的話，我覺得定位在「荒誕批判現實主義」的理論方法上似乎更加貼切適合《四書》的再現與表現內涵。因爲從20世紀四十年代誕生時，荒誕主義的表現方法主要特徵就在於它在關注現實世界時採取的是用各種各樣變形的「哈哈鏡」來照射事物與人的。有人將它概括爲以下幾種特徵，雖然有些不夠準確，但是，我以爲它給我們當代許多閱讀《四書》的人提供了一種可資的借鑒：「按照存在主義的觀點，『荒誕』是上帝『死』後現代人的基本處境。在薩特那裏，表現爲人的生存的無意義，在加繆那裏，表現在西西福斯式的悲劇，在卡夫卡那裏，

〔註19〕 閻連科：《中國今天的現實，閻連科：「神實主義」——我的現實，我的主義》，《中華讀書報》2013 年 11 月 23 日。

〔註20〕 閻連科：《中國今天的現實，閻連科：「神實主義」——我的現實，我的主義》，《中華讀書報》2013 年 11 月 23 日。

〔註21〕 閻連科：《中國今天的現實，閻連科：「神實主義」——我的現實，我的主義》，《中華讀書報》2013 年 11 月 23 日。

表現爲異化、孤獨、徒勞和負罪……總結起來有以下七大特徵」〔註 22〕對照
這些新批評家所歸納出來的七條標準，我認爲《四書》既有與之吻合之處，
又有背離之處：一、荒誕主義主張自己「是現實主義的承繼者和突破者」。而
《四書》就是爲了更加接近被歷史所遮蔽和掩蓋著的眞實，取其無奈的、具
有宗教色彩的「神實主義」正是對以往的現實主義的「繼承與突破」，其所謂
繼承，既不是繼承社會主義現實主義，也不是 80 年代後期的「新寫實主義」，
更不是什麼所謂的「現實主義衝擊波」式的花頭巾，而是繼承了歐洲 19 世紀
批判現實主義的衣缽。二、面對現實，《四書》在中國當下文學當中算得上是
最具人性哲學思考的作品，「對於人類社會的關注和表達更具有普遍性、整體
性、精神性和前瞻性。」從這個意義上來說，全書漫溢著的哲學思考不僅僅
是通過人物的言行和故事的情節細節表現出來，而且時時通過潛在的語言和
情境描寫的畫外音呈現出來，這無疑是《四書》的亮點。三、「爲了全方位地
表達人生與世事的荒誕，文學的手段也是荒誕的。」這一點特別適合論證《四
書》中的許多荒誕時代荒誕故事情節與細節的表達，而且作者往往採用的就
是荒誕主義那種變形誇張的藝術手法，它無疑是最準確地把握了對那個荒誕
年代本質的揭示。四、「整體荒誕而細節眞實。藝術手段上的誇張變形是極端
化主題的需要，通過『陌生化』的手段抵達更本質的眞實。正因爲作品整體
情節是荒誕的，細節眞實才更要步步爲營，每個人物都必須嚴守與自己的現
實身份相符的生活邏輯，只有這樣才能揭示出生活本質的悖論情境。」與這
樣的荒誕主義相比較，《四書》是與之相悖的，恰恰相反，整體的歷史眞實（前
文所說的那種超越虛假眞實的眞實）的表現是作品的主旨，而這部作品最有
創意之處，就是在於對細節眞實的超越！諸如用人血灌漑玉米穀穗，使其生
長成碩大無朋的良種，這種絕無可能的細節恰恰是對「大躍進」時代荒唐的
畝產十萬斤的「科學結論」的極大諷刺，它使人們深思：誰是那只看不見的
荒誕的魔幻之手呢？誇張變形的細節看來是違反生活邏輯的，但是只有具備
中國歷史經驗的作者，才能如此深刻地表達出這種超越荒誕的荒誕細節，因
爲它符合的是中國當代歷史的細節，這一點是西方作家無從獲得的最寶貴的
歷史素材。所以，這種體驗恰恰是與西方的荒誕主義主張背道而馳的。五、「在
一部荒誕性作品中，象徵情境與故事情境必須是嚴格對應的，絕對不能爲象

〔註 22〕參見《文藝爭鳴》2008 年第 10 期，邵燕君文中關於批評閻連科幾部長篇小說
時對荒誕現實主義的定義。

徵主人公隨便安排一個背景環境。在對荒誕派文學的理解上，有一點是容易被人忽視的（尤其容易被中國作家忽視——筆者注），就是在其令人戰慄的絕望背後的價值關懷。」是的，《四書》之所以不被年輕的一代理解，主要是在於它的「象徵情境」的營造上，而與之對應的一切充滿著精神病態的「罪人」的「故事情境」，是高度吻合了其「天」和「故道」的「象徵情境」的。它終極指向的確「就是在其令人戰慄的絕望背後的價值關懷。」——而我認為，正是在這一點上，作家的批判現實主義的鋒芒就在荒誕主義的描寫中呈現出來了。六、荒誕主義講究的是「在荒誕作品一團漆黑的世界背後，總能看到一個反抗絕望的英雄，或者一個痛苦掙扎的靈魂」。而《四書》卻是塑造出的是一個個虛假的英雄、失敗的英雄、被洗腦的英雄，他們也「反抗絕望」，但不是在「絕望中誕生」，而是在「絕望中滅亡」。所以，在荒誕時代產生的荒誕英雄其實都是一群掙扎在精神死亡線上爾虞我詐的野獸而已。所以我們只能看到後者——一個個「痛苦掙扎的靈魂」！七、荒誕主義的一個特徵還表現在「荒誕的圖景愈是荒誕絕倫愈是蘊含著一種理想主義的痛心疾首，一種天真而銳利的失望。」用這個觀點來解析《四書》只能是說對了一半，作品的確充滿著荒誕絕倫的圖景，但是它並非表達的是一種理想主義的東西，如果硬要說「理想主義」，那就作者試圖用宗教式的「神實」來完成對人性的書寫。其實，包括那個黨的化身的「孩子」都是充滿著理想主義的犧牲者和被祭奠者，而作者試圖站在一個人類學的高度來書寫這些被時代所遺棄的「英雄」們，雖然他們每一個人都在人性的生死考驗中暴露出了惡的一面，但是最後還是回歸了大寫的人性之中。作品更想表達的可能還是這場由鬧劇演化為民族悲劇的史實，會給我們的民族性格打上什麼樣的歷史烙印！從這個角度來說，閻連科所思考的形而上的問題要比其他同年齡段的作家要深刻得多。孫郁對「神實主義」的解釋是：「閱讀他的作品，故事與人物多為變形的存在，追求的是神似而非形似的境界，內覺的複雜超過了形體的複雜。在向著人的內宇宙挺進的時候，神異的色彩誕生了。一切都非安詳的樣子，總在驚恐、黑暗、無奈裏漂移，是極地似的天氣，寒冷無所不在地襲擾著四周。這令人想起陀思妥耶夫斯基和卡夫卡的文字，但在經驗上又如此的帶著中土意味。失敗感與恐怖感連帶著死亡氣息在四處流溢。這種感受不都是世紀末式的存在，其文字裏總能讓人讀出出離死滅的渴念，以及與惡搏擊的力量。對象世界的晦氣與敘述者的不屈的掙扎的毅力，在反差裏給小說的空間帶來

了不斷開闊的漩渦效應。」〔註23〕顯然，他也感受到了閻連科對眞實世界的變形描寫是一種反抗性的寫作。

王堯顯然是有限度地同意「神實主義」的提法，因此提出：

> 「如果說，《受活》《丁莊夢》《風雅頌》等是顛覆了『現實』的『眞實性』，那麼《四書》則是重構了『歷史』的『眞實性』，閻連科筆下的『當代中國』因此完整。我願意把《四書》視爲閻連科『神實主義』的代表作。」〔註24〕無疑，這種解釋的理論仍然是建立在對現實世界荒誕性的批判基礎之上的，也就是肯定了作品的批判性的形式與內容的表現與表達。

「當我們參照閻連科『神實主義』的主張，便不會把閻連科這些年在小說文體上的探索與創新簡單地歸爲形式和技術問題。在《炸裂志》中，『閻連科』在小說中的出現，自然可以在敘事學的層面上做出種種技術分析。但我想放棄這一駕輕就熟的思路，將自己作爲小說中的人物從 80 年代中期開始到現在，是許多小說家的手法。閻連科如此使用『閻連科』並不只是一個純粹的技術問題，顯然與他自己創造的『神實主義』理論有關，只有如此，閻連科才在他的精神、靈魂與現實之間找到關聯點。而他用『方志』這一形式作爲小說的結構，顯然是因爲『方志』是記載歷史的最典型的形式。在這之前的《四書》在結構和形式上同樣是一種世界觀和方法論的體現。一個懺悔的知識分子分別寫作了《罪人錄》和《故道》；一個不知姓名的孩子口述了《天的孩子》，一個無名氏整理了《天的孩子》；一個學者寫了半部書稿《新西緒弗神話》。——這樣的分工與佈局，其實正是閻連科對『歷史』的一種理解，他不僅分別了歷史中不同人物的命運，而且也在這四部書的組合中還原了歷史進程中的矛盾結構以及作爲體現了歷史『眞實性』的細節和情節。因而，小說的形式在這裡已非單一的技巧。同樣的情形也存在於《日光流年》和《受活》之中。正是這種方法論的實踐，閻連科才獲得了不斷創新的動力以及他想像『當代中國』的方式。」〔註25〕他的這種回答是對近幾年來誤解、曲解和詆毀閻連科作品內容與形式的一種糾正，顯然，近幾年那種把內容與形式

〔註23〕 孫郁：《寫作的叛徒》，《讀書》2012 年第 5 期。
〔註24〕 王堯：《作爲世界觀和方法論的「神實主義」》，《當代作家評論》2013 年第 6 期。
〔註25〕 王堯：《作爲世界觀和方法論的「神實主義」》，《當代作家評論》2013 年第 6 期。

割裂開來，只注重閻連科創作形式主義變化，卻忽略了形式是服膺於思想表達的重要手段的作家意圖，則是十分可惜的批評分析。殊不知，形式是與內容分不開的，形式是服務於形式的理念應該是小說創作的一個眞諦，尤其是在中國這樣一個國度裏，純粹玩形式主義理論和玩形式主義文本分析是不適宜的。

　　我並不以爲 19 世紀盛行的批判現實主義在中國的制度下不適用了，而是你的文學根本不允許你抵達這個方法的彼岸。一九五〇年代胡風的所謂「創作方法大於世界觀」、邵荃麟的「現實主義深化論」等，就試圖走這條道路，卻很快被批判了，於是，幾十年來，讓中國當代作家代代相傳的遺傳基因卻是如何規避風險，這是作家們爲文學作品買下的最大一筆保險。這一點閻連科也很清楚：「久而久之的寫作習性，每個作家的內心，無論你承認與否，其實都有了一道自我與深層現實隔離的屛障，在寫作中點點滴滴地養成了自我的寫作管理和本能的寫作審查。一邊是豐富、複雜的社會現實和人心世界，另一邊是阻攔作家抵達這種豐富、複雜的社會屛障和作家寫作的本能約束。我相信，每個作家都在這種矛盾和猶豫中寫作，都明白，當代文學創作中描摹現實的現實主義無法抵達我們渴望的現實主義的深度和廣度。現實主義只停留在一部分可以感知的世界上，而那些無法感知的存在的荒謬與奇異，現實主義則無法深求與探知。而作家努力衝破這種束縛屛障的掙扎，已經成爲當代文學中最大的疲勞和不安。」〔註 26〕這就是《四書》只有用變形的方法來間接表述自己作品意念的緣由。但是，它所遭遇到的是中國大多數讀者的「誤讀」，尤其是年輕人的「戲讀」，這就是中國人屛蔽歷史、忘卻歷史的悲哀。如果文學都無法擔當起這樣一個揭露那個荒誕年代歷史眞相的書寫能力，讓下一代人把它當作兒戲與遊戲來看，我們的國民劣根性將是被一群披著博士和教授外衣的所謂「精緻的知識分子」在進一步發揚光大，讓一個民族的精神創口流膿淌血，還鑼鼓喧天地慶祝。

　　與上個世紀 80 年代模仿「拉美爆炸後文學」所不同的是。《四書》在現實與超現實兩種不可能融合的寫作方法與技巧的重新編碼中，完成了這個長篇的縫合，這首先是要感謝那個時代，它爲作家提供了一個充滿著豐富荒誕歷史內容的表達場域，其次，才要感謝作家善於發現和表現了這樣一個少人問津的原

〔註 26〕閻連科：《中國今天的現實，閻連科：「神實主義」──我的現實，我的主義》，《中華讀書報》2013 年 11 月 23 日。

始素材，將他雕琢成一件層層鏤空的具有立體感的藝術品。因爲在中國許多人未必就能夠看懂這樣的作品，有的只能看表層，有的可能只能看出其背後的寓意，只有少數人才能抵達這部作品的內核之中，去體味許多難以言表而意味深長的哲思內容。而作爲一個「寫作的叛徒」，閻連科在其自由揮灑中能否達到那個「自由皇帝」的境界呢？這是一個值得探討的問題。我十分理解閻連科提出的「內眞實原則」的提法，他把這個作爲 20 世紀小說新的發現：「內眞實是人的靈魂與意識的眞實」；「人物的眞實，早已超越了世相的眞實，進入了生命眞實和靈魂的眞實」，[註27] 他要表達的是「內眞實」才是眞實的極致這一「神實主義」的原則，也是他走向「深層現實主義」的哲學思考。但是你卻不能不說這個名詞的創造已然成爲閻連科文學創作理論的一種界定。然而，我以爲在《四書》的寫作過程中，他仍然被荒誕主義和批判現實主義的手法所包圍。

綜上所述，我以爲所有這些問題都牽涉到關於「中國經驗」與「歷史斷裂」的一個重要的問題。爲什麼有那麼多所謂先鋒的批評家對《四書》等作品採取的是否定的態度呢？這是一個值得思考的問題。十分遺憾的是，一些年輕的學者站在歷史的反面曲解了閻連科的作品，他們只看見作家許多細節「不眞實」的描寫，而看不見作家爲了抵達「內眞實」而忽略不計許多細節的不眞實，甚至看不到作家對眞實的變形與誇張。這種閱讀的隔閡，則是對歷史的不同理解所造成的。《四書》源自於《天的孩子》、《故道》、《罪人錄》和《新西緒弗神話》四本書組合而成，並非「四書五經」之義，這就將題目與內容的斷裂性提供給了讀者，引起了突如其來的第一層困惑。我閱讀了幾十篇評論文章，能夠讀懂《四書》者並不多見，尤其是那些自詡或被稱作爲「新生代批評家」的「精緻主義的知識分子」，自以爲讀過一點國外支離破碎的理論，就可以頤指氣使地評點中國作家作品了。殊不知，他們對本國的歷史知識與常識是嚴重缺乏的，尤其是對近百年來的中國歷史既無知識性和常識性的認識，又無對那個過往世界的感性認知。他們甚至還搞不清楚「大躍進」、「反右」與「文革」之間的歷史區別與關聯性，所以狂妄無知到沉湎於「查查字典小學生都能理解」「大躍進」的歷史讖語中，因爲他們所受的教育是被扭曲的，對紙面背後的歷史是盲視的，其價值觀往往是帶著極左的偏執，像這樣奇葩式的評論新星的誕生，只能說是中國評論界的悲哀。

[註27] 閻連科：《發現小說》，第 152～153 頁，天津，南開大學出版社，2011。

　　我不以爲《四書》就是一個什麼頂級的好作品，但是，它在中國近三十年的文學作品中卻有歷史性的地位：一是因爲它在重新回到歷史現場時，還原的不是平面的歷史說教，而是開啓了一個認知那個荒謬時代本質特徵的窗口；二是因爲它在摹寫歷史、描寫人性時，在批判現實主義的基礎上採用了藝術的變形手法，使不可能發生的事情更加逼眞地呈現在讀者的眼前，直達人們心理世界最隱蔽的暗隅，拓展了人們對歷史的深度思考。這是藝術的魔棒給文學描寫插上的翅膀。

　　不錯，從題材來看，在它之前，《夾邊溝記事》佔了先，但是，那是紀實性很強的小說創作，是在大量社會調查基礎上，用極強的寫實主義（自然主義）手法寫出來的作品，的確給人以震撼，這可能就是閻連科認爲的一種「外眞實」創作方法。然而，反映歷史的眞實性也可以有另一種更加「駭人」程度的誇張描寫，它抵達的是對歷史眞相「內眞實」的藝術發現。當然，我並非是否定《夾邊溝記事》的藝術成就，作爲一個個眞實場景的裸露，《夾邊溝記事》帶給我們的震撼力無疑是巨大的，但是，一部藝術作品更巨大的能量就在於它不僅僅是慘烈宏闊的場景再現，它促發人們思考的程度往往是需要藝術再造空間的。作爲「中國的古拉格群島」的描寫，我以爲兩者是各有千秋的，他們從不同的取景角度有力地印證了那個荒謬時代的荒誕性。而前者是寫實性的「再現」型作品，後者卻是寫實與超現實相融合的「表現」型作品。我也承認生活本身往往比作家的想像更加豐富廣闊，生活遠遠大於藝術的眞諦，但是，怎麼樣更加利用好手中的素材，使其發揮出更具震撼力的藝術效果來，才是一個作家需要認眞考慮的事情，作爲一個使用誇張變形手法將那段荒誕的歷史呈現出來的作者，閻連科的這部作品無疑會給遠離那個年代已經半個多世紀的許多青年讀者帶來困惑性的閱讀障礙，其根本原因是我們在教科書找不到這些歷史的蹤跡，所以才給受著遮蔽教育而根本不瞭解這段歷史的人們帶來了閱讀的障礙。他們的不屑一顧，那是因爲他們不瞭解歷史的眞相，如果僅僅是這樣，也情有可原，但倘若是站在一個反人性、反歷史的價值立場說話，我就無語了。我常常發現，如今的許多青年評論家根本就不是在進行文學研究的探討，其功利性就決定了他們對作家作品的選擇與好惡，戴上一個「二皮臉」的人格面具，滿嘴跑馬，卻能夠獲得滿堂喝彩。這無疑是當下評論的病症之一。

　　「全書涉及的諸如毀樹毀物大煉鋼鐵、虛報田畝產量並將口糧當成公糧上繳的浮誇風，乃至隨後大饑荒餓死人乃至吃草皮吃人肉等等據說是重磅炸

藥般的歷史書寫，就我的閱讀觀感而言，充其量，還不如百度百科『大躍進』條目來得深入細緻，更勿論和內地正式出版過的相關題材的諸多書籍相比了。仔細查考一下就會知道，大躍進在當下中國其實並非絕對禁區，任何一個小學畢業的讀者，只要有心，他不用去看任何禁書，單從正規圖書和被允許的網絡渠道，就能夠對大躍進這段歷史的真相有一個簡單明瞭的認識，與之相比，《四書》提供給了我們什麼樣的新的無人敢公佈的歷史發現了嗎？它揭開了什麼樣的天大的不曾被人述說的秘密真相了嗎？」〔註28〕看了這一段文字，我感到十分悲哀與憐憫，這是因為我們的下一代所受的當代歷史教育是嚴重扭曲的，他們所知道的「歷史真相」，往往是變形的，從「單從正規圖書和被允許的網絡渠道，就能夠對大躍進這段歷史的真相有一個簡單明瞭的認識」這種荒謬的論點，稍有一點社會常識的人都不會說這種昏話，他既無歷史知識的常識和義理，又無對那個時代的感性認知。

這樣的批評新星之所以給出這種違反常識的結論，其最終的答案無非就是「老調重彈」，這一點我們一點都不陌生：「而閻連科的目標讀者，也不完全是中國人，更包括對中國有獵奇心理的海外讀者。唯有無知，才有獵奇；唯有獵奇者的存在，才滋生掛羊頭賣狗肉的招搖者。」〔註29〕這樣話語我們在某一場批判運動已經耳熟能詳了，評論新星用這樣的話語來解構作品，似乎有一種不可告人的目的。對文體認知的表達錯亂，導致了他把紀實與虛構完全畫上了等號：「完稿於二〇一〇年的《四書》以題材得意，但早在二〇〇〇年《上海文學》雜誌就開始連載楊顯惠的《夾邊溝記事》，同樣一段歷史時間，同樣的封閉式農場的地點，同樣以一群右派改造知識分子作為描述對象，同樣的題材，《四書》比《夾邊溝記事》可以說晚了十年，雖然一是小說一是紀實，但既然作為小說的《四書》以書寫歷史真相來標榜，那麼它就不能再以虛構之名來迴避與紀實的《夾邊溝記事》之間的比照，而就題材所碰觸的歷史真相和人性深淵而言，《四書》遠遠不及《夾邊溝記事》駭人。我不知道《四書》作者還有什麼可以為題材得意的地方。我懷疑，《四書》無法在內地出版，最重要的原因根本不是什麼題材禁區，而只是因為閻連科寫得太沒有新意和誠意。」〔註30〕恰恰可以證明的一點就是，《四書》之所以不能在內地

〔註28〕 張定浩：《皇帝的新衣——閻連科〈四書〉》，《上海文化》2012 年第 3 期。
〔註29〕 張定浩：《皇帝的新衣——閻連科〈四書〉》，《上海文化》2012 年第 3 期。
〔註30〕 張定浩：《皇帝的新衣——閻連科〈四書〉》，《上海文化》2012 年第 3 期。

出版的原因就是我們不能容忍這樣的歷史重現。

　　我並不認為《四書》的語言就十分精緻，甚至我還認為，有些帶有宗教色彩的語言，就我個人的閱讀審美經驗而言，則是不太喜歡的，但是這並不妨害他的語言的創造力和審美的張力，我瞭解到有些讀者十分迷戀這樣的語言風格。所以，新星批評家的這段結語使我墜入了雲裏霧裏：「我覺得閻連科至少搞錯了一個問題，即便胡扯八道與信口雌黃可以導致詞語和敘述的自由與解放，這種自由與解放也和寫作能夠達到的品質並無直接邏輯關係，嚴格來講，每個非文盲都能做到想怎麼寫就怎麼寫，每個非文盲都能做到『不為出版而胡寫』，但僅此而已，這種寫作的自由並不能預支作品的偉大。就像一個皇帝，他有穿上任何新裝的自由，但這件衣服的品質究竟如何，卻很遺憾與這種自由無關。」〔註31〕即使是像《朗讀者》裏的女主人公那樣，站在一個文盲的角度去「聽」作品，恐怕也不會產生這種奇妙的聯想吧？閻連科還不至於糊塗到像有些作家那樣「為出版而胡寫」吧，倒是某些評論家是想通過胡亂的批判而達到某種政治功利的目的吧，這可能也是諸如我們這些文盲讀者可以一眼識別的「皇帝的新衣」。《四書》算不得什麼偉大的作品，其語言也不是處處熠熠生輝的，但它是作家內心表達的一種自由的飛翔，的確，「導致詞語和敘述的自由與解放」是《四書》的一種語言的審美追求，雖然有些地方過於雕琢，但是，絕不是穿上了皇帝的新裝，而「這種自由與解放也和寫作能夠達到的品質並無直接邏輯關係」〔註32〕的簡單判斷，倒像是一個文學文盲說出的話。說實話，如何對待「中國經驗」的把控的確是當下中國作家和批評家對歷史價值評判的關鍵問題。但是令人失望的是，看了這樣年輕一代新星批評家對《四書》的評論，內心著實很悲哀，因為他們連「反右」、「大躍進」和「大饑荒」的歷史時序都搞不清楚，所以造成了對作品分析的許多誤讀。我想，他們還是請教一下他們的父輩與祖輩吧，或許他們會從中得到一些歷史的真相。他們往往掛在嘴邊的一個詞是「中國經驗」，而他們忽略的恰恰是這個「中國經驗」中最寶貴的東西——那是西方社會生活中絕無僅有的、具有中國特色的歷次政治運動帶給人的心理創傷的巨大歷史內容——它本應該是中國作家創作的無盡的寶藏，但這個富礦一直沒有被真正地深入開採過，作為一個寫作的禁區，許多作家沒有勇氣面對這樣的題材創作，即使在作品中偶有旁敲側擊，也會小心翼翼，因為他們在遵循著另一

〔註31〕　張定浩：《皇帝的新衣——閻連科〈四書〉》，《上海文化》2012 年第 3 期。
〔註32〕　張定浩：《皇帝的新衣——閻連科〈四書〉》，《上海文化》2012 年第 3 期。

種「中國經驗」的一個潛規則。

我想告訴中國廣大青年讀者一個常識性的謎底：《四書》是寫一群被打成右派（或是被誤判右派，頂替而來）的知識分子在黃河故道的無人區裏在嚴密的管控中怎樣進行「大躍進」來贖罪，又怎樣以巨大的死亡來渡過「大饑荒」那條歷史的河流的故事。其素材與《夾邊溝記事》是相同的。但是，其創作方法卻是迥異的。有無知者斷言，這個題材不新鮮了，所舉實例只有《夾邊溝記事》，在一九四九年以後中國文學的「頌歌」與「戰歌」聲中，請問還有哪些同類深入探索歷史的作品出現嗎？即使有少量的作品存在，它們所呈現出來的價值理念有像這樣兩個作品深刻而犀利的嗎？只有熟知文學史的人才有資格來對當下作品做出評判，否則他永遠在平面評論的井底嗚哇亂叫。

三

90 年代是一個被諸多評論者稱爲「個人化」的時代，很顯然，這是相對90 年代以前的「非個人化」時代而言。在非個人化時代，存在一系列的文化共同話語系統，或用庫恩的話來說，存在一系列文化範式。作家們分別聚集在這些範式內工作，因此，儘管他們的外在存在形態可能不乏個人化的獨立姿態，但其內在姿態、立場卻有某種一致，都非常自覺或不自覺地使自己從屬於某種文化傳統、話語範式；然而，到了個人化時代，這種共同的文化傳統崩潰了，「失範」成爲普遍現象，作家們突然發現，他們正在變爲某種類似於「無傳統」的寫作。他們興高采烈或無可奈何地逃離出傳統隊伍，成爲遊兵散勇，潰不成軍甚或根本就不想集結爲新的隊伍。這一方面是傳統隊伍號召者角色的缺席──在一個追求「爲我」存在的時代，誰也沒有資格充當那種振臂一呼、應者雲集的號召者角色，即或有人不斷想扮演這個角色，也不被承認；另一方面，則在於個人化時代已經不可能再有什麼口號能將所有作家集結起來，在某種意義上，個人化時代的作家由於失去共同文化傳統，他們已經內在地具有了對群體存在可能性的無意識抵抗。

90 年代，個人化寫作的最主要體現者，是晚生代作家。事實上，90 年代之所以會被稱爲是個人化時代，與這一批作家的湧現有密切關係。正是因爲出現了這樣一些令人耳目一新的作家，人們才開始注意到 90 年代文學已經開始呈現出獨特的風貌。這些作家無法被納入到舊有的寫作傳統長河中去，他們獨異的存在姿態迫使批評界拋棄傳統審視眼光，倘若不如此的話，他們的

存在意義可能就會被忽略，乃至被抹殺。如何定義「晚生代」，的確是個難題。或許，我們只能從反傳統的角度對他們大致加以確認。只不過這樣一來，又產生了一個問題：他們和 80 年代的先鋒作家區別何在呢——那些先鋒也被普遍認爲是反傳統寫作。

　　用「意義的碎片」一詞來概括晚生代作家的個人化寫作內容，可能比較準確。晚生代作家的小說並非完全沒有意義和價值判斷，只不過，這些意義呈零散化狀態，無法構成一個傳統眼光所習慣、認可的意義結構系統而已；價值判斷是隨機性、個人性的，也不構成某種明晰、一以貫之的價值系統。我們雖然把晚生代看做群體對象考察，但其實晚生代的內部情況是極其複雜的。比如說，「文化虛無主義」的帽子可能就僅僅只適合部分作家乃至他們的部分作品，儘管虛無傾向的確是一個很值得注意的晚生代特徵。女性「類」的寫作與冰心，廬隱、丁玲等爲代表的傳統女性「類」的寫作，是兩回事。前者從個人化角度切入，最後指向仍是個人化；後者有時雖也從個人體驗切人，但最終指向無一不是超個人的公共意義。韓東的小說，既有平面呈現式的現象學寫作，頗類法國新小說派羅伯一格里耶的筆法，同時也不乏對現實的反諷，以及溫情的追憶，像他最近發表的《小東的畫書》，那種隱隱然的傷懷之感，在朱文、述平這類作家身上是很難看到的。

　　「失憶」，指的可能是共同文化記憶作爲主導性文化心理地位的當代喪失。也就是說，這種共同文化記憶不再支配、制約每一個作家，使他們的寫作自覺不自覺地成爲這種記憶傳統的具體體現。當代作家尤其是晚生代作家，已經不再擁有一個彼此認同的文化記憶，這和新時期作家對人道主義、現實主義關懷情結、文化啓蒙等等共同文化記憶的競相挖掘和追潮迥然不同。那時的作家急於使共同文化記憶在自己內心蘇醒，急於以某種共同認同來重塑自己的身份，重建自己棲身的家園。對 80 年代作家來說，重要的是回歸文化傳統，是「追憶」。這種「追憶」，一開始是集體性行爲，追憶的是共同文化歷史，到 80 年代後期開始深化，家族歷史寫作這一新的「追憶」手段成爲作家表明自身存在的方式。然而，到了 90 年代，新的一代作家崛起了，他們輕而易舉就游離出了共同文化記憶的長河，而開始一種面對自身的寫作。這其中，新歷史小說的某些變遷耐人尋味：90 年代，一個很突出的現象是家族歷史小說爲個人歷史小說所替代。余華的《細雨與呼喊》、林白的《一個人的戰爭》、陳染的《私人生活》、海男的《我的情人們》等，個人的成長

史成爲作家苦心經營的對象。其中，余華的變化可能更意味深長。

在肯定何頓的意義同時，我覺得晚生代中其他一些作家的意義也不可忽視。如果從文化共同記憶的角度來講，那麼，韓東、朱文、述平及至張曼等人，就可以大致地稱爲「失憶的迷囈者」。他們陷譜於當下，像個夢遊者般自言自語，或者乾脆讓自己沉浸到錯綜複雜的故事網絡中去，以擺脫失憶的焦灼和空虛。他們並非沒有「追憶」的衝動，韓東的《下放地》和一系列下放經歷的小說就是對共同文化記憶的一次回訪，然而結果找到的只是一個記憶幻影；張曼則試圖以想像和幻覺來虛構個人記憶，豐富個人存在的可能性，以此來對抗失憶後的單向度生存，然而，結果不是慘敗，就是最終誤入幻覺的牢籠，踏上了不歸路。對這種寫作，評論家盡可以見仁見智，但有一點我覺得是不容忽略的，那就是這種寫作很可能爲我們提供了失憶時代寫作的某種檔案記錄，它畢竟是此失憶時代的一個眞實體現。

個人化時代，由於共同文化記憶的失落，傳統價值秩序的崩潰，舊有公共意義空間的萎縮、瓦解，價值證明與意義闡釋成了難題。對晚生代作家，現在就有這麼一種看法，認爲他們的寫作是文化相對主義乃至文化虛無主義，該怎麼看待這個問題呢？問題並不在於晚生代作家的低姿態寫作，而在於批評家常常批判的一點，晚生代作家在寫作中消解了價值和意義，中止了應有的價值判斷。文化相對主義是否必然如此？對那種具有個人價值操守的作家而言，相對主義的寫作不但可能，而且會帶來對傳統意義、價值的解放；然而對另一些隨波逐流的作家而言，相對主義的寫作只會導致自我湮滅。批評界對晚生代的某些不公正態度，的確是一種文化誤讀。當然，這種誤讀與晚生代寫作的相對主義傾向不無關係，由於他們往往放棄絕對價值判斷主體的角色，往往將世界、意義個人化，這就造成了接受上的種種障礙，讀者、批評家再也不可能從這種寫作中獲得某種明確無誤的價值判斷和意義闡釋，而不得不調動自我的創造力，去發掘出可能意義的碎片。這對一部分讀者而言，顯然是一種不習慣的閱讀法，因而他們往往傾向於根據某些外部信息，輕率地切入作品，從而造成誤讀；另外，由於公共意義空間的崩潰，種種誤讀，哪怕是稀奇古怪的誤讀，從理論上說也是正常的，只要這種誤讀不是惡意。